安妮的世界 10

安妮与莉娜

Rilla of Ingleside

（加）露西·莫德·蒙哥马利［著］

李常传［译］

二十一世纪出版社
21st Century Publishing House
全国百佳出版社

图书在版编目（CIP）数据

安妮与莉娜 /（加）蒙哥马利 (Montgomery,L.M.) 著；李常传译 .
-- 南昌：二十一世纪出版社，2014.6（2022.4重印）
（安妮的世界）
ISBN 978-7-5391-9205-5
Ⅰ．①安… Ⅱ．①蒙… ②李… Ⅲ．①儿童文学－长篇小说－加拿大－现代 Ⅳ．① I711.84

中国版本图书馆 CIP 数据核字 (2013) 第 292410 号

版权合同登记号 14-2009-286

安妮与莉娜　(加) 露西·莫德·蒙哥马利 [著]　李常传 [译]

策　　划　张秋林
责任编辑　周向潮
特约编辑　文　欢
出版发行　二十一世纪出版社
（江西省南昌市子安路 75 号　330025）
www.21cccc.com　cc21@163.net
出 版 人　张秋林
经　　销　新华书店
印　　刷　三河市人民印务有限公司
版　　次　2017 年 8 月第 2 版　2022 年 4 月第 2 次印刷
开　　本　880mm × 1260mm　1/32
印　　张　8.5
字　　数　171 千
书　　号　ISBN 978-7-5391-9205-5
定　　价　22.00 元

赣版权登字—04—2013—847
如发现印装质量问题，请寄本社图书发行公司调换 0791-86524997

序

曹文轩

何为上乘小说？

可能会有各种各样的评价标准，但无论如何，大概总要承认，它之所以称得上上乘，最重要的标志就是它塑造了一个乃至几个永不磨灭的形象。作为一部穿越了时空，在今天，在世界的任何一个地方都会熠熠生辉的作品，蒙哥马利的“安妮的世界”系列为世人塑造了一个叫安妮的女孩的形象。这个形象，始终占据世界文学长廊的一方天地，在那里安静却又生动无比地向我们微笑着，吸引我们驻足，无法舍她而去。从阅读“安妮的世界”系列的第一本《绿山墙的安妮》开始，就注定了在掩卷之后我们要不由自主地回首张望，向那个让人怜爱的孩子挥手，再挥手。我们终于离去，山一程，水一程，但不知何时，她却悄然移居我们心上，在今后漫长的人生岁月中，不时地幻化在你的身边，就像她总也离不开风景常在的“绿色屋顶”一样。她的天真纯洁，会让你感动，会让你的灵魂不断得到净化；她柔弱外表之下的那份无声的坚韧，会让你在萎靡中振作，让你面对困难甚至灾难时，依然对天地敬畏，对人间感恩。这个脸上长着雀斑、面容清瘦、一头红发的女孩，是你的“绿色屋顶”，而你也是她的“绿色屋顶”。一个形象能有如此魅力，可见这部塑造了她的作品在文学史上举足轻重的地位。

这是一部具有亲和力的作品。

有一些作品，即使是一些被文学史家和批评家们津津乐道的作品，我们阅读它们时总是很难进入，它们仿佛被无缝的高墙所围，我们转来转去，还是无门可入，只好叹息一声，敬而远之。即使勉强进入，总有一种挥之不去的距离感，读完最后一页，我们依然觉得那书在千里之外冰冷着面孔，像尊雕塑。阅读《绿山墙的安妮》却是另样的感受——说不清的原因，当年我在看到书名时，就有了阅读它的欲望。看来，一部书有无亲和力，单书名就已经散发出来了。接下来就是流畅的毫无阻隔的阅读。这部书是勾魂的。它以没有心机的一番真诚勾着你。它在叙述故事时，甚至没有总是想着这书究竟是给谁读的，作者只是把心中想说的话说出来。这是倾诉，也是亲和力产生的秘密：倾诉就是对对方的信任，这时，你与对方的距离感就消逝了——所有的人都是喜爱听人倾诉的，因为那时他有一种被信任感。“安妮的世界”显然带有自传性，说的是一个叫安妮的女孩，而实际上是在说作者自己——露西·莫德·蒙哥马利。这是她自己的故事，现在她要把它们诚心诚意地讲出来。我们在听着，出神地听着。

“安妮的人生”应成为一个话题。

安妮的人生称得上是完美而理想的人生，她是我们所有愿意更好地活着的人的榜样。之所以这样说，是因为除了具有善良、真诚、聪明、勤劳、善解人意、富有勇气等品质，她还有一个让我们羡慕的品质：善于幻想。幻想使她的精神世界异彩纷呈，使她在绝望中看到了生路。通过幻想，她巧妙地弥补了人生的种种遗憾和许多苍白之处。她的幻想是诗性的。在与玛莉娜谈论祷告时，她说，上帝是种精神，是无限、永恒、不变的，他的本质是智慧、力量、公正、善良、真实。她很喜欢这些词。她对玛莉娜说，这么长一串，好像一首正在演奏的手风琴曲子，它们也许不能叫诗，但很像诗，对不？当玛莉娜为她做的上学的衣裙并不是她喜欢的而她又无法改变这个事实时，她说：“我会想象自己是喜欢它们的。”正是这些幻想，使她的不幸人生获得了诗性的拯救。诗性人生无疑是最高等级的人生。许多危急关头，许多尴尬之时，她正是凭借幻想的一臂之力，而脸色渐渐开朗，像初升的太阳，眼睛如星辰般明亮起来。而这时，世界也变得明亮起来。

还有，就是它的无处不在的风景描写。

今天的小说，很难再看到这些风景了，被功利主义挟持的文学，已几乎不肯将一个文字用在风景的描写上了。“安妮的世界”离不开风景，离开风景，对于作者来说，几乎是不可想象的。而安妮离开风景，就会失去生趣，甚至生命枯寂。她的湿润，她的鲜活，她的双眸如水，皆因为风景。她孤独时，要对草木诉说；她伤心时，要对落花流水哭泣。万物有灵，一切都是她生命的组成部分。紫红色樱花的叶子，是她的“漂亮爱人”，她要成为穿过树冠的自由自在的风儿，她喜欢凝视夕阳西下时的天空……一开始，当她想到马修可能不来车站接她时，她想到晚上的栖息之处竟然是在一棵大树上：月光下，睡在白樱花中。她是自然的孩子，她是一棵树。自然既养育了她，也教养了她。

看看这样的书，像安妮那样活着。

目录 Contents

第一章

博士与哈特

在一个温暖、令人愉快的午后，苏珊坐在壁炉山庄宽敞的客厅内，内心充盈着十足的满足感。四点了，苏珊从早晨六点起一直工作，现在才得以喘一口气，但她心情愉悦，今天厨房的工作都很顺利。

从苏珊坐的位置望过去，可以见到苏珊引以为傲的花坛，红牡丹、粉红牡丹，还有像雪一样洁白的白牡丹，可说是克雷村数一数二的牡丹花坛。

苏珊穿着一件连马歇尔·艾利奥特夫人也没穿过、新编织的黑绢外套，正在有条不紊地翻阅《每日新报》的《克雷村记事》。

布莱恩夫人和客人可娜莉亚小姐——马歇尔·艾利奥特夫人，坐在阳台上聊天。一角传来莉娜、欧莉芭小姐和华特的笑声，只要有莉娜在场的地方，都可以听见笑声。

客厅里还有一个成员，蜷曲着躺在椅子上，这是一只有着特殊个性、令苏珊由衷讨厌的猫。

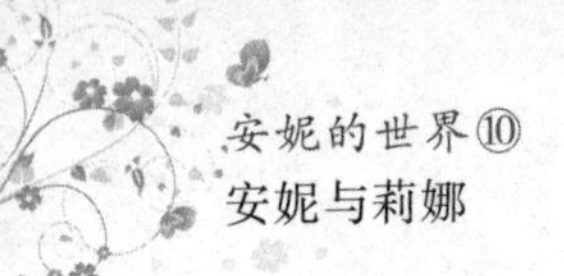

“吉奇尔博士与哈特”简称“博士”，是只比普通猫大三倍，有着双重性格的猫。幸亏有了这些特性，否则一定如苏珊断言，会被恶魔抓走。

四年前，莉娜·布莱恩养了一只猫，如雪一般白，莉娜为它取名杰克·佛罗斯特（霜精之意），不知为什么，苏珊非常讨厌它。

“夫人，那只猫不会带来好运的！”苏珊说出不吉利的话。

“为什么你会有这种想法呢？”布莱恩夫人问道。

“不是我的想法，而是事实。”但苏珊不说为什么。

除了苏珊，壁炉山庄的大大小小都很疼爱这只猫，杰克很干净，雪白的“衣服”没有一丝污点。

但壁炉山庄终究还是发生了悲剧，因为杰克先生的太太生了一窝小猫。

苏珊的得意程度简直无法形容——

那只猫是骗人的家伙，现在想想，不正如以前所说的吗？

莉娜只留下其中最可爱的一只小猫。小猫全身金黄色，非常光亮，有对金黄色的大耳朵，莉娜为它取名高弟（金色之物）。高弟邪恶的本性在幼猫时并没有表现出来，当然，由于苏珊不喜欢杰克，所以也不喜欢杰克的“孩子”，并且警告壁炉山庄的人，这只猫也不会带来什么好运的。但没人在意苏珊所说的预言。

布莱恩家将杰克当成男性的一员，莉娜总是漫不经心地说：“杰克和他的小宝贝。”或者盯着高弟严厉地说：“到你老爸那里去，叫它帮你洗洗毛。”听见莉娜这么说，访客经常笑翻天。

对此，苏珊经常一副不以为然的样子，并且也毫不妥协，总是称呼杰克为“那只”或“白色的”。“那只”在来年冬天中毒死亡时，只有苏珊不觉悲痛。

过了一年，“高弟”的名字和它的橘色毛不太相合，正好那时华特看了一本故事书，于是为它改名为“吉奇尔博士与哈特”。

壁炉山庄上上下下都喜欢抱着“博士”抚摸它，“博士”也会发出满足的呵呵声，在以往养过的猫当中，只有它会发出这种声音。

“猫只有在满足的时候才会发出这种声音。”布莱恩医师曾经这么说道。

“博士”很标致，举止很优雅，态度也显得很威严。当它坐在阳台上眺望远方时，比埃及的狮身人面像还庄严。

“博士”的另一面是“哈特”。

“哈特”脾气突然变暴躁时，一定是起风下雨的前兆。此时它的眼睛露出凶恶的光，并且不安地乱跑乱跳，发出刺耳的声音，成了一只恐怖的动物。壁炉山庄的人都感受过它恐怖时的一面，只有莉娜一个人会在这时抚慰它，轻声地对它说道：“博士乖乖，不要怕！”

“博士”喜欢喝牛奶，“哈特”则根本不碰牛奶，而是一面发出不平的鸣叫声，一面吃肉；“博士”总是轻声下楼梯，“哈特”走起路来则如男人的脚步声般沉重，当下午只有苏珊一人在家时，好几次都被“哈特”的脚步声“吓到”。

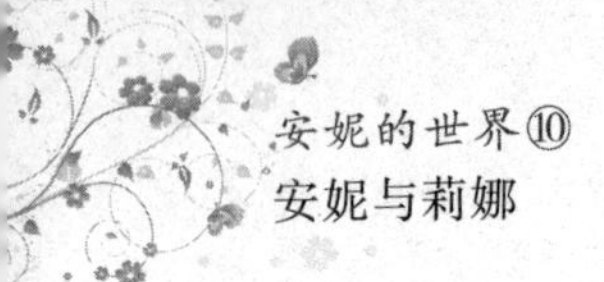

“哈特”曾经在厨房里坐了一小时，以凄凉的眼神盯着苏珊，苏珊从心底畏惧“哈特”，因此没赶它出去。曾经有一次，苏珊猛然拿起棒子向它挥去，“哈特”立即扑向苏珊，反而使苏珊向外逃开，因此，苏珊和“哈特”可说是势不两立。至于“博士”就不一样了，它曾用鼻子嗅到苏珊的领土上，而被苏珊追得落荒而逃。

“菲斯、杰利这些杰姆·布莱恩的好朋友，两三星期前从雷蒙大学回来。一九一三年文科毕业的杰姆·布莱恩，刚读完医科一年级。”苏珊对于孩子们的事记得一清二楚。

“菲斯·梅雷帝思成为最标致的女孩子了，”可娜莉亚一面编织，一面说道，“自从罗兹玛莉·威斯特到牧师家以后，那些小孩的进步真是惊人，现在再也没有人说牧师家的小孩没教养了。对那些小孩来说，罗兹玛莉根本不像继母，倒是十分像朋友，孩子们很喜欢罗兹玛莉，尤娜更是崇拜她。对于布鲁士，尤娜更是无微不至地照顾他。布鲁士的确是个相当可爱的孩子，但和艾伦太像了，你见过和阿姨长得那么像的小孩吗？安妮，他和他阿姨一样黑，一点也不像罗兹玛莉，诺曼·达克拉斯总是放肆地表示，一定是上帝错将应该是他和艾伦的孩子的布鲁士送到牧师家了。”

“布鲁士很崇拜我们的杰姆，每次布鲁士来我家时，总是像一只忠实的小狗，默默地跟在杰姆后面，静静地从黑眉毛下抬头看杰姆。我想为了杰姆，他什么事都愿意做。”

“杰姆和菲斯会结婚吗？”

布莱恩夫人微微一笑，大家都知道，上了年纪的可娜莉亚，已经从以前讨厌男人的人，变成喜欢牵红线的月下老人了。

“只是好朋友而已！”布莱恩夫人说道。

“是很特别的朋友哟！安妮，年轻人的事都会传入我耳中的。”可娜莉亚极力牵线。

“美莉·庞思一定都一五一十地告诉你了对不对，艾利奥特夫人？”苏珊说道，“不过我想孩子们还不好意思谈婚姻。”

“孩子？杰姆已经二十一岁，菲斯也已经十九岁了！苏珊，不要忘了，不是只有像我们这些老人才称为大人哟！”

讨厌谈论自己年龄的苏珊，不想再继续谈下去，于是又回到《克雷村记事》。

“卡尔·梅雷帝思和沙利·布莱恩上星期五晚上从皇后学院回来了，明年卡尔大概会到港口小学任教，成为一位优秀的老师。”

“卡尔一定会教小孩那些昆虫的事。从皇后学院毕业后，梅雷帝思和罗兹玛莉都希望他立刻到雷蒙大学念书，但卡尔很独立，表示要凭自己的能力赚取上大学的学费，这样也好。”可娜莉亚说道。

“这两年来在罗布利吉执教鞭的华特辞职了，今年秋天将去雷蒙大学念书。”苏珊说道。

“华特的身体已经能够远行了吗？”可娜莉亚问道。

“秋天之前，如果一切没问题的话就去，经常做日光浴应该不错。”布莱恩夫人回答。

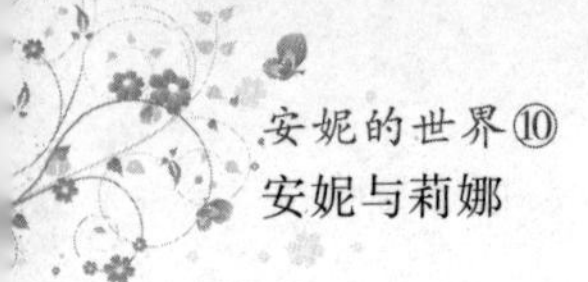

“肠炎不容易好，尤其是像华特这么认真拼命的人，我想还是再等一年比较好。不过他一定很坚决吧？达恩和南恩也一块儿去吗？”

“她们两人都想教一年书，可是吉鲁伯特叫她们今年秋天一定得去。”

“这个安排很妥当，她们两人可以监督华特，让他别太用功了。”

可娜莉亚斜眼看着苏珊，说道：“刚才只顾着斥责，杰利和南恩如果产生感情的话也不错啊！”

苏珊一副全然不知的表情，安妮笑了起来。

“可娜莉亚，这些男孩子和女孩子好像在我周围谈起恋爱来了，我倒不是很在意——我不认为那些孩子们已经长大了。看见那三个高个子的儿子，我常常在想，他们就是我搂在怀里亲吻，听我唱催眠曲的小宝贝吗？那个‘梦中小屋’中最可爱的杰姆，现在已经是文学学士了？已经可以谈论婚姻了？”

“我们都老了。”可娜莉亚叹口气说道。

“使我感觉自己上了年纪的，只有在绿色屋顶之家时挫伤的脚踝。每当风一吹，脚踝就会酸痛，像是风湿，很痛。说到孩子们，那些孩子和梅雷帝思家的孩子们，计划在返回学校前，度过一个愉快的暑假。他们都很活泼，使这个家充满生气。”

“沙利回来的话，莉娜也要去皇后学院吗？”

“还没决定。我希望她不要去，一来因为她父亲认为她体力还不足，她只不过长得高大些，实际上还不满十五岁呢！我不放心她一个人去。而且她一走，今年冬天家里就一个孩子也没有了，苏珊和我一定会很无聊。”

苏珊笑了起来。

“莉娜自己想去吗？”可娜莉亚问道。

“事实上，家中最没有野心的就是莉娜，那孩子唯一的希望就是愉快地生活。”

“难道生活得还不愉快吗？”苏珊叫了起来。只要一听到壁炉山庄内任何人有抱怨的言词，苏珊就受不了。“我一向主张年轻女孩应该愉快地生活，莉娜已经够幸福的了。”

“苏珊，别紧张，我只是认为那孩子应该多一些责任感，你难道不觉得莉娜太自大了吗？”

“她是有点自大。她是克雷村最标致的姑娘，马克阿里斯家、克罗霍特家、艾利奥特家所有的人，四代中都没有像莉娜那么美的皮肤。夫人，我不许别人贬低莉娜。来，听听这个，马歇尔·艾利奥特夫人！”

苏珊神采奕奕地念着《记事》：“米勒·达克拉斯先生决定不到西部去了，而是留在自己心爱的爱德华王子岛，继续帮伯母阿雷克·大卫夫人从事农业。”

苏珊以尖锐的目光望着可娜莉亚。

“马歇尔·艾利奥特夫人，米勒不是向美莉·庞思求婚了吗？”

可娜莉亚原本快活的脸立刻红了起来。

“我不允许米勒追求美莉。”可娜莉亚一字一字严厉地说道。

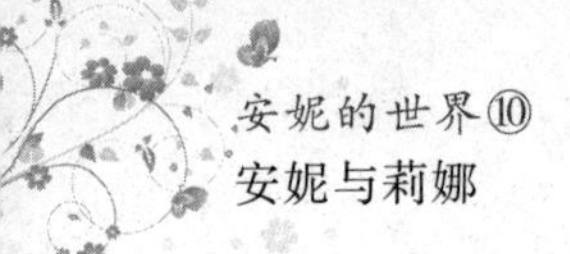

“那男孩的家世如此低贱，父亲是达克拉斯家族的——达克拉斯家族对此却不承认，他母亲是港口那个可恶的狄洛家人。”

“美莉说自己的双亲也不是贵族啊！”

“美莉接受过好的教养，而且是懂事、能言善辩的女孩。那孩子也知道我对这件事情的意见，她从来不会与我唱反调。”

“马歇尔·艾利奥特夫人，你也不必焦虑，阿雷克·大卫夫人也不输你，她曾经表示，不会让自己的外甥和美莉·庞思这个默默无闻的女孩结婚。”

苏珊觉得自己打了场胜仗，又回到报上看其他“记事”。

“欧莉芭小姐的教师契约还有一年，她休假时都待在罗布利吉家中。”

“很高兴欧莉芭留下来，如果她走了，我不知道会有多寂寞。而且她能教育莉娜，莉娜很崇拜她，虽然年龄有差距，但她们是非常要好的朋友。”

“我想她快结婚了吧？”

“好像是，但听说要延迟一年。”

“对象是谁？”

“罗伯特·克拉特，是夏洛镇的律师，希望欧莉芭幸福。她有过悲伤的回忆，对事物总是比较敏感。当新的爱情降临后，她有点无所适从，感到万分惊讶，不敢相信这是真的。当罗伯特提出结婚延期时，欧莉芭很失望，但这并不是克拉特的错，因为继承父亲财产的事情拖延了——他父亲在今年冬天过世——在解决这件事之前，克拉特不会结婚，但欧莉芭觉得这是不祥的前兆，好像幸福就要溜走一般。”

“还是不要对爱情太执著才好。”苏珊沉重地说道。

“罗伯特·克拉特也深爱着欧莉芭。欧莉芭不是不信任克拉特，而是不相信命运。她有点神秘主义——也许就是人们说的迷信，她很相信梦。我也是，可是我不会将异教徒的事说给吉鲁伯特听。”

安妮说到这里，苏珊“啊”了一声。

“发现什么有趣的事了吗，苏珊？”

“夫人，你听听看，苏菲亚·克罗霍特夫人决定住在罗布利吉，今后将住在侄女阿尔伯特·克罗霍特夫人家，这不是我表姐苏菲亚吗？自从小时候在主日学校因为争夺嵌有蔷薇花瓣，写着‘神爱世人’的卡片而吵架以来，我们就没再说过话，现在她却向着我们家的方向来了。”

“苏珊，昔日争吵的朋友一定要再恢复友谊，决不能和附近的人处不好。”

“是她先吵的，要和好也应该由她开始。”苏珊傲慢地说道。

“她是个不怎么快乐的人，一生过得不怎么平顺，前次见到她，发现她脸上布满了皱纹。她在第一任丈夫去世时，哭得死去活来，但不到一年就再嫁了。下一个新闻是说这个星期天晚上，我们教会要举行特别礼拜。”

“普拉尹先生从罗布利吉搬来时，一直向我抱怨教会太复杂，说他不想上教会。”

“教会在‘大胡子’来之前一切良好，我想没有那个男人也

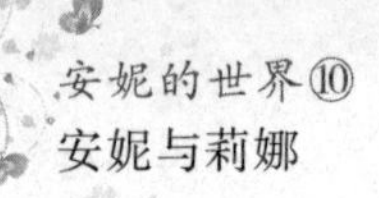

没有关系。”苏珊说道。

“是谁取的那么有趣的绰号？”安妮问道。

“夫人，这是我取的。那个男人脸很红，又长满了红胡子，但我没当面这样称呼过他。那个男人令人不解，现在不但是长老，还颇有自信。我记得二十年前，他将自己的牛放到罗布利吉的墓地上，所以每次集会祈祷时，我都会想起那件事。好了，就是这些，其他也没什么大不了的新闻，我对国外消息没什么兴趣，这个被杀的将领是什么人呀？”

“你是问他和我们有什么关系吗？”可娜莉亚反问。

“那个巴尔干半岛总是有谁杀人、谁被杀的消息出现，那是他们的事情，实在不应该在我们报上刊登那些无聊的事情。”

可娜莉亚还不了解整个世界的局势。

“好了，我该回家了。我不在家时，马歇尔总觉得吃饭没什么意思——男人就是这样。那只猫怎么了？痉挛了还能跳起来？”

“博士”突然从可娜莉亚脚边往坐垫上跳，接着便从身后的窗子跳了出去。

“不是的，那只猫变成‘哈特’了——我是说天黑后会有风雨来袭，‘博士’可是很准确的气象台。”

“还好它不待在我的厨房里，跑到外面去了。我必须准备晚餐去了，我的义务就是不使用餐时间误点。”

第二章

朝 露

金黄色的日光慷慨地洒在壁炉山庄的草坪上。莉娜和欧莉芭坐在大松树下，华特则躺在草上，沉醉在骑士故事中。昔日的英雄与美女，活灵活现地出现在华特的脑海中。

莉娜是布莱恩家的“小宝贝”，所以大家都当她是长不大的小孩子，这一点让莉娜心生不满。快满十五岁的莉娜，认为自己是个大人，身高不输给达恩、南恩，还是苏珊口中的大美人。

莉娜有着淡褐色的大眼睛，金色小雀斑配上乳白色的肌肤，优雅的弧形眉毛，纯真的表情，让人看了忍不住喜爱。头发是红褐色的，上嘴唇上的小凹陷，也许是莉娜受洗时，亲切的女神用手指按下的，整个就如精心雕塑出来一般迷人，深深吸引住了每个人的心——彩虹谷时代肥嘟嘟的小女孩，现在已经变成亭亭玉立的少女，真令人难以置信。

被杰姆和沙利称为“云”，莉娜很伤心，但仔细想想也不是什么不好的东西。莉娜走路的样子，与其说是走路，不如说是跳舞，总是显得那么活泼、自由自在。这也使大家一致认为莉娜还没南恩或达恩般有了少女情怀，而还是天真无邪的小孩儿。

当晚放假在家的欧莉芭小姐，已经在壁炉山庄住了一年。布莱恩家人为了使莉娜高兴，而将欧莉芭老师留在家中。莉娜对欧莉芭老师的喜欢程度，可说是热爱。由于没有多余房间，莉娜就请老师和自己共享一个房间。

欧莉芭二十八岁，过着艰苦奋斗的生活，是位引人注目的姑娘。忧郁的茶色眼睛，嘴上带着冷冷的笑容，浓密的黑色鬈发，虽然称不上美丽，但脸庞呈现出一股神秘的魅力，莉娜正是被这股魅力所吸引。有时候，她身上笼罩的忧郁、厌世气氛，对莉娜而言，也是一种难言的魅力。

当然，这种气氛只在欧莉芭疲惫不堪的时候才会出现，平时的话，壁炉山庄的孩子们从不觉得她比他们年长许多。因为她是个活力四射的人，华特和莉娜都很喜欢她，彼此成为了知心朋友。

欧莉芭知道莉娜想踏进“社交界”——像南恩和达恩一样，穿着漂亮的晚礼服参加舞会，另外，不用说——当然希望有人追求，不是一个人，而是一堆人。

至于华特，欧莉芭知道他立志成为大学英语教授。她深深了解华特热爱美的事物，对于污秽的事物非常厌恶。

和以前一样，华特至今仍是壁炉山庄的孩子中长得最眉清目秀的一位。欧莉芭小姐很喜欢盯着他看——如果自己有儿子的话，她希望他能像华特一样，有着光亮的黑发，耀眼的暗灰

色眼睛，英挺的鼻子，而且天生是个诗人。对于一位只有二十岁的年轻人而言，要写出优秀的短诗实际上并不容易。

华特并不像杰姆和沙利般逗弄莉娜，也从不称呼她为“云”。华特为莉娜取了一个充满爱意的称呼“莉娜·我的·莉娜”。莉娜的名字来自绿色屋顶之家的玛莉娜伯母，玛莉娜伯母在莉娜尚未懂事前就去世了，所以莉娜对伯母的事情不太清楚，只觉得自己的名字古板而老旧，很不喜欢。为什么大家不叫她芭莉呢？这个名字比“莉娜”威严、好听多了。

莉娜并不讨厌华特对自己的称呼，但除了欧莉芭小姐偶尔使用，没有一个人会如此称呼她。当华特如音乐般轻盈的声音叫着“莉娜·我的·莉娜”时，莉娜就想到美丽的银色小川。莉娜曾告诉欧莉芭，为了华特，要她牺牲什么都可以。

莉娜已经十五岁了，她喜欢被当成大人看待，但她觉得华特宁愿将他心中的秘密向达恩倾吐，也不愿向她倾诉。

“华特总是不把我当大人看待，”莉娜常如此对欧莉芭小姐感叹，“可是我已经长大了，而且绝对不会将他人的秘密告诉第三者——即使老师也不例外。欧莉芭老师，如果是我的事情，我什么都能告诉你，可是我不能背叛华特，我什么事都能告诉华特——连日记都可以给他看，可是华特却不会这样对我，令我好伤心！不过他把诗全部给我看了——真的很棒！不知什么时候我才能像英国诗人华兹华斯的妹妹多萝西一样，即使华兹华斯也没写过像华特那样的诗。”

“我想告诉你，那两个人的作品不怎么优秀。”欧莉芭小姐毫不在意地说道，但看见莉娜的眼神中有股被伤害的神情后便后悔了，急忙附加道："可是华特一定会成为伟大的诗人——也许是加拿大首屈一指的诗人——随着年龄的增长，华特也会对你越来越信任。"

"去年华特因肠炎入院时，我都快疯掉了，几乎每晚都哭得睡不着。"莉娜以悲痛的口吻说道，她有时喜欢模仿欧莉芭的样子。

"可是，有时候我觉得华特喜欢杜克·曼帝甚于喜欢我。"

杜克·曼帝是壁炉山庄的狗，这个名字是华特取的。它本来是杰姆的狗，但华特非常疼爱它。杜克也会躺在华特脚边，任由华特抚摸。杜克是只忠实的狗，壁炉山庄上上下下，包括苏珊，没有一个人不喜欢它。但杜克有个不好的习惯，它喜欢悄悄跑到客房的床铺上睡觉，可苏珊很放任它，从不责打它。

这天下午，莉娜好像心中有什么苦楚。

"六月是愉快的月份，日子过得愉快，天气也很好，什么都好。"

莉娜在彩虹谷上坐着，漫不经心地眺望天空中银色的云朵。

"我不太喜欢，"欧莉芭小姐叹了一口气继续说道，"不吉利——完美的东西是神赐予的，但相对的，背后有另一股力量在牵引不好的东西。我经常有这种经验，所以不喜欢听到人们说过着完全愉快的生活，不过，这倒真是个令人愉快的六月。"

"当然，也没什么特别兴奋的事情，想起密特伯母在教会气绝身亡，就觉得那是一出戏剧。"

"戏剧般的事一定会带给人痛苦，像你们这么有活力的年轻

人，一定能过一个愉快的夏季，但我在罗布利吉的心情却是低沉的。”

“你可以经常到这里来啊，你将发现今年夏天会格外有趣。你千万不要把我当小孩看哟！”

“你离大人还有一段距离，你应该好好把握这段年轻的岁月。青春是稍纵即逝的，你马上就会咀嚼到人生的悲伤与欢欣。”

“咀嚼人生？我倒真想试试，我希望尝遍所有滋味。再过一个月我就十五岁了，到时候就没有人能说我是小孩子了。我曾听说过，十五岁到十九岁是女孩子的生命中最美好的时光，我想这时光一定非常精彩，一定得好好过。”

“你最好不要有计划——所有的东西都不会依照即定的计划进行的。”

“不过想想也挺愉快的。”莉娜说道。

“你这个孩子只会想一些愉快的事情，”欧莉芭搂着莉娜的肩膀说道，“十五岁，嗯，这个年纪除了幻想，也没什么别的可想了。今年你准备进大学吗？”

“不想，我不想进大学，我对南恩、达恩所学的东西没兴趣，而且我们家已经有五个人上大学，已经够了，每个家庭都有一个最笨的孩子，我自愿当最笨的那个孩子。我要当一个漂亮、有人缘、愉快的笨蛋。我不够聪明，没有才干，这样子大家就不会对我有什么期待，我也就不会有烦恼。不过，我讨厌烹饪，更讨厌裁缝、打扫。父亲说我就像野百合一样。”说着，莉娜又笑了。

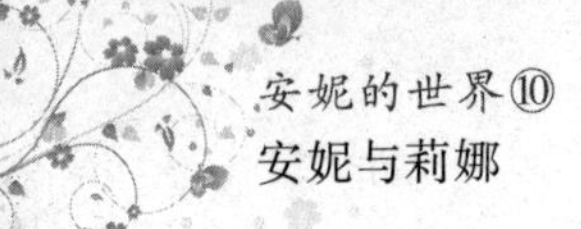

“你还年轻，不好好用功太可惜了。”

“我母亲已经为我安排好课程了，这样一来，也才不辱母亲文学学士的学位。噢，我是喜欢读书的，老师，拜托不要用那种责难的眼光看我。下个月我就十五岁了，接下来十六岁，再就是十七岁。天啊！还有比这更美的事吗？”

“希望你永远这么富有朝气，”欧莉芭半开玩笑半认真地说道，“永远都这样有朝气，莉娜·我的·莉娜。”

第三章

月夜的飨宴

一觉醒来，莉娜悄悄看着欧莉芭微笑。前一天晚上从罗布利吉回来的欧莉芭，受邀参加隔天晚上在赫温灯塔举行的舞会。

“新的一天来临了，我们将有什么新的希望呢？”

欧莉芭微微颤抖，她从来没像莉娜这么热情地迎接过崭新的一天。到了这个年纪，也许对于新的一天是恐惧，而不是兴奋。

“我总是在起床前的十分钟幻想，想象今天可能会发生许多美好的事情。”

“今天最好发生些意料外的事，像突然收到邮包，德国和法国之间的战争出现转机。”

“啊——是呀！”莉娜呆呆地回答，“如果战争无法避免，那就伤脑筋了，不过也许和我们不会有太大的关系吧！战争也许会扩大，波尔战争不就是这样子吗？那时的事我已经忘了。对了，老师，今晚我是穿白裙好，还是绿色的？绿色的那件比

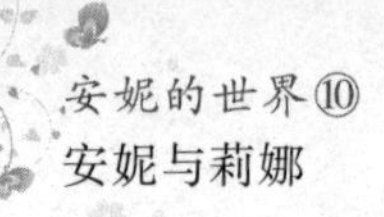

较漂亮，可是适合穿到海边吗？请你帮我换个新发型，克雷村独一无二的。”

“你是怎么说服你母亲让你参加舞会的？”

“是华特帮我说服母亲的，华特知道我如果不能去，一定会伤心欲绝。老师，这是真真正正成为大人的第一次舞会！想到这件事，我就睡不着。一早看见阳光我兴奋得大叫，晚上要是下雨就完了，我还是冒险穿那件绿衣服好了。第一次舞会，一定要特别装扮一番，而且绿色裙子比白色裙子长一英寸，配上银色鞋子刚刚好。那鞋子是霍特伯母去年送我的圣诞礼物，我还没穿过呢！

“噢！欧莉芭老师，希望一整晚都有男士邀请我跳舞。如果没人邀请，让我面壁一整晚的话，我一定会羞死的——还不如死了呢！因为卡尔和杰利是牧师的儿子，所以不能跳舞，否则他们一定会在我坐冷板凳时，到我面前拯救我。”

“放心，男孩比女孩多多了。”

“还好我不是牧师的女儿，”莉娜高兴地笑了，“可怜的菲斯，不能参加舞会一定气死了。尤娜对这种事倒不在意，因为她本来就对舞会没兴趣，不知道谁对菲斯说过，厨房就是为了那些不跳舞的人设置的，我真希望当时在场看见菲斯的表情。晚上，菲斯和杰姆大概会一起坐在岩石上。你知道吗？我们将步行到我们以前的梦中小屋，然后搭小船到灯塔。天啊！还有比这更美的事吗？”

“相对于十五岁的你，我真的是老了！”欧莉芭小姐落寞地说道，“这个舞会对年轻人而言一定很愉快，可是我就很无聊了，没有男士会和像我这样的老小姐跳舞。如果杰姆和华特没有对象的话，也许会伸出同情之手，邀我跳一支舞吧！”

“老师的第一次舞会愉快吗？”

“不，一点也不愉快。只有一位男士请我跳舞，而且这个男士看起来很讨厌。但连他也只请我跳过一次，再没邀我。莉娜，我真的没有少女时代，回头想想只有悲伤，所以我才希望你能有一个精彩的少女时代，而且盼望第一次舞会是你这一生中最美好的回忆。”

“昨晚我梦见去参加舞会，结果发现自己只穿着睡衣和拖鞋，后来就吓醒过来了。”莉娜叹了一口气。

“说到梦，我做了一个奇怪的梦，”欧莉芭小姐呆呆地说道，“不像以前那种模糊不清的梦，这个梦的感觉特别真实，都不像是梦。”

“什么梦？”

“我站在壁炉山庄的阳台上望着克雷村的牧场，突然看见远方银色波浪向牧场拍打过来，波浪越来越大——不是海边的小波浪，而是可以吞没整个克雷村的巨浪。我想波浪应该不会到壁炉山庄，可是它越来越靠近——我还来不及出声或逃离，浪就打到了我脚边。接着所有东西都消失了，克雷村成了一片汪洋。我转过身，发现裙尾有血迹——我就吓醒了。”

“希望这个梦不是预示暴风雨要来，否则舞会要泡汤了。”莉娜担心地说道。

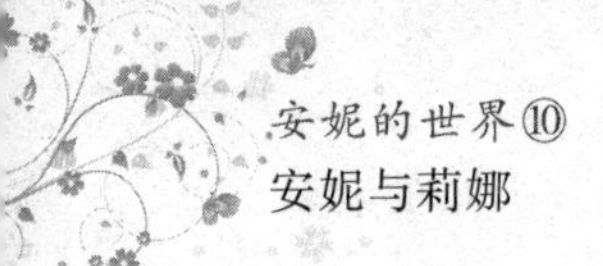

“真是天真的十五岁，没问题的，莉娜·我的·莉娜，没那么恐怖。”欧莉芭笑着说道。

有几天，壁炉山庄沉浸在一股紧张的气氛中，只有莉娜埋首于自己刚刚绽放的青春生活，没注意到这股气氛。布莱恩医生整日关心报纸，几乎不吭一声，杰姆和华特也对报上的消息产生了强烈的兴趣，有天傍晚，杰姆兴奋地跑出去找华特。

“喂，德国向法国宣战了，意思是说英国也会参战。如果英国真的参战，想想看，你幻想的吹笛老人就会真的来了。”

“不是幻想，”华特缓缓说道，“是预感。杰姆，很久以前的一个晚上，在瞬间我真的见到了吹笛老人。英国参战的话会怎么样？”

“怎么样？我们大家都非尽一份力帮助英国不可！”杰姆大声叫道，“我们能让英国独自战斗吗？不过你不能去，除非你的肠炎好了，知道吗？”

华特无言地眺望湛蓝的海港。

“我们是狮子——一定誓死奋战！”杰姆边说边伸出晒黑了的手，握紧拳头——父亲经常认为这是双天生外科医生的手。

“这是大冒险，怎能眼看着法国穷途末路呢？我们不能抛弃法国。哇！灯塔已经在热闹地准备着舞会了。”

杰姆吹着口哨离去，华特轻皱着眉头，独自在原处站了好一阵子。这就像突来的乌云一般，两三天前还没人想到这件事，为什么没找出解决的对策呢？战争就像地狱般恐怖——在这个二十世纪的文明国之间发生战争，更是恐怖！华特对于威胁到美的事物总是无法忍受——最后他心一横，不去想了。

“美吗？老师，你听彩虹谷传来的清脆铃声，那铃已经在那挂了十几年了。”

整装待发的莉娜在头发上别上了三色堇。

“每当听到那风铃声，我就会想到法国诗人阿达姆和英国诗人弥尔顿的天籁之声。”欧莉芭小姐回答。

“我们小时候最喜欢在彩虹谷游玩。”莉娜说道。

现在已经没有人在彩虹谷玩要了。彩虹谷夏天的傍晚显得非常安静，华特喜欢在那里读书，杰姆和菲斯频频在那里会面，而杰利和南恩也时常来到那个不会受到干扰的地方讨论事情。

“出发前得先到厨房走一趟，让苏珊看看我的打扮，否则她会不高兴。”

苏珊看到莉娜穿着有雏菊花样的绿裙子，显得光彩夺目，连表姐苏菲亚·克罗霍特也不得不感叹——苏菲亚对于万事都很少赞赏。自从苏菲亚搬到克雷村之后，苏珊以往和她的芥蒂便一扫而空。苏菲亚经常在傍晚时来壁炉山庄坐坐，苏珊倒不是很欢迎，因为苏菲亚实在不是个令人愉快的聊天对象。

“她来访会带来祝福，也会带来灾难。”苏珊对安妮说道。

苏菲亚瘦长、苍白、满是皱纹的脸上，有着长而薄的鼻子，以及细长的嘴唇，瘦弱的双手总是交叉放在黑纱衣服上。她就这样坐着，给人死气沉沉的感觉。

她用阴沉的眼睛望着莉娜·布莱恩，悲伤地问道：“你的头发全部都是真的吗？”

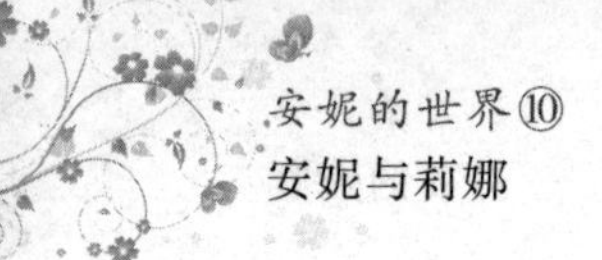

“当然！”莉娜愤慨地叫道。

苏菲亚叹了一口气后缓缓说道：“如果不是这样就更好了，这么浓密的头发会夺去人的精力，好像是肺病的前兆。但你的样子好像不会。你们今晚要跳舞？连牧师的孩子也要去跳舞？我一直就不喜欢跳舞，我知道有人曾跳舞跳到中途就倒地死亡，这是上天对人们的处罚。真不了解，为什么有人那么喜欢跳舞呢？”

“倒下的人还跳舞吗？”莉娜不屑地问道。

“我刚才不是说她倒下死了吗？当然不能再跳舞了，真可怜，那位姑娘是罗布利吉卡克家的人。你不披上披肩吗？”

“今晚很热，可是到了船上我会披上。”

“四十年前一个像这样的夜晚，有一艘满载年轻人的船翻了，船上的人全部罹难，无一幸免，唉！希望你们不会发生那种事才好。咦！你的脚怎么露出来了？裙子应该再长一点！”

“夫人不赞成小女孩打扮得像大人一样，老气横秋的。”苏珊向表姐苏菲亚回了一箭，但苏珊自己却有种受侮辱的感觉。小女孩？莉娜生气地跑出厨房，心想，以后再也不会在出门前让苏珊瞧一遍了。对苏珊而言，上六十岁的人才可称为大人吧！莉娜觉得愉快的心情被糟蹋了。

但当融入前往赫温灯塔的热闹人群时，莉娜再度兴奋起来。

布莱恩家的孩子们在杜克悲伤的叫声中出发，杜克不能跟随孩子们前往灯塔，被关在贮藏室里。走在街道上，又有人加入他们的行列，美莉·庞思穿着有蓝色花边的洋装出现在可娜莉亚家门口，与莉娜及欧莉芭小姐同行。莉娜并不喜欢美莉加入，并非莉娜一直不喜欢美莉，而是莉娜永远也忘不了曾经被美莉拿着鳕鱼干追打的情景。但其他小孩都喜欢与美莉交往——因为她犀利的言词令人感到痛快。

在这个小团体中当然还分小组，杰姆与菲斯一起走，杰利与南恩同行，达恩和华特沉醉在他们的谈话中。

卡尔和米兰·普拉尹一起走，但旁边还有一位乔·米尔克雷布。乔对米兰非常爱慕，但内向的乔不敢表现出来，在黑暗中，也许还能鼓起勇气靠近米兰，但在这月初的薄雾中，却怎么也办不到，只能跟随在行列之后。

米兰虽不像她父亲那么没人缘，却也不太受人喜爱。她的脸色不好，又有神经质咯咯笑的癖好，金发上系着银色带子。米兰与其说是与卡尔走在一起，不如说是与乔走在一起，她与卡尔走在一起就比较有受拘束的感觉。

沙利与尤娜一组。尤娜总是沉默，像彩虹谷时代一样，一副娇羞的模样。只有莉娜一个人注意到，尤娜对华特用情至深。莉娜同情尤娜，希望华特能有所响应。比起菲斯，莉娜比较喜欢尤娜。菲斯除了美丽与倔强，身上没有一点少女的气息；尤娜则不同，她是个地地道道的女孩。

此时的莉娜感到万分幸福，与好友们一起踏着轻快的步伐走在黑暗中，非常愉快。一切都是那么美好，清新的空气、枞树的香味、朋友的笑声。莉娜爱人生、爱十五岁！

莉娜不断深呼吸，但突然停住了。

她听到杰姆在对菲斯说——巴尔干半岛发生战争时——“那

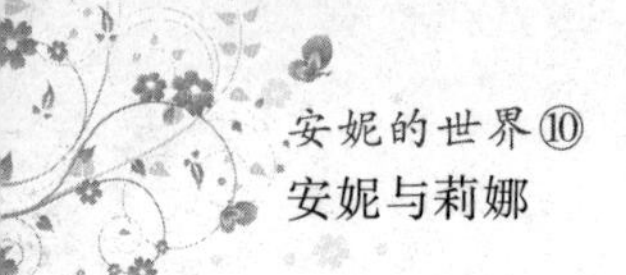

位医生失去双脚，但看见自己周围负伤的士兵们，还是挣扎着为患者医治，一点也不在乎自己的伤，结果在为一名男士包扎时死去了。被发现的时候，医生的双手还紧紧握住绷带，已经止住了伤者的血。他救了另一个人的生命，自己却死了。菲斯，这不也是一种英雄行为吗？实际上，当我看到这段新闻时——”

杰姆和菲斯走远了，所以听不见声音。

欧莉芭忍不住颤抖着身体，莉娜则同情地交叉双手。

“老师，好恐怖！我们这么愉快的时候，杰姆怎么讲这么扫兴的话呢？”

“莉娜，你觉得恐怖吗？我觉得精彩——美好，听到那段话，我认为怀疑人性是可耻的。人的行为就像神一样，人类有牺牲自我的理想。我之所以发抖，是因为怪自己怎么会不知道这件事。今夜的确很温暖，也许是因为应该成为我坟墓的那一颗星星在黑暗的空中闪耀光辉吧！唉！这么美丽的夜晚不要说这些事。

“莉娜，你知道吗？每到夜晚，我就想要是住在农村该多好！住在城市的人无法真正了解夜晚。在农村的话，每个夜晚都是美好的——暴风雨也一样。我很喜欢以前住过的港湾，那里有强烈的夜风——我很喜欢，像这种夜晚太美了——这是青春与梦之国的夜，令人感到愉快。”

“我觉得自己好像是夜的一部分。”莉娜说道。

“当然，因为你还年轻，不会有害怕圆满的心情。你看，梦中小屋到了。今年夏天梦中小屋很寂寞，是不是霍特先生一家

没来？”

“嗯！霍特伯父、伯母和芭西丝没来，肯尼士来了，不过在对岸亲戚家，因为脚受伤了，不能多走动。”

“脚受伤了？怎么回事呢？”

“去年秋天足球比赛时扭伤的，肯尼士说快好了，他只来过壁炉山庄两次。”

梦中小屋下的港湾有条小桥，桥边停着两艘船，一艘由杰姆·布莱恩操作，另一艘则由乔·米尔克雷布掌舵。对于船了如指掌的乔，很高兴有机会在米兰面前表现一番。

两艘船比赛，乔掌舵的那艘船胜利了。还有许多船从其他方向往灯塔驶进，可以听见四处充满笑声，赫温白色灯塔光亮耀眼。

从夏洛镇来此避暑的守灯塔员的亲戚举办了这次舞会，邀请了克雷村、赫温港，还有港对岸的所有年轻人。杰姆的船用力滑进灯塔下。莉娜穿着新鞋，脚有点痛，但她决心忍耐，没有人注意到她脚痛。刚踏下阶梯，莉娜便受对岸青年邀请共舞。瞬间，莉娜与舞伴滑入竖在海面上的帐篷中，她轻吐欢喜的气息，小提琴发出愉悦、醉人的乐曲——就像魔笛一般，从海湾吹来的微风令人舒爽，多美丽的夜啊！

这就是人生——多么璀璨的人生，莉娜的双脚和心灵好像都长出翅膀一般。

第四章

战争消息

莉娜人生中的第一次舞会非常成功——如最初想象的一样，舞伴多得不得了，她必须好好分配自己的时间。虽然脚上的新鞋使脚起了小泡，但莉娜的愉快并没有因此而打折扣。艾雪·里斯站在帐篷外，与里斯家的人窃窃私语，说莉娜的裙子后面破了一个大洞。

莉娜赶紧躲到化妆室检查，发现只不过是根小草，不过看起来好像有一道裂缝。艾琳·哈华特为莉娜整理衣服，她是克雷村的一个十九岁女孩。莉娜感谢她的好意，对她产生了友谊之情。艾琳长得很漂亮，而且歌唱得很好听，每年冬天，她都要在夏洛镇接受声乐训练。据说她有一段悲伤的恋情，但没人知道，也许如谜之处正是魅力之所在。

莉娜重回帐篷，向跳舞的人群眺望时，突然看见肯尼士·霍特站在对面。

莉娜的胸口一阵悸动——莉娜还是这么认为，肯尼士终究

来了。

他注意到她了吗？他会邀请她跳舞吗？不可能，肯尼士一直把她当小孩子看待。

大约三星期前的一个晚上，肯尼士到壁炉山庄的时候，还称莉娜为“小孩”，莉娜为此哭了一整个晚上，甚至憎恨肯尼士。

但当肯尼士往帐篷方向走过来，离莉娜越来越近时，莉娜的胸口又是一阵悸动。

“肯尼士是向着我走过来吗？向着我吗？”

是的，肯尼士来到莉娜身旁！肯尼士一直在找莉娜——现在他终于来到了莉娜的身旁。

肯尼士以从未有过的眼神将莉娜从头到脚打量了个遍。肯尼士的个子很高，是个帅气的青年，有气质又聪明。听说不少女孩子曾为他哭泣过，而肯尼士对每位少女都一样有礼。

“莉娜·我的·莉娜吗？”肯尼士低声问道。

“嗯！”莉娜的眼睛不敢直视肯尼士，低着头回答。莉娜小时候有结巴的毛病，但早已经完全好了，只有在紧张时才会出现结巴状况，这一年来也不曾有过说话舌头打结的情形。但在这个节骨眼儿上，必须表现得像大人一样时，怎么却像小孩子一样结结巴巴，不知该怎么说才好了呢？一瞬间，莉娜急得都快要哭了。

肯尼士到别的地方去多好——肯尼士要是没来就好了——舞会被白白糟蹋了，什么都完啦！

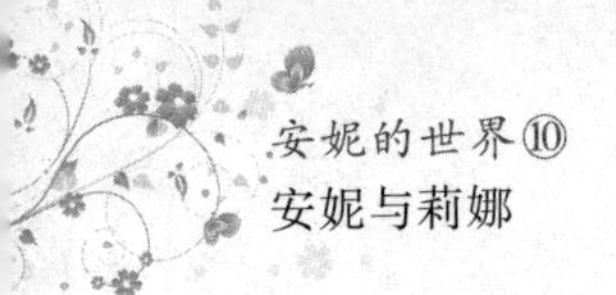

而且，莉娜认为，即使肯尼士称她为“莉娜·我的·莉娜”，也不过是“小孩子”的意思。莉娜对华特为自己取的这个名字并不讨厌，但肯尼士这时候用柔和的声音说出来，让莉娜有不同的感受。莉娜宁愿肯尼士刚才不要这么叫自己，她不知道肯尼士是不是在笑她，以致不敢抬头看。莉娜的睫毛又黑又长，像梦一样迷蒙，能够激荡人心。肯尼士这时候认为，莉娜·布莱恩大概会成为壁炉山庄最美的女孩子！

肯尼士将莉娜的脸轻轻托起——再度凝视这位美丽的姑娘。毋庸置疑，舞会最美的焦点就是莉娜。

肯尼士说了什么？莉娜不敢相信自己的耳朵。

“愿意和我一起跳舞吗？”

“嗯！”莉娜轻声应道。

肯尼士将莉娜带进舞池。

“我这双受伤的脚踝还能跳舞，真不错！”

“脚踝怎么了？”莉娜问道。

为什么没想到其他话呢？肯尼士曾经在壁炉山庄说过脚踝受伤的情形了。我现在怎么又问起这么无聊的问题呢？天啊！他一定在笑我。

的确，肯尼士对于脚踝受伤的事已经厌倦，但从这么迷人、令人忍不住想亲吻的人口中提出的问题，再答千遍也不觉得累。

“快好了，但今年秋天没办法参加足球比赛了。”

两人轻柔地舞着，莉娜知道没有一位女孩不羡慕自己。跳完一支舞后，两人走到灯塔下，见港边停泊着平底船，便趁着

月夜，乘舟渡海。在往沙地行走时，肯尼士的脚踝又开始不舒服，于是两人坐在沙丘间。

肯尼士以和南恩、达恩说话时的口气对莉娜说话，莉娜有种连自己也无法理解的羞怯，舌头变得转不过来。

肯尼士一定在笑她。

但周围的一切如此美好——美丽的月夜，光亮的海面，音乐般的夜风徐徐吹来，令人有天上人间的舒畅感受，何必要多想呢?

在这么具有魅力的音乐与景色中，只有肯尼士与莉娜两人。只不过，莉娜的脚被新鞋磨得阵阵痛楚，要是旁边坐的是像欧莉芭老师般无所不谈的人就好了，可是现在什么苦也不能说，只能静静听肯尼士说话。

不久，两人回到灯塔时，大伙儿正在用晚餐，肯尼士为莉娜在厨房附近找了一个位置。莉娜环视会场，心想，我的第一次舞会真愉快，永远也忘不了。帐篷里传来小提琴声，随着音乐的节奏，可以听见舞者的踏步声。

入口处一阵骚动，一位青年站在门口，阴沉地环视屋内，这是对岸的杰克·艾利奥特——马格奇尔医科大学生，对于社交活动不热衷的文静青年。他今天必须前往夏洛镇，本来以为赶不上舞会，但还是来了——手上拿着一份折叠整齐的报纸。

坐在一角的欧莉芭看见杰克，身体颤抖不已。之前，欧莉芭也度过了一个愉快的舞会，因为有夏洛镇的好朋友陪伴，这位朋友比在场的绝大多数年轻朋友年长，因此与欧莉芭很谈得

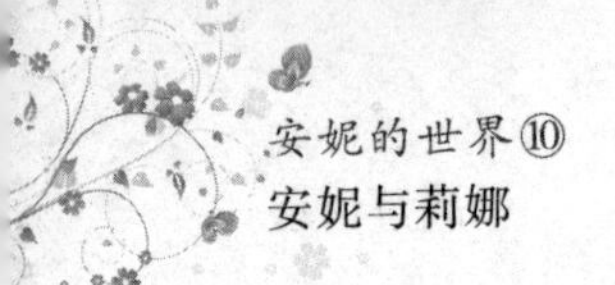

来。欧莉芭本来已经忘了先前预感到的不安，但这时候出现的杰克·艾利奥特又带来了什么消息呢？

杰克·艾利奥特为什么不说话呢？他好像说了些什么，为什么那里一阵骚动？

“听听看——听听看他在说什么？”欧莉芭热心地对亚兰说道。

突然会场一片肃静。

“英国今天对德国宣战了，这是我今天出城时听到的消息。”杰克·艾利奥特缓缓说道。

“糟糕！”欧莉芭小声说道，“我做的梦，我做的梦，波浪靠近了！”欧莉芭看着亚兰，“这是世界上最后的世纪大战吗？”

“我想不是的。”亚兰·德利沉痛地说道。

两人同时发出叫声——大部分人只是稍微吃惊，对此没什么责任感与兴趣。在场者只有少数人了解这条消息的意义，更少人领悟到这条消息与自己的关系。

不一会儿，舞会又开始了，愉悦程度更甚于前。

欧莉芭和亚兰低声讨论这消息。华特青着脸走出屋外，在岩石上碰见了杰姆，问道：“你听见消息了吗，杰姆？”

“听见了，吹笛者终于来了，我知道英国不会抛弃法国的，杰克说乔沙船长在日出前要将旗帜升上去并不妥当，但明天似乎要募集义勇兵。”

“这么无聊的事也值得大惊小怪？”杰姆离开后，美莉·庞思轻蔑地说道。

美莉·庞思与米勒·达克拉斯二人坐在钓笼上，这地方称不上罗曼蒂克，但美莉与米勒二人感觉幸福极了。米勒个子高而瘦，认为美莉是少有的能言善辩者，因此对她有几分崇拜。

两人都不了解，杰姆说在灯塔上竖起旗帜的意思。

“欧洲发生战争和我们没关系吧？”

华特一直盯着美莉看的时候，那个奇妙的预言突然涌上心头。

“在战争结束之前，加拿大的男男女女都会被战争波及——美莉，你也会被战争波及——会有刻骨铭心的感受，为了战争而流下血泪。吹笛者来了——那不可抗拒的笛音传来了，也许会持续好几年，好几年！美莉，这段日子也许要牺牲几百万生命啊！”

“天啊！”美莉叫了起来。

美莉出现了不安的心情，虽然华特喜欢说一些奇怪的事情，像这个吹笛者的故事——自从在彩虹谷听过一次以来，就没再听华特提起过，但今日突然再现，美莉再次发抖。

“你说得太严重了吧，华特？”正好经过的哈贝·克罗霍特说道。

“这场战争不会持续好几年——一两个月就会结束了，英国很快就会让德国从地图上消失的。”

“你以为德国准备了二十年的战争，会在几周内结束吗？”华特激烈地说道，“这和巴尔干半岛那一角落的战争不一样！哈贝，这是死亡战争，对德国而言，不成功便成仁。而如果德国胜利了，你知道会变成怎么样吗？加拿大就会变成德国的殖民地了！”

“什么？根本不可能！”哈贝耸耸肩说道，“第一，他们根本打不过英国海军；第二，这里至少还有我和米勒，怎么会让德国人对我们伸出暴力之手呢？是不是，米勒？”哈贝笑着走下阶梯。

“你们男孩子怎么这么无聊啊！”美莉说道，说着便拉着米勒站起来向海边走去。两人很少有机会单独聊天，因此美莉不会将此机会让华特的吹笛者或德国等无聊话给糟蹋掉。

只剩华特一个人站在岩石上，眺望着美丽的赫温港，心中翻腾不已。

对莉娜而言，今晚最美丽的时刻已经过去了。自从杰克·艾利奥特发布消息以来，她觉得肯尼士已经将自己忘记了。莉娜突然有种寂寞与悲伤的心情，这比肯尼士从一开始就不注意自己更令人难过，人生就是这样吗？愉快的事总在正当沉醉其中时悄悄溜走。

莉娜觉得自己比刚才离开家门时年长了几岁，年轻人不会了解“这已经逝去了”的心情，莉娜叹息着想早点回家，忍不住想哭。

“累了吗？”肯尼士温柔且漫不经心地问道。他难道真的在乎她是不是累了吗？

莉娜干脆地问肯尼士：“肯尼士，这场战争对我们加拿大人而言，有很大关系吗？”

“有很大关系？能够参与这场战争将是多么荣耀的事啊！虽

然我无法参与——都怪这受伤的脚踝，但我的心在战场上。”

“我不懂，为什么英国的战争我们非参加不可，英国人自己不就够了吗？”莉娜叫道。

“这不是重点，我们是大英帝国的一部分，必须与大英帝国共存亡。最坏的情况是，我们还没出一点力，战争就结束了。”

“如果你的脚踝没受伤，你真的自愿上战场？”莉娜难以置信地问道，似乎觉得这个想法令人不可思议。

“当然，几千人都去了，杰姆一定也会去——华特身体不好，大概没办法去，还有杰利·梅雷帝思——只有我不能去。”

莉娜有点吃惊，一言不发地想着，杰姆、杰利？别傻了，父亲和梅雷帝思先生一定不会答应的，两人都还没大学毕业呢！

唉！为什么杰克·艾利奥特不将这消息留在自己的心中呢？

马克·威廉来邀请莉娜跳舞，莉娜知道自己去或不去对肯尼士都没什么影响，于是便起身随马克进入舞池。一个小时以前，肯尼士的世界里还只有莉娜一个人，但现在莉娜的存在与否已经无关紧要，肯尼士的心都在战场上。

女性无法参与这个大战场，只能躲在家中哭泣。肯尼士不能去，华特也不会去，真是谢天谢地，但一想到杰姆和杰利就会令人担心。马克踏错舞步了——又让她撞到别人，莉娜怎么会再和他共舞呢？

舞曲完毕，莉娜又和他人共舞，但兴致已经不高，又感到脚的疼痛，肯尼士好像回去了——看不见他的踪影。莉娜一开

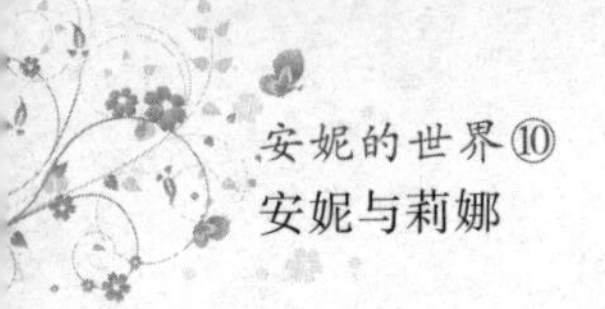

始觉得首次舞会很愉快，结果还是糟蹋了，觉得头很痛。

莉娜与几位对岸的朋友走下阶梯来到海边，灯塔上还有人在继续跳舞，清凉的空气令人舒畅。莉娜默默望着，没加入他人的谈话中，直到有人大声呼喊海上的船，莉娜才从沉思中惊醒，和一行人边笑边走上灯塔。

帐篷中还有两三对在跳舞，人群已逐渐散去，莉娜寻找克雷村的同伴，但没看见任何人，跑进灯塔屋子里，依然没发现一起来的同伴。慌张之余，莉娜急速往在港边等上船的人群跑去，看见了船，但杰姆在哪里？乔呢？

“喂，莉娜，我还以为你早就回去了呢。”美莉·庞思说道。

“其他人呢？”莉娜喘息着问道。

“他们都回去了——杰姆一小时前离开的——因为尤娜头痛，其他人大约在十五分钟前搭乔的船一起回去了。我看浪那么高，一定会晕船，所以没和他们上船，从这里走回去也不错，只有一里半的路，我还以为你早就走了呢。你去哪了？”

“我和杰恩、蒙利他们一起去海边了，为什么他们都没来找我呢？”

“他们有找你，可是找不到，所以觉得你一定是坐其他船回去了。别担心，今晚和我一起睡，打电话回壁炉山庄说一声就可以了。”

莉娜知道别无他法，双唇颤抖着差点掉下泪来，但强忍着——不可以在美莉面前哭泣！但为什么他们这么不关心她，没有一个人确认她是否回家了，就搭船离开灯塔，连华特也一

样！莉娜不禁感到沮丧。

“我的鞋子放在船上了！”莉娜叫道。

“天啊！没看见过像你这么粗心的孩子，向海洁儿借一双吧！”

“不要，我宁愿赤脚走路。”不喜欢海洁儿的莉娜叫道。

美莉耸耸肩说：“好吧，那你只得忍耐了，以后最好细心一点，走吧！”

两人出发，但穿着华丽的衣服走路，实在不怎么愉快。莉娜的脚很柔软，被小石头刺伤了，脚跟感到很痛，但肉体的痛苦是可以立刻忘记的，如果让肯尼士看到她现在的狼狈模样，那才真是屈辱呢！

莉娜的伤心无法抑制——太过分了，竟然没有人关心我——没一个人注意我，好，如果我得了感冒、肺病，看你们后不后悔！莉娜悄悄拉起裙子拭泪——手帕和鞋子都不见了——但鼻子忍不住发出声音。

“你大概感冒了，”美莉说道，“坐在岩石上吹风当然会感冒了。看看，你应该听你母亲的话，留在家里的。对了，看见你和肯尼士·霍特跳舞，海洁儿露出惊恐的表情，艾雪·里斯也一样，因为肯尼士是个轻浮的男子。”

“我觉得他不轻浮。”莉娜以挑战的态度说道。

“算了，等你到我这个年纪的时候，对男人就更了解了，”美莉以过来人的口吻说道，“男人说的话不能完全相信，肯尼士·霍特大概告诉你，将手帕遗留在会场上很罗曼蒂克吧？”

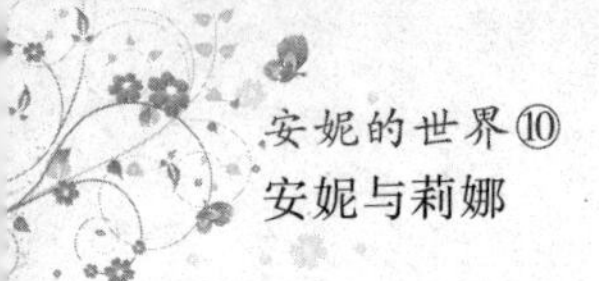

莉娜已经无法忍受美莉·庞思的傲慢，也不能忍受起泡的脚跟再走路。

“我一点也不在乎肯尼士·霍特，一点也不在乎！一点也不在乎！”莉娜大叫。

“没什么好生气的，我看见你和肯尼士一起到海边，两人在那里待了很久，你母亲要是知道这件事，一定会不高兴。”

“我打算一五一十地告诉母亲，告诉欧莉芭老师，告诉华特。你不是也和米勒·达克拉斯一起在鱼笼上坐了很长一段时间吗？艾利奥特伯母要是知道这件事，不知道会有多生气呢？”

“算了，我不想和你吵，”美莉让步了，“我只是想告诉你，等你长大一点再和男孩子约会也不迟！”

莉娜努力忍住想哭的冲动，什么都化为乌有了——和肯尼士在海边度过那美丽、如梦般罗曼蒂克的时刻，舞会上的所有朋友，一切都消逝了，莉娜不觉得憎恨起美莉·庞思。

“啊！你怎么了，为什么哭了呢？”美莉惊讶地叫道。

“脚痛得受不了了——”莉娜放弃最后的自尊。

“没关系，我知道可娜莉亚伯母装鹅油的壶放在哪里，睡前涂一下就好了！”美莉亲切地说道。

用鹅油涂脚——这就是她第一次舞会、第一个罗曼蒂克月夜的结局吗？

第五章

别 离

壁炉山庄的枫林沐浴在日光中，莉娜穿过枫林，来到彩虹谷，坐在青苔石上，盯着八月午后的天空，但没有任何东西映入眼帘。

莉娜还不太能适应这个新世界，感到有些迷惑。

“我和六天前在赫温灯塔跳舞的莉娜·布莱恩一样吗？”

对于莉娜而言，这六天比以前六年的岁月更有意义。希望、不安、胜利、屈辱交织而成的那个月夜，好像是久远以前的历史一般，已经被人们遗忘。只有不得已必须和美莉一起步行回家这件事，一想起就会令人忍不住想哭。现在想起当时的心情，真是滑稽极了，但现在不能哭，她从来没见母亲的脸色这么难看过。

的确，我要鼓起勇气——像母亲、南恩、菲斯一样。菲斯不是曾怒目叫道：“如果我是男孩子的话，我一定去！”但思考这种事只能躲在彩虹谷里，自己已经不是小孩子了，长大了，

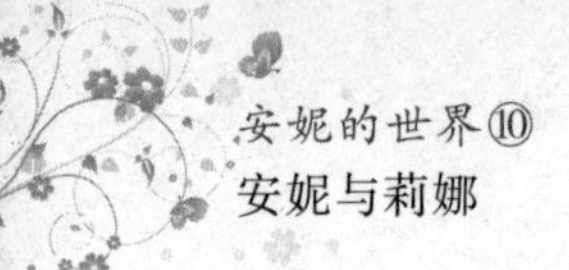

但偶尔还是会流眼泪，只好找个不容易被人看见的场所——彩虹谷。

“唉！要是能有转机就好了，为什么我做不到了？好怀念以前那令人愉快的每一个日子！要是日子能倒流，我决不再抱怨。”

莉娜的世界从舞会第二天开始变坏。

一家人在壁炉山庄吃过午餐，正围在餐桌旁讨论战争情势时，电话铃响了，是夏洛镇打来给杰姆的长途电话。放下听筒后，杰姆立刻转头，脸色涨红、眼睛闪耀着光辉。他尚未说出一句话时，母亲与南恩的脸都白了，莉娜此时感到生平前所未有的颤动，好像一股很大的气体夹在喉间。

“爸爸，市里正在招募义勇兵，已经有很多人参加了，我想今晚去报名。”

“哦，我的小杰姆！”布莱恩夫人叫了起来，已经好多年没用过这个称呼了——自从杰姆说讨厌这个称呼以来，一次也没再叫过。

“天啊！不可以，不可以！小杰姆！”

“妈妈，我必须去，我的想法是正确的，对不对，爸爸？”杰姆说道。

布莱恩医生站了起来，脸色苍白，声音微弱，但毫无迟疑：“是的，杰姆——如果你认为对，就去做吧！”

布莱恩夫人双手遮脸，华特神色凝重地看着自己的盘子，南恩与达恩双手互握，沙利显得非常平静，苏珊将正在吃的派放到盘子上，麻痹了似的坐着。派已经说明了苏珊内心的激动，

为什么呢？因为苏珊认为残留食物对文明社会而言，是种罪恶，是种浪费。

电话再度响起，杰姆跑过去接。

“杰利也想去！”听到这个消息，南恩好像被刀刺中般大叫一声“啊”后立刻跑出屋外，达恩在后面追。莉娜想寻求安慰地看向华特，但华特正沉醉在思绪中。

“太好了！”杰姆沉着地说道，“我想你也会这么做，对不对？今晚七点，火车站见！”

“夫人，我是不是在做梦？那孩子知道自己在说什么吗？那孩子要从军！难道政府非要这么小的孩子不可，难道夫人、先生允许他去？”

“我留不住他！”布莱恩夫人哽咽地说道，“天啊！吉鲁伯特！”

布莱恩医生站在妻子背后，手轻轻地搭在妻子肩上，露出温柔的眼神，这种眼神只在以前出现过一次——那是好几年前在梦中小屋，小乔丝死的时候。

“他认为那是一种义务——难道你想留住他吗？你希望这么做？”

“我是希望他留下，这不是我们自私。不是——不是——不是自私——他是我们的第一个儿子，而且还是个小孩子。吉鲁伯特，也许过一段时间我会勇敢一点，可是现在不行，太突然了，请给我一点时间。”

医生扶着妻子走出屋子，杰姆不见了，华特也不见了，沙利也站起来走出去，只有莉娜和苏珊隔着餐桌对坐着，莉娜没哭——眼眶也没有眼泪，但苏珊哭了——从来不曾流过一滴泪的苏珊哭了。

“苏珊，杰姆真的会去吗？”莉娜问道。

“没见过这么胡乱搞的事！”苏珊擦拭眼泪，忍住不再哭泣，“洗盘子吧！即使这种事使人疯狂，不做也不行，杰姆会去，也许、也许在他上战场前，战争就结束了。提起精神，不要让你母亲再为你担心。”

“今天报上引述基钦纳的话，说战争会持续三年。”莉娜半信半疑地说道。

“我不认识基钦纳，”苏珊泰然自若，“但基钦纳也有可能和其他人一样判断错误，你父亲说战争大概两三个月就会结束，我支持你父亲的看法，所以我们必须放稳心情，听天由命。收拾收拾吧，我不哭了，哭不但浪费时间还挫伤志气。”

杰姆和杰利当晚便赶往夏洛镇，两天后两人穿着卡其色军服回来了。这件事令克雷村的人疯狂，壁炉山庄的生活充满了紧张感，布莱恩夫人与南恩显得很有精神，脸上洋溢着微笑；布莱恩夫人与可娜莉亚已经加入红十字组织；布莱恩医生与梅雷帝思牧师则集合男子为后援队；莉娜突然受到这种打击，还不能适应。

杰姆穿着军服，英姿焕发。加拿大的年轻人能争先恐后报效国家，真令人佩服。

莉娜在日记中写道——

要是我是男孩子，一定随哥哥出征。

而这时候，莉娜反而不希望华特的肠炎好起来。

莉娜写道——

要是华特也去，那就完了。虽然我也很爱杰姆，但华特可说是我的世界中最重要的人之一。华特变了很多，现在都不怎么说话，一定是他自己想去，却没办法去，所以觉得伤心。

杰姆穿着军服回来时，苏珊的脸色令我无法忘怀。那张脸有点扭曲，好像要哭出来，但她只是淡淡地说："杰姆穿上军服看起来好像大人。"杰姆笑了，被苏珊认为是小孩子，杰姆一点也不介意。

除了我，大家都显得忙碌，要是我也能做点什么就好了，但似乎什么忙也帮不上。母亲、南恩、达恩始终忙碌，只有我一个人像幽灵一样飘来飘去。

令人受不了的是母亲和南恩的笑脸，好像是装出来的，现在母亲的眼里绝对没有笑，看见母亲的样子，我觉得我也绝对不能笑。

即使现在有时想笑，也和以往那愉快的心情迥然不同了。

每当夜里醒来，一想到战争会持续好几年那段话，我就担心得想哭，如果杰姆——不，这种事不能写，写出来就好像是真的了，南恩曾说："我们没有人能再像以前一样。"听了这句话，我很生气，为什么不能再像以前一样呢？当一切结束，杰姆和杰利回来时，为什么不能再和以前一样呢？

菲斯·梅雷帝思很勇敢，杰姆和她就像有婚约一般，菲斯的眼睛虽然闪耀着光辉，但她的笑容和母亲一样，是一种担心的笑。如果我有恋人，而恋人要上战场的话，我怀疑我是不是能像她一样坚强。自己的哥哥上战场就这么令我伤心了。

听到杰利和杰姆要上战场，布鲁士·梅雷帝思哭了一整个晚上。隔天他便拜托父亲为哥哥祷告，害怕战场上的神和家中的神不同，不知道哥哥会不会受到保佑，他真是个可爱的孩子，我非常喜欢布鲁士。本来我是不太喜欢孩子的，但看见布鲁士，就忍不住喜欢他。

自从那次舞会后就没见到肯尼士，杰姆回来后有一晚，听说肯尼士曾来壁炉山庄，但正好我不在，肯尼士好像一点也没提到我——否则应该会有人来告诉我，但那已经没有关系，不重要了。重要的事情只有一件，那就是杰姆志愿从军，两三天后就要出发了——我伟大的哥哥，啊！真令人骄傲！

肯尼士如果不是脚踝受伤，应该也会从军。还好，否则他母亲不知会有多伤心呢。毕竟他是独子啊！

莉娜正好望见华特低头在彩虹谷漫步，华特看见莉娜立刻掉头返回，但随即又转过身，向莉娜所在的方向走来。

“莉娜·我的·莉娜，你在想什么？”

“什么事都变了，华特，”莉娜悲伤地说道，“连华特也变了。一星期前我们还过得那么幸福，但现在——”

华特在石头上坐下来，牵起莉娜的手，说道：“莉娜，你难

道不认为我们的旧世界结束了吗？我们必须面对现实。”

“一想到杰姆我就受不了。”

“我很羡慕杰姆。”华特不高兴地说道。

“羡慕杰姆？华特——华特——华特也想去是不是？”

“是的，”华特一直盯着前方的绿色树木，“我也想去，但真正的我并不想去。莉娜，我很害怕，我是个胆小鬼！”

“不是，你不是胆小鬼，每个人都会害怕上战场，一不小心——就会丧命！”

“我倒不怕死——怕的是死前的痛苦。死了就没事了，但如果痛苦一直持续到死亡——天啊！莉娜，我从小就恐惧痛苦——这你是知道的，我无法不害怕，一想到就会全身发抖。莉娜，我无法面对这种想法，一想到也许无法再看见这个美丽的世界时，我就受不了——我应该去——我应该想去，但我却不想去，我为什么这么怯懦呢？”

“华特，你现在身体还没好，哪儿也不能去啊！”莉娜悲伤地说道。

“没问题，我比以前好多了，也许大家都认为我身体还没好，但我知道我没问题，我、我实在应该生为女儿身！”华特激烈地爆发心中的苦闷。

“就算是你身体健康，也不能去，母亲怎么办？母亲已经为杰姆的事伤心极了，如果你再去，那她不是会伤心死吗？”莉娜啜泣起来。

“我不去——别担心，我害怕去——我不能欺骗自己，向你诉说之后好多了。莉娜，我一直不敢向别人倾吐，我想南恩、达恩一定会轻视我的，但我真的讨厌那些事物——恐怖、苦痛、丑陋，一想到战场上的血腥画面，我就觉得恶心。”

华特咯咯笑了起来，有一种自嘲的味道。莉娜抱住华特，将头靠在他肩上。莉娜很高兴华特不想去，更高兴华特向自己说出心底的话，她顿时觉得胸中沸腾了起来。

“莉娜·我的·莉娜，你会瞧不起我吗？”华特悲伤地说道。

“怎么会呢？有成千上万的人的想法和你的一样啊！‘勇者并不是不害怕的人’，不是吗？”

“没错，可是那是指必须‘克服恐惧心’，我却没做到。莉娜，我是个胆小鬼！”

“不，想想很久以前你和伦斯吵架的事。”

“那只是一时激发出来的勇气。”

“哥哥，我想起父亲曾说你的缺点就是你有过于丰富的想象力，现在我终于知道父亲话中的含义了。哥哥，你在事情还没发生以前，就会感受到——感觉那件事像个沉重的包袱，我无法分析得很清楚，但知道那是很复杂的现象，不是可耻的事。”

“晚餐时间到了，我吃不下。”

“我也是，一口也吃不下。我们就坐在这里聊天吧，反正他们都认为我是什么都不懂的小孩。”

两个人就这么坐在彩虹谷里，云端陆续出现星光，这一夜对莉娜而言，是极为重要的——华特第一次没把莉娜当成小孩，对她倾吐心中的话语，两人互相安慰、鼓励。莉娜很高兴被华

特选为倾吐的对象——她也算是个有用的人了。

他们回到壁炉山庄，发现阳台上有客人，是牧师家的梅雷帝思夫妇和农场来的诺曼·达克拉斯夫妇。苏菲亚和苏珊坐在后面的角落里，布莱恩夫人和南恩、达恩不在，布莱恩先生正与大家谈论战争的话题。这时候，只要有两个或两个人以上的地方，就一定会谈及战争。

华特进屋，莉娜则在阶梯上坐下来。

“要是我再年轻二十岁，我一定去。”诺曼说道。

“我早就知道这场战争是免不了的。强森，你还记得几年前我对你说的话吗？你不相信，你说威廉二世不会引起世界战争的，结果是谁对了呢？”

“被你料中了。”梅雷帝思说道。

“现在认输已经太迟了。”诺曼夫人摇摇头，好像强森·梅雷帝思如果早一点认输，这场战争就不会发生了。

“还好英国海军已经准备好了。”布莱恩医生说道。

“我也有同感，还好有有先见之明的人。”诺曼夫人点点头。

“英国也许会乱一点，但我想没有危险。”苏菲亚发出哀伤的声音。

“好像英国已经乱成什么样了，你的想法从以前就和我不同，我认为只要有英国海军在，我们根本就不需有这些无谓的烦恼。”对苏珊而言，相隔几千英里的战争，实在不值得这么大惊小怪。

“英国陆军会扫平德国吧？”诺曼喃喃说道。

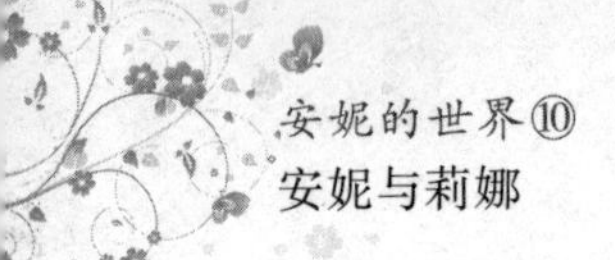

“英国根本没有陆军，不要瞪我，瞪我也制造不出士兵。想想看，几万、几十万的士兵，一下子就会被德国几百万士兵吞掉了。”诺曼夫人说道。

“吞掉？总得嚼一嚼吧。”诺曼顽强地说道。

“也许这场战争是神对我们罪恶的一种惩罚，”苏菲亚说道，“牧师也这么认为吗？牧师说教中不是有‘流血的罪无法赦免’一节吗？”

“不流血是不可能的，我认为所有的牺牲应该有代价，决不可再有血流成河的战争了。克罗霍特夫人，我并不认为这场战争是神对我们罪恶的惩罚，这是人类之福——为了伟大的前进必须付出的代价——也许在我们有生之年看不到这个价值，但我们的子孙看得到。”

“如果杰利牺牲了，你还能有这种心情吗？”诺曼问道。诺曼总是喜欢问这种尖锐的问题。

梅雷帝思颤抖了一下，杰姆和杰利出发的那天晚上，梅雷帝思独自待在书房里度过煎熬的时刻，但这时他静静地回答：“我的信念是，我的儿子如果为祖国奉献生命，他的牺牲一定有价值，他的牺牲能使新理想实现，这个信念不会改变。”

莉娜希望大家谈点战争以外的话题，但这一星期来，她听到的都是和战争有关的事，真希望这场战争快点结束——莉娜叹息着想。

第六章

踏上征途

壁炉山庄宽敞的客厅里像在下雪一般，因为红十字会指令需要床单与绷带，南恩、达恩、莉娜正在拼命工作。

布莱恩夫人和苏珊在二楼男孩房间做着更切身的事，没有眼泪，但充满苦恼的两个人正在为杰姆准备行李，杰姆第二天天就要出发。

莉娜自出生以来，第一次缝床单边。知道杰姆非走不可时，她跑到彩虹谷树下哭泣，然后又跑回母亲那儿诉苦。

“妈妈，我该做点什么，我是女孩子，不能上战场，但总有一些我可以做的事吧？”

“南恩在做床单，你可以去帮帮她。另外，莉娜，你可以邀请未成年的女孩子组成红十字少女会，这样就可以做一些更有意义的事。”

“可是，我从来没有做过这种事呢！”

“每个人都有很多从未做过的事，不是吗，莉娜？”

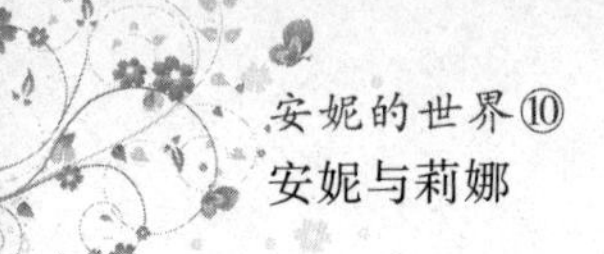

“好！”莉娜干脆地决定，“我试试吧，妈妈，该怎么开始呢？我仔细想过，我必须提起精神、勇气，不再任性。”布莱恩夫人听了之后，脸上展现出笑容。

莉娜手中缝着床单边，头脑里想着组织红十字少女会的事，感到很愉快——不是为缝床单边，而是为组织。

不仅有趣，莉娜还惊讶地发现了自己这方面的才能，会长该由谁担任呢？她自己不行，否则年龄大一点的女孩子会不高兴。艾琳·哈华特？不行，她人缘不够好。玛乔琳·杜尔怎么样？不行，她不够坚强。贝蒂·米特——沉着、聪明、伶俐的贝蒂——正好，就是她！

另外，尤娜·梅雷帝思担任会计，必要的话，书记也可以，莉娜知道谁该做什么，集会在每个人家里轮流进行——不必准备食物——莉娜觉得这项决定会引来欧莉普·卡特的激烈反对。另外，凡事都必须是有条不紊地组织起来，议事录中必须印上红十字的封面。除此之外，为了募集基金举办的音乐会，也必须身着制服。

“你的上下边缘必须缝得一样！”达恩提醒莉娜。

莉娜很讨厌裁缝，少女会有趣多了。

在二楼的布莱恩夫人说道：“苏珊，我想起杰姆第一次张开双手说‘啊’的那一天，你知道他第一次说的话是哪一句吗？”

“那个小可爱的事，我没有一件忘记。”苏珊感伤地说道。

“苏珊，我想起那孩子哭泣着求我的晚上，那时他才几个月大。吉鲁伯特不让我到孩子身边，因为他说孩子的身体状况很好，一直陪着他会养成坏习惯，可是我还是去了，将孩子抱起来——现在我还感觉得到他的小手紧抓我脖子的情形。苏珊，如果二十一年前的那个晚上，我不理会那孩子的要求的话，我现在就无法面对他。”

“夫人，谁都不愿见到这种离别的场面，但这不是最后的离别，他出国前还可以请假回来啊。”

“但现在还不能确定，我想他们应该不能回来，战争那么紧迫。我决定明早笑着送杰姆出门，给他勇气，最好谁都不要哭。”

“夫人，我不会哭，但笑不笑得出来，就要看上帝有没有赐给我这份勇气了。”

杰姆与杰利第二天一早出发了，这是个好天气，只是有几朵乌云。

克雷村、赫温港、上克雷、对岸的人们都来送行。

布莱恩一家人都露出微笑，这种感觉比流泪更痛苦。莉娜的喉咙好像被什么东西哽到，菲斯与南恩面无血色，却强装出坚强的态度，杜克·曼蒂也来了，最心爱的小狗仿佛也知道主人将离去，紧跟在杰姆脚边。

“我不忍看那只狗的眼睛。”梅雷帝思夫人说道。

“那只狗也懂得人间的离别。莉娜，你看，肯尼士来了。”美莉说道。

莉娜知道肯尼士来了，从肯尼士跳下马车时就知道了。现在，肯尼士微笑着走向莉娜。

“你真是勇敢的妹妹，克雷村来了那么多人。我两三天后回

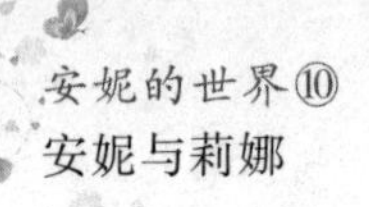

去。”肯尼士说道。

“为什么，不是还有一个月的假期吗？”

“是啊！不过世界局势这么乱，我也无法心平气和地在赫温港待下去，这双脚让我无法报效国家。真羡慕杰姆和杰利，你们女孩子也很伟大——没人哭，大概是不想让杰姆有负担吧。要是轮到我的话，我希望我母亲也能够这么勇敢。”

“等到你时，战争已经结束了。”莉娜吐吐舌头。

肯尼士向另一方向走去——和艾雪·里斯说话，艾雪早上七点就穿着参加舞会的衣服在那儿哭泣，她到底为什么哭呢？里斯家没人穿军服啊！莉娜也想哭，但不能哭。

那个讨厌的杜尔伯母以悲泣的声音在和母亲说什么呢？

“夫人，你真耐得住啊！要是我那小孩要去的话，我一定受不了。”

啊！母亲在任何场合总是表现得很坚强。

“勉强忍住的话更难过。”杜尔夫人不懂，但莉娜听得懂。

仔细注意，只有莉娜一人默默站着，其他来来往往的人都在说话。

“我要马克注意看是否有第二次募集，要是有的话，我一定让他去——但没有第二次了。”帕玛·巴夫人说道。

“我好害怕我先生也想去。”对岸的一位新婚妻子说道。

“我一直担心吉姆会去入伍。”吉姆·哈莱特夫人说道。

“圣诞节前结束战争最好。”乔·比卡斯说道。

“欧洲国家一定会浴血奋战。”阿布纳·里斯说道。

“这些孩子小时候不知有多顽皮，我都说他们必须接受一顿殴打，看看，小男孩都长这么大了。”诺曼·达克拉斯大声说道。

“关系着大英帝国的存亡啊！”美以美派的牧师说道。

“身着军服真的很英武。”艾琳·哈华特说道。

“这根本是场商业战争，没有让加拿大流一滴血的价值。”对岸来的一个陌生人说道。

“布莱恩家的人看起来都很悠闲。”卡特·杜尔说道。

“那个年轻人那么爱冒险，他们想着杰姆只是去冒险。”尼萨·克罗霍特说道。

“我绝对信任基钦纳。”对岸的医生说道。

这十分钟，莉娜看到了愤怒、微笑、轻蔑、意志消沉、发奋等各色面孔。

唉！人真是奇怪的动物，令人无法理解。

莉娜仿佛做了一场恶梦，三周前还在讨论作物、物价的，就是这些人吗?

看见火车来了，母亲握住杰姆的手——曼帝舔着那双手——大家都说“一路顺风”！火车进站了，杰姆在众人面前亲吻菲斯，男孩子以肯尼士为首，大叫“万岁”！莉娜觉得手被杰姆用力握了一下——“我走了，小莉娜！”谁亲了莉娜?大概是杰利吧。两人上车，火车开动了。杰姆和杰利用力向人群挥手，月台边的人也挥舞着手，母亲和南恩的脸上还挂着微笑，她们似乎忘记了收回微笑，曼帝用力向火车驶去的方向叫着。火车转弯，两人的影子消失了。

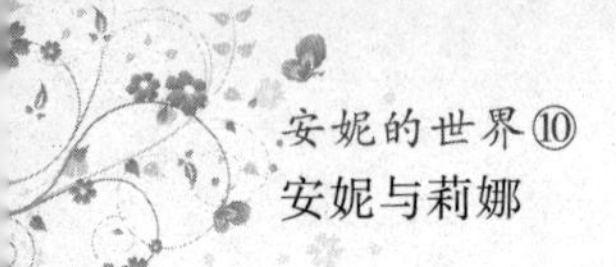

莉娜回归自我，周围突然一片寂静。

现在只有回家，只有等待。

“曼帝好像决心等待杰姆回来。”华特说道。

是的，主人走了——冒着蒸汽的怪物带走了主人，一定要等它再带回主人。

当晚，医生出门应诊，苏珊在走进自己寝室的途中，顺道看看女主人是否“沉着”。

“夫人，我决定成为英雄。”

安妮忍不住想笑，苏珊则严肃地说道：“我决定不再像以前那样叹息、哭泣、怀疑上帝，那样于事无补，我要组织除洋葱草的队伍。那可爱的小孩出征了，我们女人必须坚强、振作起来。”

第七章

战争之子

“现在是列日——下次不知道是不是布鲁塞尔？”布莱恩医生摇摇头。

“先生，不要沮丧，因为这些地方外国人有防备，德军正在等待英军呢！”

医师再度摇摇头，但表情已经没有那么沉痛了，希望如苏珊所言。

当第一天消息传来——英军被击退时，大家都茫然地你看看我、我看看你。

“不应该这样的啊！”南恩吐出话来。

“今天好像会有坏消息传来，那只猫无缘无故一早就闷闷不乐。”苏珊说道。

“虽然被击败，但士气并不沮丧，英国士兵岂会因此退缩！”医生读着《伦敦日报》。

“这么说来，战争不会很快结束了？”布莱恩夫人绝望地

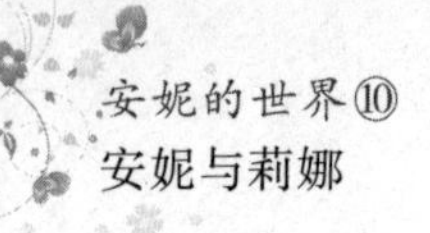

说道。

瞬间，苏珊沉没的信念再度扬起。

“夫人，你不要忘了，英国陆军不是英国海军，而且俄军也出发了，俄国人我们不太了解，所以并不清楚详细情形。”

“俄国大概也救不了巴黎了，巴黎是法国的心脏——而且通往巴黎的道路并不平坦。”

华特脸色沉重地走出屋外。

经过惨淡的一天，壁炉山庄的人都知道，再怎么坏的消息传来，日子还是得过下去。苏珊在厨房奋斗，医生出门应诊，南恩与达恩继续做红十字的工作，布莱恩夫人出席在夏洛镇举行的红十字会议，莉娜干脆跑到彩虹谷偷偷哭泣。

她知道自己必须更勇敢，“我必须当个勇敢的英雄”。

而这时候，莉娜已担任起运送红十字物资往来克雷村与赫温港间的职责，运送工具是阿布纳·克罗霍特那匹上了年纪的灰色马。壁炉山庄的一匹马的一只脚不好，另一匹由父亲使用。克罗霍特家的马走路很慢，每走两三步就得停下来用一只脚驱赶另一只脚上的苍蝇。每想到德军距离巴黎只有五十英里路，莉娜就受不了这么慢悠悠的马，但幸亏还是能够完成使命。

有一天下午，莉娜运载整车物资通过茂密的草丛，想到也许应该去拜访安德逊家。安德逊家很穷，安德逊先生出生于英国，战争开始时，他不但没回家，连钱也没寄回来，就立刻加入了军队。

安德逊家位于海边附近的松林中，给人一种很害羞地避开人群的感觉。莉娜将马系在快倒的栅栏上，走进大门，在门口看见屋内的状况后，顿时不能言语。

莉娜看见了对面小房间里散乱床铺上的安德逊夫人，毋庸置疑，安德逊夫人死了。这时莉娜注意到靠近大门处坐着一位脏兮兮、圆脸、肥胖的红发女人，正悠闲地吸着烟草，房间正中央的摇篮里传来婴儿哭泣的声音。

莉娜知道这个女人，她是克诺巴夫人，住在渔村，是安德逊夫人的大伯母，喜欢吸烟、喝酒。

莉娜有转身逃跑的冲动，但不可以这么做，不管感觉多么厌恶，但也许能帮上一点忙。

“请进！”克诺巴夫人用如鼠般的小眼睛盯着莉娜。

“安德逊夫人真的死了吗？”莉娜一面踏进屋子，一面问道。

克诺巴夫人说道：“死了，三十分钟前，我已经打过电话请葬仪社派人来了。你是医生的女儿？”

莉娜环视屋内，椅子上杂乱地堆满了东西，没有一张空着，所以莉娜就一直站着。

“是突然发生的吗？”

“是的，自从她先生赴英国战场以来，她就一直担心。两星期前她生下这个小孩，但她产后身体一直很虚弱，没想到今天突然死了。”

“有什么我可以帮忙的地方吗？”莉娜问道。

“没有。除非你会带孩子，我不会带，那孩子总是哭个不停。”

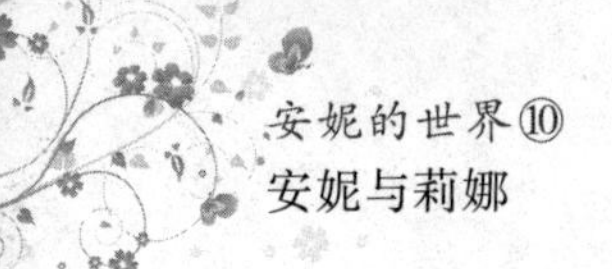

莉娜走近摇篮，看着极其肮脏的毛巾被下的婴儿，她没有抱起婴儿的打算——莉娜对照料小婴儿一窍不通，莉娜没见过这么丑的婴儿。看着这个孤儿，莉娜突然产生了同情心。

“这个婴儿怎么办？”

“谁知道！”克诺巴夫人率直地回答。

“蜜恩很疼这个孩子，真可怜，只疼两星期就死了。我也不能养他，我还要扶养我妹妹留下来的小孩呢！我曾告诉蜜恩，在吉姆回来照顾这个孩子之前，这个孩子必须送到孤儿院。但蜜恩听了很不高兴，毕竟是自己生的小孩，但又有什么办法呢？”

“在送到孤儿院之前，由谁照顾呢？”莉娜追问。

“只好由我来照顾他了，否则怎么办？”克诺巴夫人不悦地说道，“我在想，这个孩子大概也活不久，他那么虚弱，很难照顾。”

莉娜稍微将毛巾拉开一点。“啊！这小孩没穿衣服呀！”莉娜吃惊地叫道。

“谁拿衣服给他穿呀？你告诉我！”克诺巴夫人残酷地说道，“我根本没空——忙着照顾蜜恩，而且我刚才也说过，我对照料小孩一窍不通。他刚生下来时，比莉·克罗霍克来帮他洗澡，然后就把他放在摇篮里了。”

莉娜无言地向下望着哭泣的婴儿，真是人间的悲剧啊！莉娜感到一阵心痛。

一想到身边只有这个讨厌的女人，莉娜就觉得婴儿太可怜了，她要早一点来就好了，但她又能做什么呢？现在她能做什么呢？

莉娜有点茫然，但总不能坐视不管。虽然讨厌婴儿，但总不能放下这个可怜的婴儿离去——他已经没有母亲了。

“我不能再待在这里了，晚饭前必须牵着马回去。唉！怎么办呢？”莉娜突然有一种冲动，“我带这个婴儿回家好吗？”

“只要你愿意，没什么不好的，你带走他吧！”克诺巴夫人如释重负般地说道。

“我不能抱他，因为我要驾御马，有没有什么提篮可以让我提？”

“我不知道，这里太乱了。蜜恩那么穷，她先生又没寄钱回来。那个抽屉如果打得开的话，里面有一些婴儿衣服，你最好一起带走。”

莉娜取出小衣服——看起来很不错，一定是安德逊夫人用心准备的，但并不能解决放置婴儿这个迫切的问题，莉娜不知所措地向四周张望。唉，要是母亲在就好了——苏珊也可以。莉娜望向料理台后的大汤碗。

“这个可以吗？”

“也许可以吧。那不是我的，你拿走好了，但不要弄坏了——如果吉姆从英国凯旋回来——吉姆一定会凯旋归来的，这是吉姆从英国带回来的，吉姆和蜜恩都没用它来装过汤。吉姆很喜欢这个碗，他是个一板一眼的人，所以你最好不要弄坏它。”

莉娜抱起出生不久的婴儿——放下——一边担心会不会弄坏汤碗，一边帮婴儿裹好毛巾被。

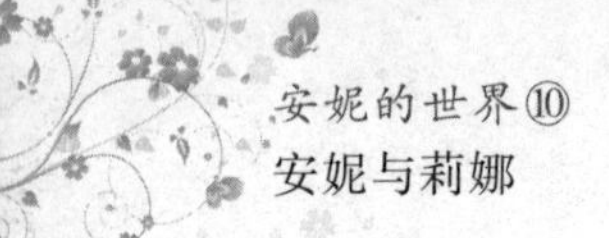

“不会窒息吧？”莉娜担心之余问道。

“不但不会窒息，而且不会出什么差错的。”克诺巴夫人回答。

莉娜望着婴儿，婴儿已经停止哭泣，眼睛盯着莉娜，小而丑的脸上，有双大而圆的眼睛。

“脸不要吹到风。”克诺巴夫人提醒莉娜。

“我上马车后，请你将汤碗交给我。”

“好。”克诺巴夫人呻吟似的站起来。

就这样，明明知道自己不喜欢小孩的莉娜，从安德逊夫人家走出来，并且将婴儿放在膝盖上。

莉娜觉得到壁炉山庄的路好长、好长，再怎么认真驾御马车也是一样。汤碗中一片宁静，虽然婴儿没有哭是万幸，但莉娜还是希望婴儿发出一点声音，好让她知道婴儿还活着，万一窒息的话怎么办?

莉娜畏惧得不敢打开毛巾被查看。

终于平安抵达壁炉山庄，莉娜可以松一口气了。

莉娜将汤碗提到厨房，放在苏珊面前的桌子上，打开毛巾被。

苏珊惊讶得说不出一句话来。

“这到底是怎么回事？”医生走进厨房。

莉娜将事情始末叙述了一遍。

“我不能不带他回来，父亲，我决不能将他留在那个地方。”

“你打算如何处置这个婴儿？”父亲态度冷漠。

莉娜没想到父亲会问这个问题。

“我想让他在家里待一阵子，直到他有去处。可以吗？”莉娜结结巴巴地说道。

“莉娜，小婴儿必须有人照顾，南恩和达恩下星期要去雷蒙大学了，在目前的状况下，你母亲和苏珊并没有余力照顾他。所以如果你想留下婴儿的话，一定得自己照顾他。”父亲说道。

“我？爸爸，我、我不会呀！”莉娜睁大了眼睛。

“比你年纪小的女孩子都会照顾婴儿了，我和苏珊会尽我们所知教你，如果你不会，就必须将婴儿送回克诺巴家。如果送回去，这个孩子的寿命大概会缩短。看得出来，这个婴儿的体质很虚弱，需要特别照顾，即使能送进孤儿院，也不知道能不能存活，但目前不能再给你母亲或苏珊添麻烦了。”

医生态度严厉地走出厨房。

莉娜茫然地望着婴儿，看来只有试着照顾他了。

“苏珊，婴儿最需要什么？”莉娜无奈地问道。

“温暖。而且不能每天洗澡，否则身体会太干，洗澡水不能太热，每两小时喂他一次，当他肚子痛的时候，必须热敷肚子。”苏珊边想边说。

婴儿再度哭泣。

“一定是肚子饿了，该给他吃什么呢？”莉娜不知所措，“苏珊，你教教我。”

依照苏珊的指示，莉娜抱起婴儿喂奶，边喂脑海中边思索。

“苏珊，我决定尽力照顾他，说什么也不能把他送回到克诺

巴夫人那儿，你可以教我怎么帮婴儿洗澡，还有怎么帮婴儿穿衣服吗？”

在苏珊的监督下，莉娜为婴儿沐浴，苏珊在一旁教导。医生在客厅坐着，不知什么时候突然进来了，所以莉娜只好咬紧牙关学习。

婴儿大声哭起来。

“我弄痛他了吗？”莉娜哀伤地向苏珊求救。

“没有，婴儿一开始都很讨厌洗澡，但你千万要记得，一只手一定要放在婴儿的背部下方，沉住气。”

沉住气？莉娜已经满头大汗了。

“今晚该如何照顾婴儿呢？”

白天已经很麻烦了，夜晚更是难照顾。

“将这个篮子放在你床铺旁边的椅子上，夜里喂他一两次。你真的没办法的时候就叫我，我一定会来帮你。”

“可是苏珊，如果他哭了怎么办？”

结果，婴儿没哭，真令人感到意外——也许是可怜的小小的胃已经被填饱了，婴儿几乎安安静静地睡了一整夜。莉娜则是彻夜未眠，因为她怕自己睡着后，婴儿发生什么意外的话就完了。

两天后，回到家的布莱恩夫人问莉娜在哪里时，苏珊的回答令夫人惊讶：“在二楼照顾小婴儿，夫人。”

第八章

莉娜的决心

壁炉山庄所有的人立刻习惯家里的新状态，前三天混乱的状况已经过去。莉娜可以入眠，并在预定的时间醒来，而且可以熟练地为婴儿沐浴、更衣、喂食了，但莉娜有时候会无情地想，命运为什么会在那一天将她带进安德逊家呢？

没有一个兄弟姐妹嘲笑莉娜，有一天，华特还赞赏她照顾战争下的孤儿。

“比起杰姆在战场上的斗争，莉娜，你的勇气更令人嘉许，你竟能照顾一个只有五磅重的婴儿，我要是有你一半勇气就好了。”华特说道。

受到华特的称赞，莉娜高兴极了，但在日记里，莉娜写下了悲观的抱怨——

我要是能再多爱他一点就好了。如此，事情将更愉快，可是我不喜欢他，我只是觉得他可怜，那婴儿是个障碍——带来

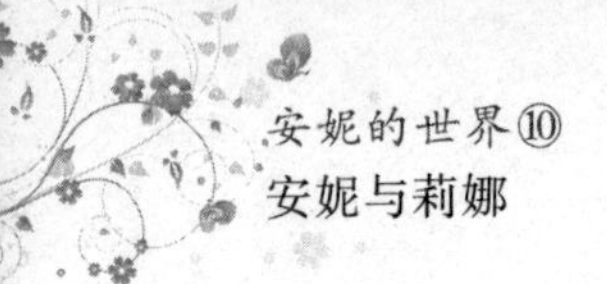

麻烦，把我绑住了——红十字少女会正在起步，而且昨晚艾丽丝的舞会也没办法去，我真的好想去。

为什么婴儿随时都有状况发生呢——腹痛、脚突然往上踢，癫痫似的哭泣起来，天啊！他如果能够安安静静地睡个大半天，我就可以请母亲或苏珊帮我照顾一下，然后溜出去了，父亲一定不会怪我的！

有时候他晚上实在不知怎么回事，就是哭闹，那时候父亲出诊，母亲头痛，我照书上的《摩根式育儿法》照料他根本无效，真想叫苏珊。

老师现在和南恩睡同一个房间，都是因为这个婴儿。我很伤心，睡前不能和老师聊天，真寂寞，只有这时候我想单独和老师交谈，但又不能让婴儿吵到老师，老师现在已经有很多烦心的事情了。克拉特先生也去了巴尔干半岛，老师伤心地觉得克拉特先生不会再回来了，看见老师的眼睛真令人痛心——悲剧啊！

老师说不是被婴儿吵醒，而是因为德军威胁到巴黎而睡不着。老师抱起讨厌的婴儿，让婴儿平趴在自己的膝上，轻轻拍两三下，婴儿便停止哭泣，立刻入睡，一觉到天亮，我睡不着——太累了。

红十字少女会有许多事情必须考虑，贝蒂担任会长、我担任书记没问题，但大家都说为什么让洁恩担任会计呢，她是个自大的人，要是尤娜就没问题了。尤娜是个天使，善良的天使，我希望华特喜欢尤娜，但华特好像不这么想，华特曾说尤娜像

蔷薇，事实上就是如此，尤娜总是那么温柔。

和预想的一样，欧莉普提出聚会上应该有饮食，这引起了激烈的辩论，大多数人反对饮食，所以少数派至今还不太高兴。艾琳是少数派之一，从那次会议以后，她对我很冷漠。

母亲和艾莉奥特伯母的红十字妇女会好像也有不少问题，但不论遇到什么问题，两人总是沉着应付。我也必须如此，却沉着不下来。我总是愤慨地想哭，只能在日记中宣泄不平，可是我决不能闹别扭，喜欢闹别扭的人令人讨厌。

不管怎么说，我们一周聚会一次，学习编织，组织到这地步已不容易了。

肯尼士回伦敦了，两天前来打过招呼，我不在家——到牧师家请梅雷帝思伯母教我做婴儿衣服去了，所以没见到肯尼士。肯尼士请南恩向我问好，但他在南恩面前称我为“小丫头”。那么轻浮的称呼，很明显看出，那个海边美丽的夜晚对肯尼士而言，一点意义也没有，我也决定不再想肯尼士，以及那一晚的事情了。

弗雷特·阿诺尔特送我到牧师家，弗雷特是美以美派新任牧师的儿子，是个聪明、亲切的人。不看鼻子的话，他可说相当潇洒，平常的交谈还没什么，要是谈起诗或理想等话题，一看见他的鼻子，就令我有大声笑起来的冲动。弗雷特比肯尼士有魅力，但抬头看见他的鼻子，魅力就完全消失了。

弗雷特也想入伍，但他只有十七岁，不能入伍。我们走在街上遇见艾利奥特伯母，她好像不太高兴，父亲说她很讨厌美

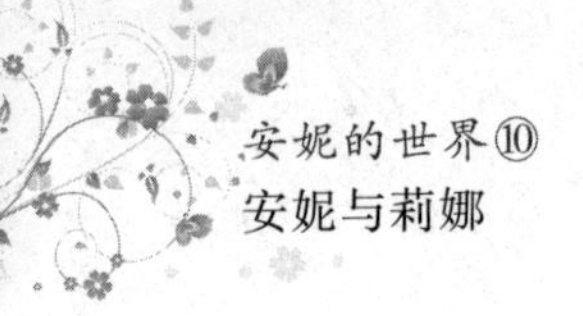

以美派。

九月一日是壁炉山庄与牧师家大出发的日子，菲斯、南恩、达恩、华特都出发去雷蒙大学，卡尔至港边小学任教，沙利回到皇后学院，只剩莉娜一人留在壁炉山庄。华特不在，莉娜总觉得很寂寞。自从彩虹谷谈话以来，两人已变成了知心好友，对其他人说不出口的事，莉娜都会告诉华特。但自从有了红十字少女会和小婴儿之后，莉娜也没什么空暇，有时在晚上失眠时，一想起华特不在、杰姆在巴尔干半岛等事，她就想哭，但最后都在还没流下眼泪之前就睡着了。

“将婴儿送到荷布达文的手续办了吗？”有一天，医生问莉娜。

一瞬间，莉娜想说“嗯”，将婴儿送去孤儿院也好——能够得到完善的照顾——她每天也能自由自在、晚上不受束缚，可是、可是那位可怜的母亲一定不想将小孩送进孤儿院。而且那天早上，莉娜发现婴儿比刚来时重了半磅，她觉得很骄傲。

“爸爸，你不是说孩子如果送到孤儿院，就不知道活不活得成吗？”莉娜说道。

“是啊，不管设施多么好，这么虚弱的婴儿也不一定活得下去。但是莉娜，如果将他一直留在壁炉山庄，你也知道情形会怎么样吧？”

“我照顾了他两星期，他就重了半磅，”莉娜叫了起来，“我想我们应该等到他父亲回来。他的父亲正为国奋斗，一定不希

望孩子被送进孤儿院。”

医师与夫人交换满足的微笑，而且从此不再提荷布达文的事。

不久，微笑从医生脸上消失，德军已经攻进离巴黎二十英里处了。

“我们研究地图，演练两三种打败德军的作战手段，可惜乔夫尔神父没传达我们的方法，所以巴黎一定会沦陷。”欧莉芭小姐苦笑着对梅雷帝思夫人说道。

“没有什么强势力量介入巴黎吗？”梅雷帝思先生喃喃说道。

“我在学校时认真教书，回到家里就只能在自己的房里踱步，因为南恩的床单占据了整个地方，这场战争的恐怖就在我们身边，对我们每个人而言，关系重大。”欧莉芭小姐说道。

“现在没有人救得了巴黎了。”苏菲亚叹息道。

“我真恨全能的神。”苏珊顽固地说道。

“为什么英国海军不更活跃些呢？”苏菲亚追问。

“再多的英国海军也上不了陆地啊，苏菲亚！”

“明天、明天德军进驻巴黎的消息大概就会传来了。”欧莉芭喃喃说道。

欧莉芭有着悲观的性格，对周遭环境有生死与共的感觉。

但第二天早上，却传来奇迹般的消息。

医生走来走去说：“还好，还好。”布莱恩夫人又哭又笑，苏珊手持国旗跑了出去。

当天晚上，莉娜在二楼唱儿歌哄婴儿睡觉，巴黎得救——

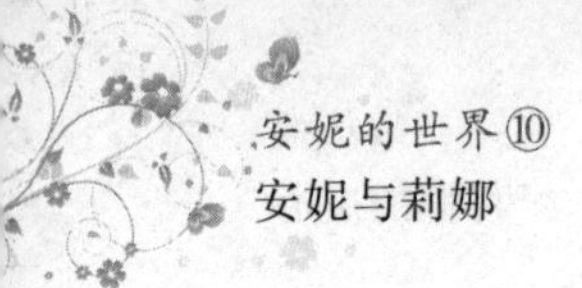

战争得救了！德国被打败了——终于结束了！杰姆和杰利可以回来了——乌云散了！

“这么美的夜晚不可以肚子痛哟！”莉娜小声对婴儿说道。“如果你肚子痛，我就把你装进汤碗里，送到孤儿院——明天一早就送去。你的眼睛真的很漂亮，红红的皱纹已经不见了——可是为什么还不长头发呢？你的手好像鸡爪，我可没比以前喜欢你，可是如果把你送回克诺巴夫人那里，你一定会饿死的。苏珊不在家那一天，你差一点从我手中滑下去溺死，我不想告诉母亲，谁叫你那么滑。听着，我不喜欢你，永远不喜欢，可是我要把你养育成一个了不起的孩子。”

第九章

博士遇难

“这么说来，战争在春天之前不会结束。”得知长期抗战的消息后，布莱恩医生如此说道。

“比莉·安德鲁斯的独子也要去，黛安娜的杰克也要去，史德拉的儿子从巴克巴出发，普莉西拉的儿子从日本出发，还有乔牧师的两个男孩。”布莱恩夫人说道。

“杰姆说通告发出的几小时内就必须出发，要到更远的地方去。”医生将信交给妻子。

苏珊愤慨地说道：“太过分了，也不让我们见见孩子，就要将他们送到欧洲去。先生，我要是你的话，我就不干。”

“也许这样才是对的，我受不了再次和杰姆道别——只希望战争快点结束。好了，不说这些，我也要像苏珊、莉娜一样，当个勇敢的英雄。”

布莱恩夫人出现笑容。

“大家都很了不起，我以我们家的女性为傲。莉娜，你拯救

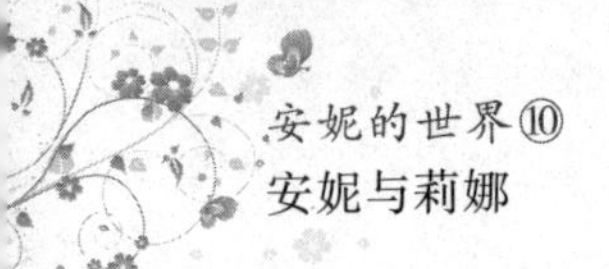

了加拿大的一条小生命，准备为战争孤儿取什么名字？”

“我在等吉姆·安德逊的来信，这是他的小孩，他一定希望自己为小孩子取名字。”

但秋末了，吉姆仍然没有来信，自从他入伍之后，没寄回一封信，好像一点也不关心妻子和小孩的命运。终于，莉娜决定为婴儿取名詹姆士，苏珊认为应该再加上卡其那，所以婴儿的名字就是詹姆士·卡其那·安德逊。

壁炉山庄的人都称他为詹姆士，只有苏珊一人叫他“卡其那”。

十月的某一天，苏珊与表姐苏菲亚正在阳台聊天，厨房突然发出声音。

“发生什么事了？”表姐苏菲亚转着眼珠子说道。

“那只猫一定发疯了，我早就料到了。”苏珊喃喃说道。

莉娜从客厅侧门跑出来问：“怎么了？”

“不知道，一定是那只猫发疯了，我开门看看。你看，又打破盘子了，我早就说那只猫是个恶魔。”

“我想那只猫是得了恐水病，”苏菲亚以慎重的语气说道，“我曾听说有三个人被疯猫咬到，结果全身发黑，死相很恐怖。”

苏珊听了打开门往里看，地板上盘子的碎片散得乱七八糟。头塞进鲑鱼空罐中的猫，像发疯般的在厨房里跑来跑去，一直用力想挣脱空罐子。

莉娜在一旁看了哈哈大笑，苏珊以责备的眼光看着莉娜。

“这没什么好笑的，那只猫不是将你母亲从绿色屋顶之家带

来的青色大碗打破了吗？这只不过是小小的损失，现在重要的是将罐子从它头上取下来。”

“千万别碰它，否则可能会送命，把厨房门关起来，去外面叫专门抓猫的人来。”

“我们家没有这种习惯，那只猫现在很痛苦，它不是发疯，我尽我的能力试试看。”苏珊说道。

苏珊勇敢地进入厨房，拿着医生的旧雨衣，追逐奔跑中的猫，经过几次失败后，终于用雨衣盖住猫和罐子，这时候，猫还在挣扎。莉娜压住猫，苏珊拿开罐器打开空罐子。

“博士”恢复自由之身后很愤慨，对苏珊怒目而视，随即逃出厨房，一整天不再露面。苏珊一面扫盘子碎片，一面恨恨地说道：“德军就像恶魔般，趁人稍不注意就侵入别人的地方，就像猫把头塞进鲑鱼罐头内。”

第十章

莉娜的烦恼

十月过去，十一月与十二月不知不觉地来临了，世界局势依然动荡，爱德华·普沦陷——土耳其宣战——勇敢的小国塞尔维亚独立，给予敌人致命的打击。位于战区几千英里远的克雷村，人们每天都对变化多端的外电，抱持一份希望与不安。

“两三个月前，我们只有克雷村的用语，现在军事用语、外交政策用语都用上了。”欧莉芭小姐说道。

每天只有一件大事——报纸。

连苏珊每天也都必须读完报上的新闻后，才有心情开始工作。

“报纸来之前，即使编织也不能专心，我最怕报纸在我准备午餐的时候到，那时候真不知是该放下手边的工作，还是忍住不看报。”

有一天，莉娜一个人坐在彩虹谷，一面读着华特的来信，一面悲伤地喃喃自语：“华特也要去——真的要去的话，我怎么办？”

华特在信中如此写道——

莉娜，我真应该从军。在雷蒙，我是个胆小鬼，与我同龄的人一个个入伍，每天都有两三个人去从军，我也决定跟随大家当个勇者。我想着其他男人——某个女人的丈夫、情人、儿子，或者小孩子的父亲，他们在战场上忍受痛苦、寒冷，面对死亡、挣扎——我不敢想，要是我没出生就好了。过去的人生对我而言很美——我希望更美，现在却相反。

莉娜·我的·莉娜，你的信写得很可爱，让我感到温暖与放松，尤娜的信也是。尤娜真是个了不起的人，外表看起来如此柔弱，内心却是那么坚强。尤娜的信不像你的信那么引人发笑，她的信有某种含义。读了她的信，我觉得我应该到前线去，她倒没有写明我应该去——她的个性就是这样，不直接表达，而是让你感觉出信的精神所在。天啊！我不能去，你有个胆小的哥哥，尤娜有个胆小的朋友。

“唉！华特为什么要这么说呢？”莉娜叹息道，“华特不是胆小鬼——决不是！”

莉娜悲伤地环顾四周——小森林河谷、对面被黑色笼罩着的休闲地，看见什么都会想起华特。小河潺潺曲流，小雨滴犹如珍珠一般，华特曾为此景色写诗。风吹过枯叶间，咻咻叹息着，消失在小河蜿蜒的远方。华特很喜欢十一月的秋风，“树木恋人”至今依然没变，“白衣贵妇人”挺直的背直上灰色天空，

这些名字都是华特以前取的。

去年十一月，华特和莉娜、欧莉芭老师一起到彩虹谷散步，华特看见树叶飘落的“妇人”们，说道：“白桦树是即使裸体也不觉得羞耻的美丽异教徒，不失伊甸园的神秘。”

隔天，华特拿诗给二人阅读——极短的诗，每一行却都洋溢着丰富的想象力。

啊！那时多幸福！

唉！莉娜站起来，时间到了，詹姆士快醒了吧？该为他做饭了。今晚，红十字少女会的委员们新编的袋子必须完工——少女会一定没有人提过那么漂亮的袋子。最近，莉娜从早忙到晚，顽皮的詹姆士占据了莉娜的大部分时间，但詹姆士一直在成长——确实成长了。

詹姆士不久将长成一个标致的孩子，莉娜觉得有几分成就感，但她没亲过詹姆士，一点也不想。

十二月的一个晚上，心情开朗的布莱恩夫人和苏珊、欧莉芭小姐在一起编织。

“德军今天占领罗兹了，”欧莉芭说道，“这场战争至少使我们的地理知识更丰富，虽然身为老师，三个月前，我还不知道罗兹在世界的哪个角落呢！听到罗兹这个地名，连想了解它的欲望都没有，可是现在什么都了解——它的面积、位置、军事上的意义等。昨天德军二度进攻华沙，攻占罗兹，听到这个消息真让人沮丧，夜里我都睡不着。”

一边编织一边读书的苏珊说：“我半夜睡不着时就很憎恨德

国的统治者，真想把他们下油锅。”

“如果威廉二世来这里说肩膀痛，大家一定争先拿药给他擦。”欧莉芭笑着说道。

“我会吗？”苏珊愤慨地叫道，“要是我，我就帮他涂石油，让他起小泡，让他从肩膀痛到全身。”

“神不是教我们应该爱敌人吗，苏珊？”布莱恩医生认真地说道。

“算了吧！”苏珊愤慨地反击。而布莱恩医生擦擦眼镜，嘴角浮现笑容。

苏珊不用戴眼镜就能阅读战争消息，而且没有一项遗漏。

正在二楼写日记的莉娜，倾吐出自己的感情——

这星期，我的心情就是不好。

上次到城里买帽子，第一次不需要其他人陪我去，我想母亲也认为我终于长大了。我发现一顶非常漂亮的帽子——很有魅力，可以戴着去参加宴会，是我最喜欢的深绿色，正好配我的头发和皮肤的颜色。十二岁那年，我戴着深绿色帽子到学校，同学们都羡慕得不得了。

发现这顶帽子的时候，我整颗心都被它占据了，我不能不买——我终于买了，价钱不太便宜，也不能写在这里。对于我来说，只有帽子不能省，但在这个大家都在节约的战争时期，我不想让别人知道，我花那么多钱去买一顶帽子。

回到家里，在自己房间再一次试戴时，我有点不安。当然，

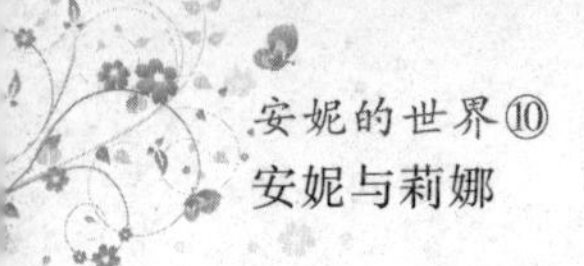

它非常适合我，可是去教会或者上街之类的，戴着这顶帽子似乎太显眼了，在帽子店感觉不出来，但在我这间小白屋里有这种感觉，尤其是那个价格。

母亲看见帽子及其价格时，只是瞪着我看。母亲很会瞪着人看，父亲曾经说过，在艾凡利小学就是一直被母亲瞪，才使父亲爱上母亲的。父亲还说两人开始谈恋爱时，母亲还拿石头打过父亲的头呢！看来，母亲小时候也挺调皮的，连杰姆出征时都精神奕奕的。我不能不回到主题——我的新帽子。

“莉娜，你认为怎么样？”母亲静静地说道——非常宁静，“花那么多钱买一顶帽子应该吗？在这世界这么贫穷的时候——”

“我用的是自己的零用钱。”我叫道。

“你不可以这么说，你的零用钱必须花在适当用途上，不可以浪费，更不能为了买这顶帽子而削减其他支出。莉娜，如果你觉得自己没错，那我也不必再多讲什么了，随便你吧！”

该怎么办呢？不可以退回帽子——音乐会的时候要戴啊，我不安起来——

“妈妈！”我竭力保持冷静，有点傲慢，“很抱歉，我的帽子让您不喜欢。”

“我不是不喜欢帽子——我是指价钱。”

我比刚才更沉着、更冷静，说道：“现在我已经将帽子买来了，也没办法退。可是我向您保证，在未来三年，或者三年以上，战争未结束前，我不买其他帽子，母亲也不要买给我。”

母亲笑了，令我无法忍受的笑。

“莉娜，不用三年，你就会对这顶帽子感到厌倦，你难道不了解自己吗？”

“即使厌倦也要戴。”说着，我立刻奔上二楼，想起自己对母亲的态度，不禁哭了起来。

我已经讨厌那顶帽子了，可是我说三年，或者战争结束之前，我都必须戴这顶帽子，为了自己的誓言，必须做如此大的牺牲。

另一件事情是和艾琳·哈华特吵架——不，是艾琳和我吵架——不，是我们两个人吵架。

昨天在我家举行红十字少女会集会，时间定在两点半，但艾琳从上克雷搭马车来，一点半就到了。自从发生食物问题以来，艾琳对我的态度就不太好，再加上她没当成会长，对我似乎怀有恨意。昨天艾琳来的时候还好，看起来很亲切，我想，我和她又成为好朋友了。

可是不知道是不是她来得太早了，艾琳很让我生气，我看见她轻视地看着我新编的手提袋。少女们都说艾琳是个嫉妒心很强的女孩子，我不相信，但现在觉得好像真的是这样。

艾琳又走到詹姆士身边，表现出极喜欢婴儿的模样——将詹姆士抱起来，亲吻他的脸。艾琳明明知道我不喜欢詹姆士如此被亲吻，因为这样不卫生。艾琳看看我，露出勉强的笑容说道：“莉娜，看你的表情，好像我要杀害这个孩子。”

“没这回事，你也知道，《育婴手册》上说只能亲吻婴儿的额头，我对詹姆士也是如此。”

“你是说我会传染细菌给他？”艾琳发出不平的声音。

我知道艾琳是在戏弄我，于是不管三七二十一，就和她吵了起来。

这时，艾琳抱着婴儿摇来摇去，《育婴手册》上说这会养成婴儿的坏习惯，我一向不准别人如此摇晃婴儿，可是艾琳却将婴儿越摇越高，令人憎恨的是，詹姆士好像很喜欢被摇晃，咯咯笑了起来——这是他第一次笑，已经四个月了，他一直没笑过，连母亲和苏珊都无法逗他笑，可是现在笑了。

笑容使詹姆士的脸出现了大变化，脸颊上出现说不出有多可爱的两个酒窝，褐色的大眼睛也洋溢着笑容。艾琳对两个大酒窝大加赞赏，好像是她制造出来的，我还是继续缝我的袋子。

过了一会儿，艾琳玩腻了，将詹姆士放回摇篮。詹姆士哭了起来，艾琳看着詹姆士说：“你一向都是这么哭的吗？”——好像她从来没听过婴儿的哭声。

我一直忍耐，并向她解释，为了促进婴儿肺部的发育，应该让婴儿尽情地啼哭。

“如果詹姆士一点也不想哭的时候，我至少会让他哭二十分钟。”

“真的吗？”

艾琳好像不相信我说的话，笑了起来。《育婴手册》在二楼，要不然我一定立刻拿给艾琳看。接着，艾琳又说到詹姆士的头发——都已经四个月了，怎么还没长头发？

当然，我也知道詹姆士没长头发，可是艾琳的口气好像这是我的错，我告诉她，我看过很多没长头发的婴儿，艾琳立刻回答我："哎呀！我不是故意要让你生气的。"——我根本没生气。

艾琳讲话一直是这个调，以前就经常听人说，她说话很会讽刺人，让别人听了生气，而她自己却一副无辜的样子。我一直不相信，至今才了解她的为人，但还是极力抑制住自己的不满。

后来，艾琳又告诉我，不知听谁说过一些轻蔑华特的话，我不想写出来——我不能写在日记上。当然，那些话令人气愤——可是，即使她听到这些话，也没必要告诉我啊！艾琳是故意想惹我生气的。

我大叫："你再说，艾琳，你再说华特的坏话，我决不饶你，你哥哥还不是没入伍？"

"莉娜，这不是我说的，是乔治·巴夫人说的，我只是转述。"

"我不想知道你是从哪里听来的，艾琳，请不要再对我说这些刻薄的话，我不想听了。"

我忍住不动怒，其他少女陆续抵达。我沉住气，我必须扮好女主人的角色，艾琳后来和莉茜回去了，没和我打招呼。我不在乎，我不想和说华特坏话的人做朋友。虽说如此，我还是有点失望，我们曾经是好朋友，她最近又对我很亲切，有种幻灭的悲哀，难道世界上没有真正的友情吗？

今天，父亲请乔·米特伯伯为曼帝做狗屋，自从杰姆离开后，曼帝就一直在火车站等杰姆回来，它的忠心使我们都很感动。

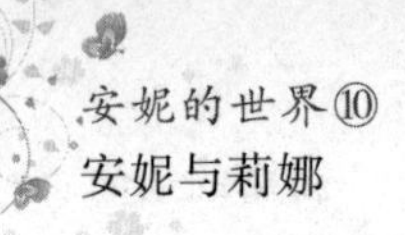

报上也记载过曼帝是只忠实的狗，并将它的照片刊登在报纸上。这条新闻刊登在《新报》上，将流传至加拿大的各个地方。但对曼帝而言，这毫无意义，杰姆走了——不知道为什么，到哪里去，只能在这里等他回来。这也使我有些安心，虽然很可笑，但我觉得杰姆一定会回来，否则曼帝不会如此等待着。

詹姆士在我旁边的摇篮里打呼，因为他感冒了，鼻子里有鼻涕——不是詹姆士的错，一定是昨天艾琳感冒了，亲吻詹姆士时将病菌传染给了他。詹姆士的身体已经不像以前那么虚弱，背脊也渐渐硬朗，可以坐得很稳了，现在他很喜欢洗澡，洗澡时双脚会一直踢水。唉！那最初的两个月真令人难以忘怀，总算熬过来了。

今晚帮詹姆士换衣服的时候，詹姆士笑了，我没有摇他，可是他像对艾琳那样对我笑——而且浮现出酒窝。真可惜，詹姆士的母亲没看过这对小酒窝。

今天我在编织第六只袜子，前三只都是请苏珊帮我织的脚跟，但现在我也会了，我很讨厌织脚跟……

自八月四日以来，讨厌的事那么多，再多一个也没什么关系。

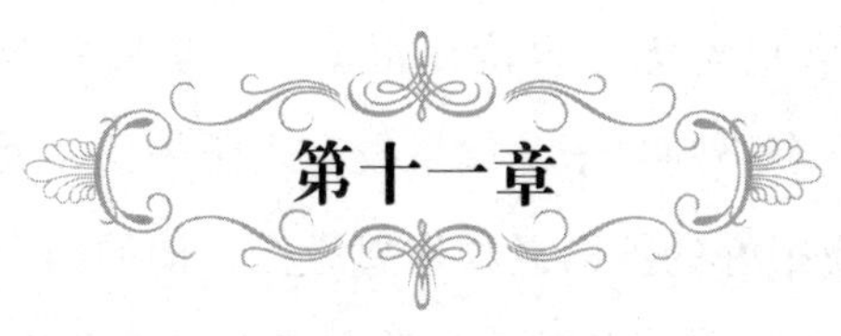

第十一章

手足团聚

圣诞节那天，进大学的哥哥姐姐都回来了，壁炉山庄突然又热闹了起来，但并非全员到齐——围炉时独缺一双脚，就是远在海外的杰姆。莉娜看到杰姆的餐具，不禁悲从中来。苏珊还是为杰姆排上餐具——玛莉娜伯母送的绿色屋顶之家的高脚杯，以及杰姆惯用的汤匙。

“夫人，我们一家要准备杰姆的席位，因为杰姆的心一定回来了。明年圣诞节，杰姆的身体也会回来，等到春天大反攻，就是战争结束的时候。”苏珊说道。

全家人都这么认为，但即使拼命显出愉快的表情，每个人的背后还是隐藏着辛酸。休假中的华特没什么精神，他拿了一封在雷蒙大学收到的匿名信给莉娜看——与其说是表明爱国的义愤，还不如说是恶意嘲笑。

“虽然是恶意的匿名信，但是莉娜，他写的全是真的。”

莉娜将信投入火中。

“没有一句话是真的！”莉娜大叫，“华特哥哥，你生病了，你的思想已经成为病态的思想了。”

“莉娜，我已经无法再待在雷蒙了，学校中全是战争的气氛。符合征兵资格的男子，如果没有入伍的话，就会被视为忌讳。本来对我很好的英语老师米恩教授，他的两个儿子都入伍了，但我没入伍，我觉得他对我的态度改变了。”

“哪有这么过分的——你身体不好啊！”

“我身体没问题，很健康，有问题的是心。莉娜，不要哭，要是你在担心我会入伍的话，那么请你放心，我不会入伍的。虽然吹笛者日夜在我耳边吹笛，但我不会跟他去的。”

“要是你也入伍，我和母亲真的会疯掉，华特哥哥，一家人中有一位入伍就行了！”莉娜啜泣了起来。

这个假日对莉娜而言是悲伤的，但至少见到了南恩、达恩、华特和沙利。肯尼士·霍特也寄信给莉娜，信中有一段文字令莉娜脸红，心如小鹿般乱撞——

我的脚踝几乎复元了，再过两个月，我应该也可以入伍了。我的莉娜，能够穿上军服，我不知有多高兴，到时候就不会再看见别人‘避之犹恐不及’的眼光，能够昂首阔步了。

“这场战争真令人憎恨。”莉娜眺望着枫林，幽幽地说道。

在一片金黄色的枫林中，莉娜想象被血染红的战壕模样——杰姆和杰利就在战壕中，不久肯尼士也要去，还有华特。

“华特哥哥一定也会去，”莉娜越想越伤心，“到时候，我一定装不出勇敢的样子——我一定无法面对他，光是想想就令人受不了了。唉！真希望战争快点结束。”

元旦那天，布莱恩医生说道：“一九一四年过去了，晴朗的太阳沉在血泊中，一九一五年会带来一些新气象吧！”

“胜利！”苏珊简洁地说道。

“苏珊，你真的相信战争会胜利？”欧莉芭小姐问道。

欧莉芭今天特地从罗布利吉回来，和华特及其他姐妹们见面。没什么精神，垂头丧气地问苏珊，似乎对局势很不看好。

“不是‘相信’战争会胜利——而是‘知道’战争会胜利，我相信神明。”苏珊说道。

“有时候我在想，相信神明还不如制造大炮。”欧莉芭小姐以挑战的语气说道。

“不行，不行，我相信英国海军和我们加拿大的军队，我们不可违背神明。”苏珊说道。

“我现在很讨厌睡觉，以前我最喜欢睡觉了，在入睡前三十分钟，可以任由思绪沉浸在美好的想象中，现在却是不同的想象。眼前所见是战壕、被血染红的雪、垂死的人、杰姆。每当风声呼啸而过，我就会想起在西部战线上消失的勇敢人们。

“我最喜欢睡眠时刻——因为可以在黑暗中做回原来的自己——不必浮现笑容，不必说一些虚伪的话，不必假装勇敢。”欧莉芭小姐说道。

“还好我没什么想象力。”苏珊说道。

一月，詹姆士就满五个月了，莉娜为他换上新衣服庆祝。

“十四磅了，《育婴手册》说五个月必须达到这个体重。”莉娜一副很有经验的模样。

毋庸置疑，詹姆士的成长是有目共睹的，小手能够一根根地弯曲，头发长出来了——莉娜可真是松了一口气——是金黄色的头发，在光线照射下更亮丽。他有时会笑，但总是不出声，这点倒令莉娜伤脑筋，书上说幼儿三至五个月就会发出声音了，但詹姆士已经五个月大了，出了什么差错吗？不正常吗？

有一晚，莉娜为了新兵募集的事晚一点回来，在集会中，莉娜朗诵爱国诗歌。莉娜从未在人前朗诵过，紧张之余，害怕结巴的毛病会再露出来。最初被请在集会上朗诵诗句时，莉娜断然拒绝，但事后开始烦恼，难道是胆怯吗？

杰姆哥哥要是知道的话，会怎么想呢？经过两天的考虑，她终于打电话给爱国协会会长，表明愿意接受邀请。练习的时候数次结巴，但莉娜已经尽力了。朗诵的时候，她很认真地诉说，男子为了祖先的荣耀，应该有战死沙场的决心，留下一身的荣耀。眼见莉娜星光闪烁般的眼睛，没有一位男子驻足，立刻投入从军行列。

即使是迟钝的米勒·达克拉斯，那一晚也燃起了熊熊心火，这让美莉·庞思愤慨，她认为莉娜因哥哥入伍而痛苦，但不应该让其他女孩子也尝到这种痛苦。

当晚，莉娜又疲倦又寒冷，将自己裹进毛巾被里，又悲又喜，一想到杰利和杰姆不知怎么样了，就觉得心酸——不自觉

地哭了起来。

莉娜从摇篮中抱起詹姆士，带他到自己的床上，他的小手好冷。莉娜在黑暗中抱紧詹姆士，突然出现声音——啊！好可爱的笑声！

“哇！好孩子！”莉娜叫道，“你是在笑给我听吗？是吗？”

这时，莉娜有一股想亲吻詹姆士的冲动，于是搂着詹姆士东亲西亲。不久，詹姆士又睡着了，莉娜听见他规则的呼吸声，感到很满足，她终于觉悟到应该对战争孤儿付出感情了。

“詹姆士越来越可爱了！”

莉娜也在微笑中进入梦乡。

到了二月，杰姆、杰利和克拉特进入战壕，这增加了壁炉山庄紧张和担心的气氛。报上每天都列出伤者和死者的名单，每当电话铃声响起，壁炉山庄的人就集中在一起，不知道是不是传来什么消息。

虽然如此，壁炉山庄的人每天还是愉快地迎接曙光，希望战情能在当天有好的转机。

“我依然欢迎每一个早晨。”莉娜心想。

布莱恩夫人每当见到彩虹谷上那轮美丽的满月，就会想，那轮明月会不会照着受伤或死亡的杰姆呢？但克雷村仍有年轻人入伍。

“今晚外面很冷，不知道战壕里的男士们穿得够不够暖？”苏珊从外头进来说道。

“我们没有一个人能从战争中脱逃，像说到天气，每当我在

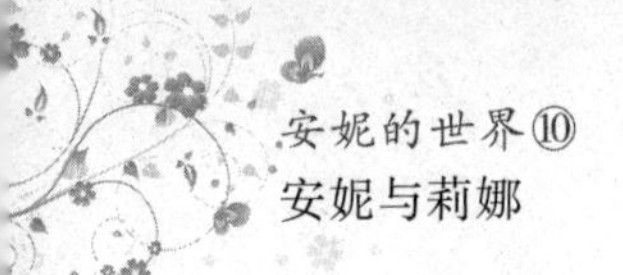

寒冷的冬天外出，就会想到战壕中的人——不仅是自己的亲友，而是所有的人，即使前线没有一位自己的亲友也一样。

“我刚才在店里遇到梅雷帝思夫人，她说布鲁士太懂事了，但很伤脑筋，不知道是不是想起非洲难民，他这一个礼拜以来，总是哭泣着入眠，还告诉他母亲，不希望小孩子挨饿，那些挨饿的小孩很可怜。虽然夫妇俩极力想隐瞒实情，但聪明的布鲁士什么都知道。”苏珊说道。

布莱恩夫人望着炉火，炉火中已经没有孩子们的笑容。夫人的身子抖了一下，虽然心中的担忧无法忍受，却还是忍了下来。

苏珊继续说道：“我听了心里很难过，我看小说从来不哭的，因为我知道那全是编造出来的故事，但碰到真人真事，我就控制不住了。

“杰克·克罗霍特说已经厌倦田里的工作，想去从军。对岸的查理·艾利奥特夫人因为常将客厅窗帘熏黑，因此经常被先生责骂，等她先生入伍后，才后悔以前为什么要惹他生气。

“夫人，你知道乔瑟亚·克巴和威廉·德利这两个人吧？他们本来感情很好，但二十年前吵过架之后，就没再打过招呼，最近乔瑟亚到威廉那里想和他恢复友谊，于是两人又恢复了情谊。但还不到三十分钟，两个人又开始吵起来了，为了这场战争该怎么打的问题。”

“这场战争还是引起了不少问题。”

“还好‘大胡子’不住在克雷村，否则每晚都要拿窗帘当信号了。”

“向谁做什么信号？”

“啊！夫人，这是谜题，据我的想法，政府会在入夜后将我们全部杀掉，所以大家必须拿窗帘当信号。对了，看完报后给杰姆写封信，夫人，到现在为止，我只剩两件事没做——写信和看报，现在不能不做这两件事。而且我也发现政治的趣味性了，虽然还没察觉威尔逊的意图，但很快就会被我想出来了。”

苏珊接着看报，生气地大叫：“那个叫威廉二世的恶魔最后只能成为一团肉瘤。”

望着布莱恩医师斥责的表情，苏珊继续说道：“先生，恶魔不是咒语。”

“总是不怎么高尚的话。”

“先生，恶魔也好，威廉二世也好——如果这是不同的人——他们都一样不高尚，我无法说出什么高尚的话。当然，我知道自己必须注意，在小女孩莉娜面前不能说这种话。”

说着，苏珊走进厨房，开始写信给杰姆。

从杰姆来信的某段落可以看出，杰姆需要家庭的安慰。

杰姆的信中如此叙述着——

我们今晚待在蓝酒窖里，水浸到我们的膝盖，到处都是老鼠，没有火。雨淅淅沥沥地下着，有点阴森，但是我们还有更恐怖的场合必须面对。今天收到苏珊寄来的包裹，让我们大快朵颐了一番。杰利已经到别的前线去了，那里的粮食比玛莎伯母的食物糟上千百倍，这里还好——只是缺乏变化。请转告苏

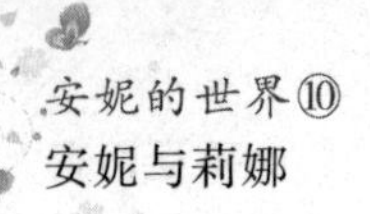

珊，如果能吃到一份她做的“猴脸”，我献上一年薪水都在所不惜，但请不要送来，因为不能保存。

自二月底以来，我们就沐浴在炮火中。昨天，就有个人死在我身边，炮弹在我们附近炸开，在整理混乱的场地时，那男孩死了——有点惶恐的表情，这是第一次发生的事情，令我心情一直不好，但我相信我能立刻习惯这些恐怖的事情。我们生活在不同的世界里，不变的只有星星、月亮。

请转告母亲别担心，我的身体很健康，我们必须消灭恶势力，否则他们散发的恶毒将抹杀全人类。因此，我们必须牺牲、奉献自己，以谋求世界的和平。

我曾梦见德军入侵彩虹谷、壁炉山庄，那曾经是世界最美的庭院——被破坏殆尽。我知道，我们必须竭力保护所有的美好。

如果家里有人到车站去，请替我向曼帝叩两个头，那只忠实的小狗如此等待我……爸爸，在这黑暗寒冷的夜晚，一想起几千英里外克雷村的小狗，我的心不知有多温暖。

听说莉娜的战争孤儿成长得很好，我心中万分喜悦。另外，请转告苏珊，德军和“吸血鬼”两方在大战。

“夫人，‘吸血鬼’是什么？”苏珊问道。

听见布莱恩夫人的解答，苏珊大叫起来。

“战壕中有虱子并不稀奇，苏珊。”

苏珊摇摇头沉默不语，接着专心缝着要寄给杰姆的包裹，并系上蝴蝶结。

第十二章

山楂花又开了

莉娜在日记中写道——

在这么恐怖的时刻里，春天的花朵依然盛开。

上星期对我们而言，是很辛苦的一个星期，因为有比利时西部城市叶普斯周边战斗与兰格马克及塞特朱利安的战况消息传来，我们加拿大有伟大的功绩——弗兰奇将军表示，德军快要攻破时，幸好依赖加拿大军队的实力，得以“收拾残局”。但我担心杰姆、杰利和克拉特先生的情况，高兴不起来，每天报上都会列出伤者和死者的名单——非常多。

我吓得不敢看报纸，害怕发现自己亲友的名字——实际上就有人在公报传达前，在报上看见自己儿子的名字。有几天我害怕接电话，因为受不了“喂”到对方回答的瞬间，那瞬间感觉如百年，我更害怕听见“布莱恩先生电报”的话。

欧莉芭老师现在仍然在学校教书、改考卷、看作文，但

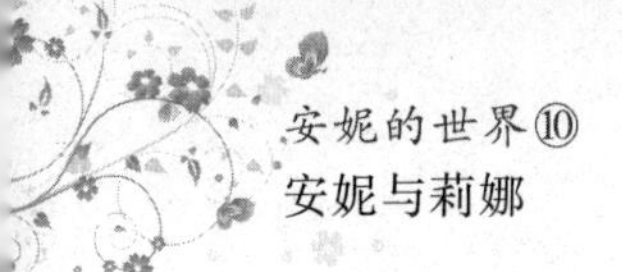

我知道，她的思绪总是飞往克拉特先生那儿，我看得出老师的煎熬。

肯尼士现在也入伍了，来信说受命了下级士官，明年夏天将到海外，信上没写什么其他的事情——好像除了到海外，已经别无念头，也许我再也见不到肯尼士了。有时候会我觉得，赫温灯塔的那一晚只是一场梦——和爱一模一样，好像是几年前发生在另一个世界的事——除了我，没有人会记得。

昨晚，南恩、达恩和华特从雷蒙回来。华特下火车时，曼帝疯狂地跑去迎接，它一定以为杰姆也会一起回来，一瞬间，它尾巴不安地摇晃，眼睛看着华特的后方，望着陆续下火车的人。看见它的眼神，我的胸怀一阵悸动，也许它再也等不到杰姆下火车了。不久，当旅客全部走完后，曼帝才抬头看看华特，舔着华特的手，好像在说："我知道杰姆没回来不是你的错，请原谅我的态度。"

南恩亲吻曼帝的额头，说："曼帝，好孩子，今晚和我们一起回去吧！"

但曼帝说——真的说了："很可惜，我不能和你们一起回去。你们知道，我必须在这里等杰姆，八点还有一班火车。"

华特回来了真好，但他还是和圣诞节一样，呈现宁静的悲哀。我努力让华特恢复元气，因为我意识到华特对我的重要性日益增加。

有一晚，苏珊偶然间说看见彩虹谷盛开山楂花，苏珊说出口时，正好我的眼光朝着母亲的方向，母亲的脸色发生了变化，喉咙有点哽咽，却装作若无其事地说道："山楂花？杰姆去年曾摘来送给我！"

说完，母亲站起来走出屋外。我跑到彩虹谷，想摘山楂花送给母亲，但我知道，母亲想要的并不是山楂花。

昨晚，华特回家后，悄悄跑到彩虹谷，采了一大束山楂花送给母亲，华特还记得杰姆摘初开的山楂花送给母亲的情景，他现在代替杰姆做这件事。从这件事可以看出，华特有多体贴，但还是有人写信中伤他。

海外的战况依然炽热，我们也担心不知哪天会传来什么消息，但大家仍像没事一般过着日常生活，只是充满一股不可思议的气氛。

苏珊一边整理庭院，一边和母亲一起大扫除，我们红十字少女会则忙着举办救济比利时的音乐会。詹姆士今天长出第一颗牙齿，我很高兴，他快九个月了，美莉·庞思说现在长牙算晚的。他也开始爬来爬去，并且长出头发，不知道是不是鬈发。只有在提到音乐会和詹姆士时，我才会忘记战场上的事，唉！祈祷杰姆平安无事。以前很讨厌杰姆叫我"小鬼"，但现在我觉得那是世上最美的名字。

莉娜写完日记后走出庭院，春天的夕阳很美，但是个令人伤心的季节，难道这个世界永远无法从不安与动荡中解放吗？

华特向莉娜走来。

"眺望爱德华王子岛的夕阳真令人兴奋，海这么蓝、道路这么红，森林中就像藏着仙女一般，是的，仙女还住在这里。”

一瞬间，莉娜感到高兴，华特又变回原来的样子了。莉娜心想，华特是不是已经忘记那些令人悲伤的事了呢？

“彩虹谷的天空不是也很蓝吗？”莉娜也配合着华特愉快的心情。

“天空蓝不蓝我不知道，但这只猫今天一整天都慌慌张张的，今晚一定会下雨，而且我的肩膀又痛了。”

“也许会下雨，但不要想到肩膀的风湿痛，苏珊，想想美丽的花！”华特愉快地说道。

苏珊冷冷地望着华特：“华特，现在哪有闲情想花，局势这么险恶，我这风湿痛比起德军的毒气，是轻多了！”

“啊！讨厌，讨厌！”华特叫着跑回屋里。

苏珊摇摇头，对华特的哀叫不以为然：“希望不要让夫人听见这种哀叫声。”

莉娜眼眶湿润，好端端的一个黄昏就这么泡汤了。

可恶的苏珊伤了华特，可怜的华特！

“真是受不了这种不安的状态！”莉娜绝望了。

过了一星期，杰姆捎来平安信。

父亲大人，我很平安，一点也没受伤，你们应该可以从报上得知伤亡消息吧？我在此就不多写了，德军并未达成目的，和以前一样。杰利被炮弹触及，但只是轻伤，两天就恢复了，克拉特也平安无事。

南恩收到杰利·梅雷帝思的来信。

我恢复意识了，虽然不知道究竟发生了什么事，但我想是令大家吃了一惊，我害怕只留下我一人——非常害怕，周围都是死者，横死战场，我喉咙干得不得了——想起彩虹谷枫树下的泉水，好像看见那泉水就在我正前方——你就站在那里对我笑——我想我不行了。

我害怕孤独，周围都是死人，激烈的恐怖感向我袭来。我不知道怎么会这样，但我知道我必须返回现实，明天就要回到战壕中，因为战壕中需要人手。

"笑声从这个世界上消失了。"菲斯叹息道。

菲斯报告完自己收到的信，说："我还记得，我告诉德拉伯母，这是个笑的世界，但现在已经变了。"

"充满苦闷的世界。"欧莉芭小姐说道。

"笑是有必要的，从心底发出的笑——虽然只是偶尔、短暂的。"布莱恩夫人小声附加道。

好不容易过去的三个星期，布莱恩夫人也渐渐意识到，笑是一件困难的事情——她曾经是笑起来一点也不造作，洋溢着朝气的安妮。

更不一样的是莉娜，她变得不肯笑——莉娜想一定是以前笑太多了，难道这个年轻岁月就要在这种黑暗时代中度过吗？

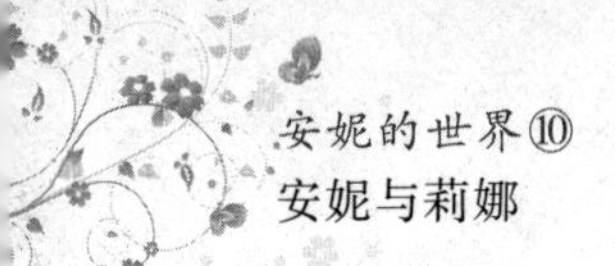

莉娜是个聪明的女孩，现在已像个大人，看她那么细心照顾詹姆士就可以体会到。

“夫人，就算有十三个小孩，我想莉娜也会把他们照顾妥当的。”苏珊认真地说道。

第十三章

莉娜为音乐会道歉

送上等骨头到车站给曼帝后回到壁炉山庄的苏珊说道："夫人，我真担心有什么恐怖的事情要发生了，从夏洛镇开来的火车下来很多'大胡子'，他们一副高兴的表情，我从来没见他们那样笑过，当然，也许是买卖赚了钱也说不定，但我总觉得一定是德军又攻破什么地方了。"

苏珊对一切现象都显得很敏感。

有一天晚上，美莉·庞思到壁炉山庄来，表明反对米勒·达克拉斯入伍。

"威廉二世既然能够将无罪的小孩子溺死，就能做出任何残忍的事情，我怎么能忍心让米勒去参军呢？"

第二周的星期日，米勒·达克拉斯身着军装与美莉一起进入克雷村教会。美莉显然已以米勒为荣，目光闪烁着光辉。坐在后面特别席上的乔·米尔克雷布眺望米勒与美莉，然后看着米兰·普拉尹叹气，很多人都听见了，大家都知道乔心中的苦。

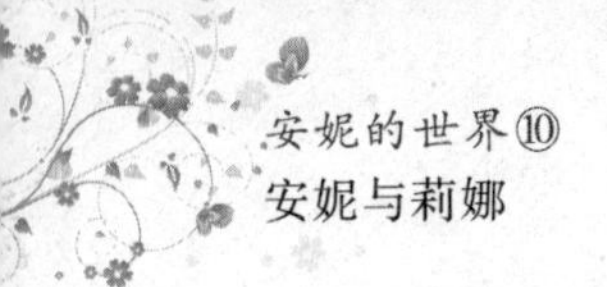

华特没有叹息，但一直注意他脸上表情的莉娜，觉得心里好像被刺了一刀，那个表情令莉娜痛苦了一星期。莉娜表面上似乎在为红十字音乐会及相关事情烦心，但心里真正担心的是华特。

里斯一家人的感冒没转化为百日咳，让人松了一口气，但还有其他事情没解决。音乐会前一天，查林克夫人寄来道歉函，表示不能来演唱，大家都知道查林克夫人的儿子得了肺炎，病情严重。

音乐会的委员们互相交换疑惑的眼神，怎么办？

“这都是太依赖外力援助的缘故。”欧莉普·卡克说出令人讨厌的话。

莉娜绝望之余，无法忍受欧莉普的态度。

“我们到处张贴着音乐会的广告，城里应该也会有大团体前去，一定得找个人代替查林克夫人。”

“在这个紧要关头，上哪儿去找人呢？艾琳·哈华特很合适，可是她曾受到少女会的侮辱，我想她一定不会答应。”欧莉普说道。

“我们少女会哪有侮辱她？”莉娜说道。

“不是你侮辱她的吗？艾琳全告诉我们了，她说她都快要气炸了，你不是说不想再听见她说话吗？这就是艾琳不再参加聚会的原因，她到罗布利吉的红十字去了，我一点也不觉得那个人有什么不好，我看我们得去请她帮忙。”欧莉普愤愤地说道。

“要我们去向她低头？艾琳总是说受到谁的‘侮辱’，不过

她的歌声的确很棒，只要她肯上台，听众一定不会有异议。”马克阿里斯咯咯笑了起来。

“即使你去拜访她也没用。有一天我在街上遇到艾琳，问她可不可以帮我们计划音乐会，她说实在很想帮忙，但只要有莉娜·布莱恩参与，她就无法帮忙，她不愿意看人脸色。”欧莉普话中有话。

莉娜回家后，一个人待在房间里，心里乱七八糟的，卑屈去向艾琳道歉，怎么做得到呢？艾琳根本就是故意让我说重话，还一副受委屈的模样，到处向人哭诉，让别人以为她是弱者、受害者，根本就是歪曲事实嘛！莉娜不可能主动向她道歉，她受不了艾琳污蔑华特。

现在大部分人都相信艾琳被莉娜欺侮，只有少数原本就讨厌她的少女除外。但莉娜并没有得到这些少女的同情或安慰，因为莉娜以前为了艾琳和她们争执过，现在当然没人帮她了。

怎么办？难道音乐会就这么失败了？查林克夫人的演唱本是压轴好戏啊！

“老师，你说我们该怎么办？”莉娜不知如何是好。

“我认为艾琳才应该来道歉，但伤脑筋的是，我的意见不能填补你节目的空当。”欧莉芭小姐说道。

“如果我去向艾琳道歉，她一定会来演唱，她的歌真的很棒，可是她一定会故意让我难堪。但不去的话怎么办？我想我不能不去。杰姆和杰利在战场面对德军，我在此面对艾琳，我必须放弃自尊心，天啊！我从来没这么做过，老师，我想在晚

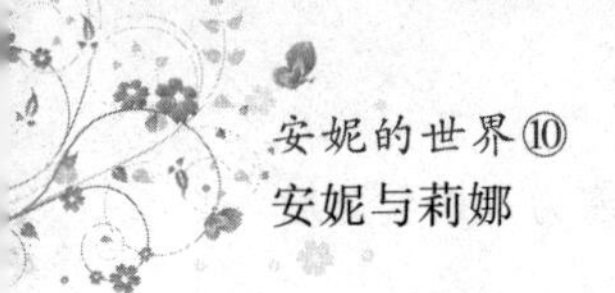

餐后，你一定会看见我往上克雷方向走。”

没错，如莉娜所言，晚餐后，莉娜认真地打扮了一番。也许是虚荣心作祟，莉娜总是注意其他少女的服饰，而且九岁的时候她曾告诉母亲：“穿着端庄可使举止更像淑女。”

莉娜边梳头发，边想着不愉快的会面，练习着预备好的对白，莉娜希望时间快点过去——要是不举办音乐会就好了——真后悔和艾琳吵架，也许对于她侮辱华特的言词，沉默更具效果呢！我怎么那么小孩子气呢？好！以后凡事要冷静——但现在一定要忍辱负重——虽然这不是莉娜喜欢做的事。

日落时分，莉娜到达哈华特家的玄关——炉子木架周围有白色涡形装饰，四方有突出的窗户，外观装饰得很漂亮，丰满热情的哈华特夫人出来欢迎莉娜，请莉娜在客厅等候，进屋去叫艾琳。莉娜脱下外套，照着炉架镜子调整自己的衣着，头发和帽子都很好，没有可以让艾琳挑毛病的地方。

一会儿，艾琳轻盈地下楼，身着优美的服装，茶色头发上系着最新流行的结，一身香水味。

“布莱恩小姐，你好，没想到你会光临寒舍，真是荣幸。”艾琳客套地说道。

莉娜起身碰触艾琳冷冷的指尖，再度坐下的同时，突然一幕画面入目，莉娜感到茫然，坐在椅子上的艾琳也注意到了这件事，嘴唇上现出鄙夷的微笑，直到莉娜告辞之前，微笑都没消失。

莉娜的一只脚上穿着橘色配蓝色的袜子，另一只却穿着黑

色木棉袜。

可怜的莉娜！莉娜换好衣服后才换鞋袜，但漫不经心地配错了，竟然在艾琳面前出糗——艾琳一直盯着莉娜的脚看，让莉娜直想一头钻进地洞去，连事先准备好的话都忘了。

“艾琳，有件事情想拜托你。”

天啊！舌头好像打结了。

“哦？什么事？”艾琳冷冷地反问。那种轻薄的眼神，让莉娜后悔来到此地，她顿时涨红了脸。

“查林克夫人的儿子在金克斯波特生病了，她要照顾他，所以不能前来参加音乐会。我代表少女会来请你代替她上台演唱。”莉娜谨慎地一字一句说出口。

“真是有点可笑。”艾琳浮现以往那种恶意的微笑。

“欧莉普说我来邀请你的话，你不会拒绝。”莉娜说道。

“可是，我无能为力——从那时候起——不是吗？你要我不再说话，要是我接受你的请求，那我们之间不是恶化了吗？”艾琳故意以哀伤的口吻说话。

来了，忍受屈辱的时刻就是现在。

“我向你道歉，对你说那些话，我一直都认为是我不对，原谅我好吗？”莉娜坚强地说道。

“你是想请我在你的音乐会中演唱？”艾琳问道。

“如果没有音乐会，也许我不会来向你道歉，但自从那天以后，我一直后悔自己说的话，真的！但如果你不原谅我的话，那我也没什么好说的了。”

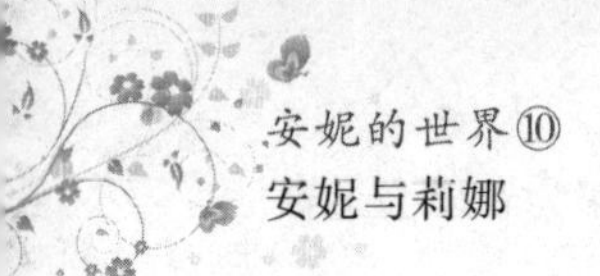

“莉娜，你千万别这么说，我当然会原谅你，但我必须让你知道，那阵子我有多难过，我哭了几个礼拜，你却一点动静也没有。”

莉娜耐心地听着艾琳的说词，这时和她争论将功亏一篑，比利时的人就得挨饿了。

“你愿意来援助音乐会吗？”莉娜请求道。

艾琳如果没有看见这双脚就好了，莉娜觉得她一定会告诉欧莉普。

“我不知道能不能唱以前的歌，现在已经来不及背新歌歌词了。”

“你不是会唱很多克雷村人没听过的新歌吗？你自己挑好了。”

“可是，没有人伴奏。”

“尤娜·梅雷帝思可以为你伴奏。”

“我才不和她合作呢！从去年秋天开始，我们就没说过话，那个人在主日学校音乐会上随意支使的，我不想见到她。”

天啊！艾琳能和谁成为好朋友呢？尤娜会叫人做这做那吗？想来就觉得滑稽，但莉娜忍住笑。

“欧莉芭老师钢琴弹得很好，不管什么伴奏，她一看就会。我去拜托老师，她一定会答应为你伴奏。你明天下午音乐会前来壁炉山庄练习一次吧。”莉娜诚恳地说道。

“可是我的新衣服还在夏洛镇，这么盛大的宴会，我怎么能穿落伍的旧衣服呢？会被嘲笑的。”

莉娜慎重地说道："我们的音乐是为即将饿死的比利时小孩举办的。为了小孩子，这次不应该穿华丽的衣服，难道你不认为如此吗？"

"哈！你难道不认为传入我们这里的有关比利时人的情况太夸张了吗？在这个二十世纪，应该没有饿死人的事情了，报纸总是喜欢对事情添油加醋。"

莉娜再也无法忍受了，就算是为了音乐会，也没有必要再这么取悦她。莉娜站了起来。

"艾琳，很可惜你不能来帮忙，我们只好另想办法了。"

这不是艾琳希望的结果，艾琳很想参加这次音乐会，也很想与莉娜和好，只是想让莉娜央求自己。艾琳喜欢壁炉山庄，那是多么雄伟的房子啊！特别是英俊的大学生华特回来的话——艾琳不再盯着莉娜的脚看。

"莉娜，你别生气，能帮的我一定帮。来，坐下慢慢商量。"

"很可惜我必须回家了——我得赶回去照顾詹姆士。"

"像你这么讨厌小孩的人，能这么做真不简单，我亲吻那小孩就让你生那么大的气。让我们忘记那件不愉快的事，恢复友谊吧！至于音乐会，我明天早上先到夏洛镇拿衣服，下午再到壁炉山庄，请替我拜托欧莉芭老师为我伴奏，我想我们的配合一定会让音乐会顺利进行，我不去拜托她——那位老师那么傲慢，我只能可怜地退缩在一旁不敢吭声。"

莉娜不想浪费时间为老师辩护，冷淡地道歉后立刻告辞。

走出大门后，莉娜松了一口气，但她知道，无法和艾琳恢

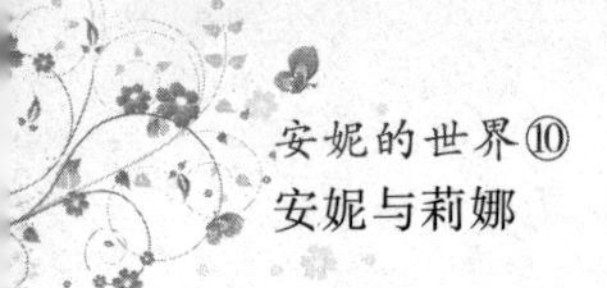

复像以前一样的情谊了——像朋友，但不是真的朋友，也不想是朋友。

道不同，不相为谋，莉娜感觉自己比艾琳成熟——虽然莉娜还不满十七岁，艾琳已经二十岁了，但事实就是如此。现在的艾琳和一年前的艾琳一样，但莉娜在这一年里已经变得更成熟，莉娜透视了艾琳的真正本性——浅薄中藏着卑劣、虚伪——艾琳永远失去了一个忠实的朋友。

走着走着，莉娜对着月亮发誓——

“从今以后，走出自己的房间之前，一定要注意自己的两只脚，请月亮为我作证。”

第十四章

华特决定入伍

第二天，苏珊因意大利的宣战而在壁炉山庄竖旗。

“从俄罗斯战线的状况来看，这正是时候，不管怎么说，俄罗斯人并不好对付，尼古拉大公则另当别论。意大利加入正方很好，但对联军而言是不是很好，我就不很了解了。不过，多了意大利之后，弗朗茨·约瑟夫就得多些考虑了，他真是了不起的皇帝——杀人不眨眼。”

说着，苏珊用力拍打、揉捏面粉团。

华特一早就搭火车进城，南恩说今天可以照顾詹姆士，莉娜难得有一天的自由，便到克雷村公众集会堂帮忙布置。傍晚，莉娜兴奋之余忘记了西部的战争之事。

一想到几周来的努力终于可以在今天开花结果，莉娜便有种成就感，她知道不少人赞赏自己策划节目的能力与耐力。莉娜自觉自己的打扮很端庄，为了看起来成熟些，莉娜在脸颊上轻轻涂了一层腮红，红褐色的头发很有光泽，该别花还是小珍

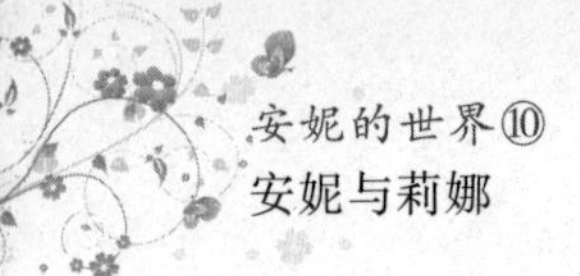

珠呢？嗯，决定别苹果花吧。将白色苹果花别在左耳后，最后一定得看看双脚，没问题，两只脚是同样的袜子。

莉娜亲吻睡眠中的詹姆士——多安详的面容啊——急忙赶到公众集会堂，那里已经聚了一些人——不久就满了，莉娜的音乐会很成功。

前三个节目成功表演完，莉娜一个人在后台小化妆室练习朗诵，其他人都在对面大房间里。突然，一双柔软的手从后面搂住莉娜的腰，艾琳轻轻亲吻莉娜的脸颊。

“莉娜，你真美，今晚你就像天使一样，你也真有勇气——一想到你能如此冷静地面对华特入伍，我就佩服你，我要有你一半的胆量就好了。”

莉娜觉得自己飘在空中，什么也感觉不到——脑海一片空白。

“华特——入伍了？入伍了？”

莉娜听见自己的声音——这时，艾琳好像故意大声笑出来。

“什么？你不知道？我想你一定会知道的，要不然我就不会告诉你，我总是这么笨拙。是这样的，华特今天进城，那时我刚好下火车，华特这么告诉我的。但他还没穿军服——现在军服不够——但过一两天就有了。我早就说过，华特的勇气不会输给其他人的。莉娜，当我听见华特这么说时，我真的称赞他了。莉娜，莉克玛克里斯朗读完了，我得赶快去了，下一个节目就是我——因为阿里斯·克罗头痛得很厉害，所以我先上。”

艾琳走了，谢天谢地！艾琳离开了，莉娜恢复镇定，感到极度苦闷！

“我受不了了！”

一提到华特入伍，莉娜就不知道未来的日子要怎么过下去。

“一定要逃脱！一定要赶回家！我想一个人静静，我无法朗诵、参加话剧演出、面对音乐会了，但没关系——什么事情变成怎么样都没关系，这个苦闷的我就是曾经幸福的莉娜·布莱恩吗？”屋外四重唱唱着“我们的国旗不会倒”——声音响彻云霄。就像杰姆告诉家人打算入伍一样，莉娜不能哭，决不能哭。

就这么逃离，不就成了懦弱者吗？莉娜脑海中突然浮现大家歧视的眼光，莉娜想起西部战线上——在炮火中与敌人斗争的哥哥及幼时同伴，如果我连这小小的义务——红十字少女会举办的音乐会也撑不下去的话，哥哥们会怎么想？但我无法在这里待下去——一刻也待不下去——杰姆出征时，母亲怎么说的呢？“如果女人失去勇气的话，男人如何勇敢呢？”

莉娜走到大门边又折返，站在窗户边，艾琳正在唱歌，那声音非常优美——对于艾琳而言，那是唯一的特长。莉娜知道下一个节目必须由自己出场伴奏，但她能行吗？现在头痛得不得了，喉咙也烧得厉害。“唉！为什么艾琳要在这时候告诉我这个消息呢？她真是个残酷的人啊！”

莉娜想起那一天母亲奇妙的眼神，那时觉得没什么大不了的，现在终于明白了，母亲知道华特为什么要进城，但准备在音乐会结束后才告诉莉娜。母亲的精神与耐力真是惊人啊！

“我一定要待在这里，完成任务。”莉娜握紧冷冷的双手。

当晚剩余的节目对莉娜而言，就如在梦中度过一般，身体

展现在家人面前，灵魂却独自关在小房间里。莉娜顺利地完成了各项精彩节目，但她不像练习时那么投入热情。站在听众面前的莉娜，眼前只看到一张面孔——坐在母亲身旁的那位黑发、有着秀丽脸庞的年轻人，看见那张脸投入战壕中，看见那张脸在星光下受冻，看见那张脸在牢狱中喘息，看见那目光消失——快点，音乐会为什么还不结束？

终于圆满落幕，欧莉普飞奔过来报告募得捐款一百美元。

"很好！"莉娜机械地回答。

人们陆续散去——还好，全部人都散去了——华特在入口处等莉娜，他无言地拥抱了下莉娜，然后和她在月下散步回家。

"你知道了？"华特问道。

"嗯，艾琳告诉我的。"莉娜声音哽咽。

"我们本来想今晚节目结束后才让你知道，我知道你是在节目途中知道这件事的。莉娜，我受不了了，自从露西塔尼亚号沉没以来，我就无法忍受自己如此生存下去。一想到那些死去的女孩子、男孩子漂浮在无情的冷水里，我就受不了。我对于人生的污蔑感到厌恶，我想从这种世界中逃脱——我想让诅咒从自己的脚底下消失，所以我觉悟到不出征不行。"

"华特哥哥不去，还有其他很多人会去啊！"

"不可以这么说，莉娜·我的·莉娜，我为了自己——自己灵魂的生存而去。如果不去，我的灵魂就会缩成微小、卑贱、毫无朝气的东西，这比其他恐怖的事情更叫我受不了！"

"也许、也许——你会死！"莉娜痛恨自己说出这句话。

“早死、晚死，终究还是会死的，”华特说道，“我害怕的不是死——很久以前就对你说过了，人生为了生命付出太高的代价，这场战争有太多可憎之处——我必须帮世界除去，我打算为了人生的美而奋斗。莉娜·我的·莉娜，这是我的义务，也许有更高的义务也说不定——但那不是我的义务，我接受人生与加拿大如此的恩惠，我必须返还。莉娜，自杰姆出征以来，我第一次取回自尊心，也可以写诗了。”

华特笑了起来。

“八月以来，我一行诗也写不出来，今夜我的诗兴如泉涌。莉娜，勇敢些，杰姆出征时不也如此吗？”

“现在不一样！”莉娜忍不住哇的一声哭了起来。

“当然，杰姆很重要。可是杰姆……去的时候……我们以为……战争……马上会结束。而且，你……对我而言，比什么都重要啊！”莉娜边哭泣边说道。

“你一定要支持我，莉娜·我的·莉娜，今夜的我志气昂扬——陶醉在战胜自己的喜悦中，但其他时刻不一定如此，所以需要你的支持。”

“什么时候入伍？”莉娜必须立刻知道最坏的消息。

“还有一个礼拜，然后在金克斯波特接受训练，七月中旬到海外，确切时间不知道。”

一个礼拜？和华特在一起的时间只有一个礼拜了，以后怎么办？

走进壁炉山庄的门，华特在老松树下停了下来，紧紧抱住

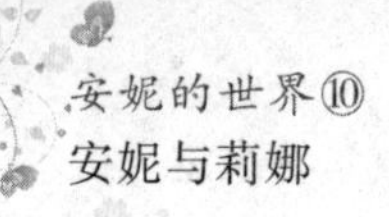

莉娜。

“莉娜·我的·莉娜，比利时很多地方都有像你一样清纯的少女，你、你知道她们现在是怎样的命运吗？我们不能让那种日子继续下去，莉娜，你能支持我吗？”

“华特，我会尝试，我会尽力！”

将头埋入华特的肩膀里，莉娜觉悟到自己不得不更坚强。莉娜接受了这个事实，华特不得不走——拥有美丽的灵魂与梦想的华特——莉娜知道这是早晚的事情，就像影子一样，再怎么逃也逃不掉，影子永远跟着你，莉娜心中有股奇妙的说不出的安心。

今后再也没有人——没有一个人会说，华特是害怕兵役的胆小鬼了。

那一夜，莉娜睡不着，大概除了詹姆士，壁炉山庄没有一个人睡得着。身体是循序渐进的成长，但精神则是飞跃的成长，才一个小时，整个能力就可以达到颠峰状态。从那一夜起，莉娜·布莱恩精神上的耐力与能力，已成为女性中的佼佼者。

天好不容易亮了，莉娜起身走到窗边，窗下有大苹果树，那是好几年前，华特还是小孩时种的。彩虹谷上空的朝云淡淡地飘着，日光像涟漪一般，为什么世界沉醉在美丽的春季中，人却生活在悲叹中呢？

莉娜感觉有双温暖的手抱住自己，是母亲——睁大眼睛的母亲。

“啊！妈妈，妈妈真勇敢！”莉娜激动地叫道。

“莉娜，好几天前，我就知道华特非去不可。我们可以反抗，可以阻止，但还有比我们的爱更伟大、更强烈的神明呼唤声——传到华特的耳中，我们不可以再增加华特的痛苦。”

“我们比华特牺牲更大呢！”莉娜激动地说道，“哥哥们献出自己，我们却献出了哥哥们。”

布莱恩夫人还来不及回答，苏珊就走了进来，看得出她眼眶发红，口中说道：“夫人，早餐要端来这里吗？”

“不用了，苏珊，我们马上下楼。你知道了吗？华特入伍的事。”

“是的，昨晚先生告诉我了。”苏珊的声音夹带着浓厚的鼻音。

苏珊瘦弱的手抱起詹姆士，一边下楼一边说：“乖孩子，能哭就尽量哭、能说就尽量说，提起你的精神来，即使你觉得悲伤，也一定要表现出开朗的样子。来，笑吧！叫吧！”

第十五章

出　发

苏珊从报纸里抬起头，沮丧地说道：“德军占领普雷米兹了，如此一来，我们得称那是野蛮地方了。夫人，下次，就轮到贝德罗兰了——我表姐苏菲亚说的，我也这么想，虽然我的地理知识并不丰富，但我想普雷米兹距离贝德罗兰有一段距离。这么说来，我对东部战线也感到不安。”

没有一个人安心，因为整个夏天，俄罗斯不断后退，这令人担心。

“邮包还没来——我们只有耐心等待，”欧莉芭小姐说道，“德军不断击灭俄军，不知道会不会将兵力移往西部战线？”

“不会的，欧莉芭小姐。第一，上帝不允许这种事情发生；第二，对我们而言也许很失望，但尼古拉二世并不灰心，在撤退时很有技巧，至少能够以一人抵挡敌军十人的追赶。但尼古拉二世也只能如此，而无反攻的余力。现在痛苦已经到达我们壁炉山庄的门口了。”

华特在七月一日到金克斯波特，南恩、达恩、菲斯都在休假中，出去办红十字会的事了。

七月中旬，华特赴海外之前，有一星期的假期。这一个星期，莉娜觉得时光太宝贵了，不敢浪费一分一秒，即使是睡眠时间也备感贵重。莉娜与华特经常散步聊天，莉娜知道，只有自己的理解与安慰，才能使华特更有勇气。对于华特而言，很高兴自己是如此重要的人，他尽量笑，不想把时间浪费在哭泣上。莉娜也一样，即使晚上她也不哭，因为她不想让华特看见自己哭红的眼眶与憔悴的脸庞。

华特在家中的最后一个晚上，两人来到彩虹谷，坐在“白衣贵妇人”下，那里有昔日无忧的欢笑声，四周都是愉快的影子。

华特想象将眼前的一切美丽景象吃下去般，直盯着风景看。

“当我到‘法国的某个地方’时，也会想起这安静、被露水滴湿、被月色覆盖的景色。你看看我们周围的山，小时候我总向往山的那一边，那另一个宽广的世界，我觉得那里有什么在等我，多么平稳、有力，就像一位忍耐力强、了不起的女性。莉娜·我的·莉娜，你知道这一年，你在我心目中的地位吗？我想在我走之前告诉你，如果没有你——充满爱、给我信心的你，我大概活不下去了。”

莉娜说不出一句话，手悄悄滑入华特手中，紧紧握住。

“当我想到神在我们世界制造出来的地狱时，你就是我最有

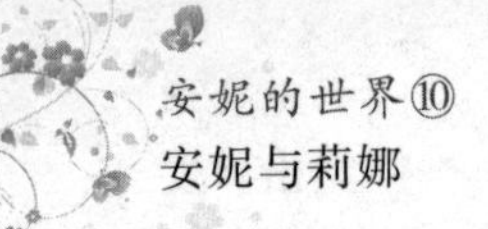

力的支柱，我知道你会像这一年来一样坚强——我担心你，不论发生什么事情，你都是我的莉娜——不论发生什么状况。”

莉娜再也无法按捺住自己的眼泪，泪水悄悄地流了下来，她知道必须让华特尽情地说。在沉默的一瞬间，彼此似乎有种约定，华特说道：“好了，别尽谈这些灰暗的话题，将眼光放远一点，看看几年后——战争结束，杰姆、杰利和我都意气昂扬地回来，大家又过着幸福快乐的日子。”

“我们……会再像以前那样幸福吗？”

“当然，和这个战争有关系的人，大概都不会再重享和以前一样的幸福，但是会更幸福。莉娜，我们太幸福了，有壁炉山庄，有这么慈祥的父母，但这幸福是人生与亲情的赏赐，不真的是我的东西，我们不能以自己的力量强留，这是我最近体会出来的道理。莉娜，我不在家的时候，请你替我多照顾母亲，这场战争对母亲一定有很深的伤害——母亲、姐妹、恋人——莉娜，美丽的莉娜，你是谁的恋人呢？来，在我走之前告诉我。”

“不！”

说出口后，莉娜立刻想，也许这是最后的机会也说不定，莉娜愿意对华特坦白。在月光中，莉娜羞红了脸，小声说道：“可是，如果……肯尼士·霍特……有这个意思的话……”

“我明白了，肯尼士也入伍了。莉娜，不管面对谁，你都很难过。还好，我没有留下独自悲叹的女孩子，自顾自地上战场。”

莉娜抬头看看山丘上的牧师家，看见尤娜房间的灯火，莉娜想告诉华特——但她知道不能说，这不是我的秘密，而且也不能十分确定，只是从旁观者的角度认为事情好像是这样。

华特分秒必争地向四周眺望，这里本来就是华特最怀念的地方，大伙儿曾经在这里度过多么愉快的日子，从摇晃的树影中，华特看见——杰姆和杰利被太阳晒黑了皮肤，他们在小河中钓鱼，南恩和达恩的脸上浮现酒窝，充满朝气、温柔内向的尤娜，活泼爽朗的菲斯，醉心于昆虫的卡尔，心直口快的美莉——还有华特自己躺在草坪上想诗。

"我们以前是小孩子，华特——今后要为其他小孩子而努力。"

"华特，你要去哪？"莉娜轻轻叫道。

华特叹了一口气回头，他想将沐浴在月光中的山谷的美刻在心底似的再度环视周遭。

"在我的梦中曾经见到过这些。"说着，两人起身返回壁炉山庄。

梅雷帝思夫妇来了，欧莉芭小姐回罗布利吉去了，大家都很有精神，却没有人像杰姆刚出征时说战争马上会结束的话了，他们没谈论战争的事情——脑海中却满是这件事。

第二天早上，华特就要去海外了，前来送行的人并不多，除了自己家人，还有牧师家的人及美莉。上星期笑着送米勒上火车的美莉，现在应该有资格以专家的身份发表意见。

"最重要的是笑，一副什么事也没有的样子，男人最讨厌女人哭哭啼啼的。我告诉米勒，我不会哭，要他放心，在他回来之前，我决不会变心，如果他不回来，我也会永远思念他，但

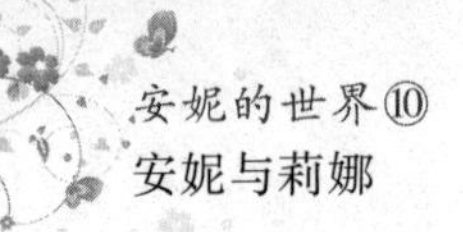

他决不可爱上法国女孩。这时候米勒发誓不会对不起我，但我不知道充满魅力的法国女孩子会不会爱上米勒。”

布莱恩夫人和杰姆离开时一样，脸上带着微笑。华特却没有笑容，不过，至少没人哭泣。曼帝从自己的小屋走向华特，用力摇晃尾巴，好像在告诉华特：“我知道你要去找杰姆，我相信你一定会带他一起回来，我在这里等你们。”

当不得不告别时，卡尔轻快地说道：“保重，请向他们问好，让他们好好加油，我不久就会跟进。”

尤娜哀伤地盯着华特，然后静静地握住他的手，但华特弯下头，亲吻尤娜，这是华特第一次亲吻尤娜。一瞬间，尤娜羞红了脸，但没人注意到。

“保重！”莉娜嘴唇颤抖地说道。

“有空写信给我，还有，好好照顾詹姆士！”华特轻快地说道。

重要的话前晚都已经在彩虹谷说过了，但最后的瞬间，华特双手捧住莉娜的脸，仔仔细细地盯着，喃喃地说道：“愿神保佑你，莉娜·我的·莉娜。”

在火车启动后，华特站在最后一个车厢挥手。

莉娜一个人站着，尤娜来到旁边，这两位深爱着华特的少女，交互握住冷冷的手目送华特，直到火车消失在树丛中，消失在视线里。

这天早上，莉娜在彩虹谷待了一个小时，没有告诉任何人，也没写在日记上。她回家后为詹姆士缝制衣服，傍晚时外出参

加红十字少女会的委员会。

后来，艾琳对欧莉普说道："华特今天早上终于出发往前线去了，人的感情真是值得玩味，我真希望能像莉娜·布莱恩那样，凡事都能不投入感情，轻轻松松的。"

第十六章

现实与浪漫

“华沙沦陷了！”某个八月的上午，医生沉重地说道。

欧莉芭小姐和布莱恩夫人交换沮丧的眼神。

正在为詹姆士消毒餐具的莉娜说道:“该怎么办？”

从悲剧似的气氛看来，这不是上周外电预料的结果，而是如电击般袭击而来，没想到华沙会沦陷。

“提起精神来！”苏珊激励地说道。

“没像我们想的那么糟，昨天我看了《蒙特利日报》叙述，华沙的军事地位一点也不重要。所以，夫人，我们也从军事角度来想吧！”

“我也看过那份外电，虽然知道那是谎话，但即使是谎话也可以安慰人心——尽管那明明是谎话。”欧莉芭小姐说道。

“这么说来，德军公式化的发表对你一点作用也没有了？”苏珊讽刺地说道。

“肯尼士·霍特要去对岸的曼狄·威斯特家。他所在的连队正要往前线出发，不知为什么又被留在金克斯波特，他可以请假来爱德华王子岛一趟。”

“希望他来壁炉山庄。”布莱恩夫人说道。

“只有一两天时间。”医生回答。

莉娜的脸涨得通红，身体微微颤抖，但没有人注意到，她正低头给詹姆士喂食。

“肯尼士好久没来信了，他忘记我了吗？如果他没来壁炉山庄，就一定是忘记我了，他也许已经和其他女孩子陷入热恋中，一定是这样子，我还在想他，我真笨啊！不要再想他，他来壁炉山庄也好，不来也好，即使来也只是礼貌性地打招呼，没什么大不了的。”

这时候，电话铃声响起。电话铃没什么不可思议之处，在壁炉山庄，平均每十分钟就会有电话来，但不知怎么的，莉娜猛然放下食物，飞奔过去拿起电话，詹姆士哭了起来。

“喂！壁炉山庄。”

“喂！是你吗，莉娜？”

“是——是——”

啊，为什么詹姆士不停止哭声呢？为什么没有人来哄詹姆士呢？

“知道我是谁吗？”

怎么会不知道呢？这个声音——不论什么时候，不论走到哪里都忘不了。

“肯尼士吗？”

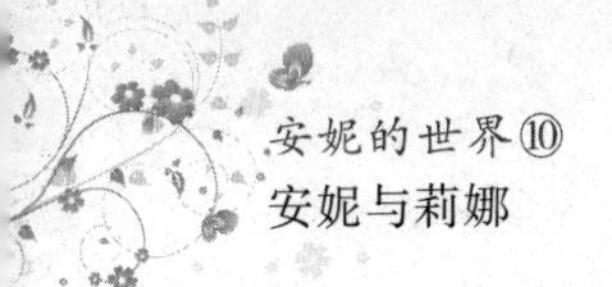

“没错，飞脚旅行者来这里了，今晚我来壁炉山庄好吗？”

“当然好啊。”

他是要来看她，还是来看大家？她真想掴詹姆士一巴掌——肯尼士到底在说什么。

“好了，莉娜，在电话里也说不清楚，太远了，电话不清楚，你懂吗？”

懂吗？当然懂。

“就这么说定了。”莉娜颤抖的声音说道。

“那么，今晚八点见。”

“再见！”

莉娜放下听筒后立刻跑到詹姆士身边，但不是掴詹姆士一巴掌，而是抱起詹姆士亲吻他满是牛奶的嘴巴，并愉快地在屋子里旋转。喂完食物后，莉娜一边唱着催眠曲，一边哄着詹姆士午睡。

下午，莉娜一边缝红十字会的T恤，一边描绘美丽的水晶宫模样，肯尼士要来见她——

只见我一个人，沙利不会打扰我吧？父母到牧师家去了，欧莉芭老师决不是会在旁边当电灯泡的人，而詹姆士七点就会就寝，一直睡到第二天早上七点。和肯尼士在阳台上——今晚有月亮——我穿着纯白衣服，将头发盘起来——嗯，就这样——在脖子后盘个发结——母亲一定不会反对。

啊！多么罗曼蒂克啊！肯尼士会向她说什么呢？

是的，他一定会对她表示什么，否则不会特地来看她，下雨的话该怎么办？如果少女会的会员来讨论有关比利时的问题怎么办？该怎么办呢？

终于到了晚上，什么事也没有。医师夫妇到牧师家，沙利和欧莉芭老师外出，苏珊则去买日用品，詹姆士陷入熟睡的梦乡，莉娜费心打扮了一番，将头发束起来，周围圈上三层珍珠，然后别上粉红色缎带。

在阳台上等待肯尼士的莉娜非常优美，努力稳住情绪，避免在肯尼士面前出现结巴的情形，更不希望自己握住肯尼士的双手是冰冷的。

肯尼士出现了，身着下士官制服的他看起来很端正，个子高高的肯尼士真英挺，但看起来比实际年龄老。这位年轻的下士官会对克雷村的莉娜·布莱恩说什么呢？难道只是问候性的话吗？

肯尼士一定是想来看壁炉山庄所有的人，如果他知道莉娜为了单独和他会面而支开其他人，心中一定会暗自窃笑。

“没想到运气这么好，”肯尼士坐在椅子上，表情丰富地看着莉娜，“本来想一定有很多人在家，没想到只有你一个人，我的莉娜。”

莉娜的空中楼阁再现，没错——肯尼士是特地来见她的。

“我们家的人已经不像以前那么多了。”莉娜静静说道。

“哦，”肯尼士轻声回应，“杰姆、华特，还有南恩、达恩都不在家了——变成一大片空白了！但听说有时候弗雷特·阿诺尔特会来填补这个空白。”肯尼士话中有话。

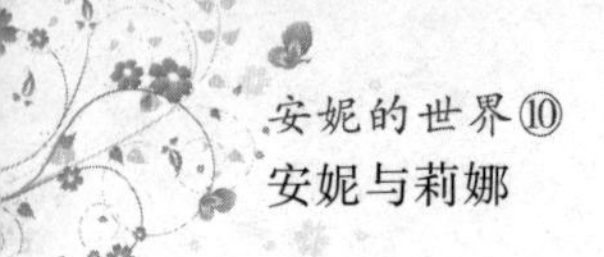

莉娜还来不及回答，二楼打开的窗子中便传来詹姆士的哭泣声——夜里很少哭的詹姆士，却在这个节骨眼上哭起来了，而且是用力放声的哭。其实之前詹姆士已经小声哭了一阵子，但声音很小，楼下的人没听到，现在则是放声大哭。

莉娜知道到自己不能假装没事地继续坐着。而且不理会婴儿的哭声，继续坐在阳台聊天，肯尼士一定会觉得莉娜很无情，也许肯尼士并不了解哭对婴儿是有利的。

莉娜站起来。

“詹姆士大概是做恶梦了，他有时候会这样。对不起，我失陪一下。”

莉娜一边跑上二楼，心底一边后悔为什么要将詹姆士带回家。但当詹姆士看见莉娜，脸颊泪水滚落，几度将哭泣吞至肚里，好像终于寻到安全港湾伸出手时，莉娜的怒气一消而散。这可爱的孩子吓成这样！莉娜温柔地抱起詹姆士，在轻轻摇晃中，詹姆士停止啜泣、闭起眼睛。莉娜将詹姆士放回床上时，詹姆士又睁开眼睛，抗议地哭了起来。

不行！不能再让肯尼士一个人待在楼下——快三十分钟了，莉娜无计可施，只好抱着詹姆士下楼，坐在阳台上。

对莉娜而言，和自己最在乎的青年久别重逢时，手上抱着战争孤儿实在是有点滑稽，但这时家里没其他人，除此之外别无他法。

詹姆士高兴得不得了，两只脚踢个不停，还不断发出难得的笑声。他长得很可爱，金色的鬈发，眼睛也很美。

“不是假的娃娃吧？”肯尼士开玩笑说道。

“你看看。”

莉娜将詹姆士抱到肯尼士面前。詹姆士是敏感的婴儿，感觉出气氛不对，知道自己的责任是不能破坏气氛，于是面对着莉娜的脸咯咯笑了起来，接着要说话似的发出声音。

“呜——呜——”

这是詹姆士第一次说话，莉娜高兴之余忘了怨恨，抱着詹姆士亲来亲去。正好客厅的灯光照在詹姆士的头发上，使之显得更亮了。

肯尼士一动也不动地坐着，静静地凝视莉娜——华丽、有着少女轮廓、长睫毛、凹凸有致的嘴唇、浑厚的下颚，在微晕的月光下，莉娜轻抚詹姆士。

看见莉娜的姿态，肯尼士对恐怖的法国战场发抖。自从赫温港灯塔舞会以后，肯尼士就被莉娜的魅力深深吸引住，但觉得爱上莉娜，是在看见莉娜抱着詹姆士端坐的情景。此刻，肯尼士心里一阵悸动。

当詹姆士熟睡，莉娜想将他放在客厅椅子上，再返回阳台时，希望泡汤了。莉娜看见苏珊坐在阳台上，而且好像打算久坐地拿起衣服缝纽扣。

“你的婴儿睡着了？”苏珊轻轻问道。

你的婴儿？苏珊应该可以说得好听些。

“嗯。”莉娜说道。

苏珊好像很疲倦的样子，但仍坐在那儿陪肯尼士。肯尼士

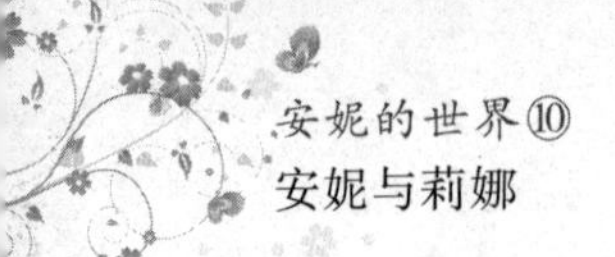

专程来访，家里正好没人，她担心莉娜招待不周，便一起作陪，但她不知道，这时候最正确的做法就是赶快离开阳台。

“看你，穿上军服都像个大人了！”苏珊看着肯尼士的军服说道。

六十四岁的苏珊现在已经看惯了卡其色军服，觉得下士官制服只是一般衣物。

“孩子的成长速度真是惊人，看看莉娜都快要十五岁了。”

“不是十七岁了吗，苏珊？”莉娜叫道。

苏珊对莉娜的抗议充耳不闻。

“印象中你们都还是小孩子，就像你看你的婴儿一样，你母亲为了矫正你吮大拇指的毛病，不知费了多少苦心。你还记得我打你屁股的那天吗？”

“不记得。”

“当然，那时你还小——才四岁，我将你放在膝盖上打屁股，你放声大哭。”

莉娜迷惑，难道苏珊不知道坐在自己面前的是加拿大陆军下士官吗？很明显的，她不知道。啊！肯尼士会怎么想呢？

“你还记得你被你母亲打的情形吗？”

今晚，苏珊沉醉在回忆中。

“我永远也忘不了，那是你三岁的时候。有一天晚上，你母亲带着你和华特在院子里和小猫玩，我蹲在制造肥皂用的大水桶边，这时候你和华特为了猫的事开始争吵，华特抱着小猫，你硬要抢，你想要的东西无论如何都要得到，于是便爬上桶子和华特争。华特紧紧抱住小猫，可怜的小猫发出悲鸣，一瞬间，你们双双跌落水桶里，要是当时我不在场的话，你们两人恐怕就要淹死了。在二楼看到这幕景象的你们的母亲赶紧跑下来，抓起你的手心噼里啪啦打。”

苏珊叹息了一声继续说道：“唉！那时的壁炉山庄多幸福啊！”

“真的呀！”肯尼士的声音很奇妙，让莉娜自觉没面子，但肯尼士实际上并无嘲笑之意。

“莉娜很少挨打，”苏珊用慈祥的眼光望着莉娜，“她是个有礼貌的孩子，但被父亲打过一次。有一天，莉娜从父亲的诊疗室中拿出两罐药，正要吞下去的时候，还好她父亲进来，否则早就没命了，莉娜说是阿里斯·克罗煽动的。要不是先生赶到，两人就只剩尸体了。先生很生气地打了莉娜一顿。从此，莉娜再也不敢开诊疗室的门了，现在都流行‘言教’，我却认为体罚还是有必要的。”

苏珊叙述家中小孩的挨打历史，虽然莉娜很不高兴，但苏珊还是侃侃而谈。

“我记得对岸的科特·马克阿里斯就是这样死的，他将农药当成糖浆喝下，可怜的孩子啊！”苏珊有点哽咽，“那孩子的母亲如此细心，却发生这种事。等等——科特和你有点关系，你的曾祖母威斯特是马克阿里斯家的人；威斯特的弟弟阿蒙斯是麦克教的信徒，经常发生恐怖的痉挛；你比较像你曾祖父家的人，你曾祖父因中风而早逝。”

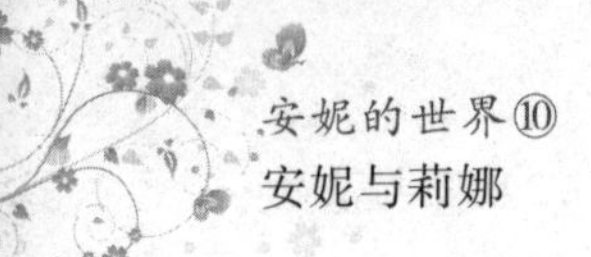

“你在街上遇见什么人了？”为了让苏珊转移话题，莉娜问道。

“只遇见美莉·庞思，美莉像爱尔兰人跳舞一般地跳跃着。”

真可恶，肯尼士一定受不了这一家人。

“想听美莉事情的，克雷村只有米勒·达克拉斯一个人。当然，她的气质还可以，可是那个傲慢的姑娘大概忘了曾经拿鳕鱼干追打莉娜的事情。莉娜惊吓的样子，我可怎么也忘不了。”

莉娜又气又羞地僵直了身体，苏珊脑海中还有什么莉娜出糗的过去呢？

肯尼士则对苏珊的话放声大笑，但不是不懂礼貌，而是自然流露。

“今晚买一罐墨水花了十一分，是去年的两倍，大概是写信的人增多了吧。我表姐苏菲亚说以前常写信给男性，我对男性则不太了解，也不想了解。苏菲亚总是说男人不好，还结了两次婚，真是的！”

莉娜觉得好像是催眠曲般，听着听着就倒在椅子上。她知道，不论什么事都无法阻止苏珊继续谈论，莉娜一向很喜欢苏珊，现在却对她咬牙切齿。

已经十点，肯尼士马上就得回去了——其他人也该回来了。但我还没机会向肯尼士解释，弗雷特并没有填补我的生活空白。

肯尼士终于站起来，虽然有莉娜在，苏珊还是打算一直作陪。到对岸的曼狄·威斯特家须走三里路，肯尼士必须告辞了。莉娜怀疑肯尼士会认为，她不想和他单独在一起，因为莉娜已

经有恋人，所以叫苏珊这么做。

莉娜也站起来，无言地和肯尼士一起走到阳台的尽头，瞬间，两个人停了下来，肯尼士站在下一层阶梯，阶梯一半埋在土里，旁边薄荷草繁生。由于来往人的践踏，薄荷草渗出薄荷油来，无声的香气像祝福般地围绕在二人周围。

肯尼士抬头看莉娜，月光中，莉娜的头发闪闪发光，眼睛洋溢着夺人的魅力。突然，肯尼士确信弗雷特的传言是假的。

“莉娜，没有人比你美丽。”肯尼士突然认真地喃喃说道。

莉娜羞红了脸看向苏珊，肯尼士也随着莉娜的眼神看过去，两人知道苏珊正背对着这里。肯尼士拉住莉娜亲吻，这是莉娜的初吻，她不但没生气，反而有种渴望的眼神，莉娜的眼睛里透露出献上亲吻的信息。

“莉娜，答应我，在我回来之前，不让其他男孩子亲你。”

“嗯！”莉娜身体颤抖。

苏珊转过身来，肯尼士立刻放开莉娜，两人沿着小径散步。

“再见。”肯尼士幽幽地说道。

莉娜听见自己也发出相同的声音。当肯尼士的身影在枞树林中消失时，莉娜突然发出“哦”的一声，追出门外，美丽的长裙盖住地上的花草，肯尼士回头望向莉娜，两个人互相挥手——肯尼士在转角处消失了踪影。

莉娜在原处待了一会儿，眺望银色的原野，她听说过母亲喜欢转弯——让人有种刺激的魅力，但莉娜很不喜欢，杰姆和杰利都是消失在转弯处，接着是华特，现在是肯尼士。哥哥们、

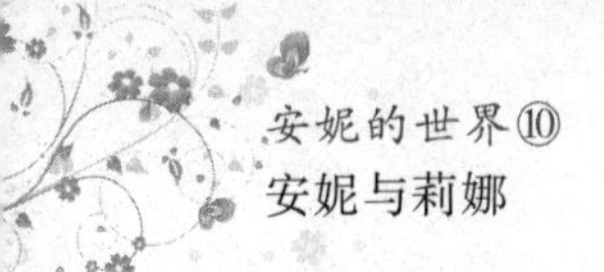

儿时的玩伴、恋人，大家走了，也许不再回来。

莉娜拖着沉重的步伐回家，苏珊仍然坐在阳台的桌子旁，好像哭过。

“莉娜，我想起在梦中小屋时候的事情，肯尼士父母恋爱的时代，那时杰姆刚出生不久，还不知道要不要生你呢。肯尼士的母亲和你母亲是很好的朋友，肯尼士从军去了，那孩子的母亲年轻时受过那么多苦，想到这些，我就伤心！”

莉娜对苏珊的愤怒一消而散，她的唇上还残留肯尼士亲吻的热情，一想到和肯尼士的美丽约定，莉娜就什么怒气也没有了。莉娜轻轻握起苏珊的手，苏珊是个忠实的好人，为这一家人付出了青春岁月。

“你累了，早点休息！”苏珊轻抚莉娜的手说道。

“我看你今晚累得说不出什么话来，还好我早点回来帮忙招呼。”

莉娜抱着詹姆士上二楼，并在窗边坐了好长一段时间，彩虹城再度筑起，并加上了屋顶。

“我会和肯尼士结婚吗？会吗？”莉娜自言自语。

第十七章

逝去的日子

莉娜的第一封情书是躲在彩虹谷的枞木荫中阅读的，不论饱食闲逸的老年人是什么想法，情书对于十几岁的年轻人而言，是件重大事情。肯尼士在部队移至金克斯波特的两星期内，过着不安的生活。

星期日傍晚，信徒们一块儿唱道：

喂！请听听我们的呼唤
在海上有遇难的人

终于肯尼士平安抵达英国的消息传来，现在则接到肯尼士的来信。

肯尼士来信的开头让莉娜沉醉在无尽的幸福中，结尾令莉娜又惊讶又兴奋，不觉羞红了脸颊，她第一次有这种感受。

肯尼士在信中提到每个人，愉快地畅谈，但开头与结尾则

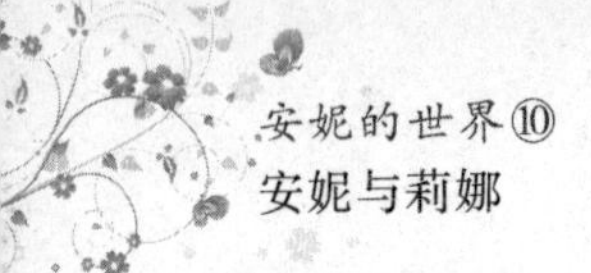

使莉娜将信压在枕头下，偶尔夜半醒来，用手摸摸信件，便有种甜蜜感。肯尼士不是著名小说家之子，信中也只引用了一两个意义深远的字眼，但他懂得表现窍门，即使反复阅读几十次，也不令人厌倦。莉娜从彩虹谷踏着轻快的步伐回家。

在喜悦洋溢的氛围中，不知不觉已经到了秋天。九月的某一天，联军在西部获得大胜利的消息传来，苏珊奔出户外挂国旗——这是俄罗斯战线被攻破以来，苏珊第一次挂国旗。

“夫人，一定要开始大反攻了，德军的末日来临了，家里的男孩子一定能在圣诞节前赶回来。”苏珊叫道。

高兴之余，苏珊大叫了一声“哇”，随后她自己觉得有点不好意思。

“夫人，在夏天俄军节节后退时，我就预感到这个好消息了。”

“好消息？”欧莉芭小姐疑惑地反问道，“对于失去家中男人的女人而言，这能说是好消息吗？因为你的男人没在前线，你才会这么说，你知道这场胜利牺牲了多少条宝贵的年轻生命吗？”

“欧莉芭小姐，你不能这么说，”苏珊不赞成欧莉芭小姐的说词，“最近根本没什么喜事，但士兵仍然不断牺牲，你不能和我表姐苏菲亚一样消沉。当这个消息传来时，苏菲亚说：‘唉！云似乎散了，但即使这星期好，下星期并不一定就好。’听她这么说，我就对她说：‘连神都会在两个丘陵之间制造低洼，何况是人呢？怎么可能永远处于颠峰状态？但我们也不能因此就在

达到某个颠峰时放弃愉快啊！’

“苏菲亚听了还是喃喃呻吟，说什么不但远征失败、尼古拉大公投降、俄军照顾德军，而且联军没有弹药、保加利亚被敌军包围，事情并没因此而结束，英国和法国应该为自己的罪过而受罚。

“我认为英国、法国应该受罚，德国更应为自己的罪恶忏悔，结果苏菲亚竟然说：‘德军是神明净化谷仓的道具。’我听了非常生气，夫人，不论什么目的，都不能如此污辱神明啊！

“克罗霍特夫人已经有五个儿子，没有女儿，这胎又产下男婴。亲戚们，尤其是克罗霍特非常气愤，因为他们期待一名女婴，但他夫人一副笑脸，一副今年夏天不论什么地方都‘需要男孩’的表情，为什么要生女孩呢？夫人，这不是很有气慨吗？可是苏菲亚说：‘那些孩子只是大炮弹。’”

苏菲亚是个悲观主义者，连极其乐观的苏珊都无法改变她。保加利亚要朝向德军时，苏珊说：“又输一次。”一副很轻蔑的态度。

在担心希腊纷争之余，苏珊依然能够平稳而处。

“希腊总统的夫人是德国人，因此一点希望也没有，总统一定会听从夫人的话。我是单身女性，单身女性就不得不学会独立，否则就无法生存。但如果我结了婚，我就会变得顺从。”

当比尼杰罗斯失败的消息传来时，苏珊激动而愤怒地说道：“真想生剥希腊总统的皮。”

“这么可怕啊！”医生叫道。

"当然！"苏珊愤慨之余，极力攻击威尔逊总统。

"威尔逊应该早一点参战才对，这样塞尔维亚就不会如此纷乱了。"苏珊断言。

"苏珊，众多人种组成的合众国，要参加战争并不像说的那么容易啊。"医生站在威尔逊总统这方，他并不是觉得对威尔逊有特别辩护的必要，而是感受一种与苏珊辩论的乐趣。

"先生，是这样吗？想想那个古老的故事，有一个女孩子告诉祖母自己想结婚，祖母说结婚是件大事，可是不结婚更是件大事，这从我本身的经验便可证明。所以，先生，不参战比参战重大，威尔逊不了解这一点。"苏珊一手用力敲勺子。

十月一个淡黄色的黄昏，卡尔·梅雷帝思在强风中出征，这一天正好是他十八岁生日。强森·梅雷帝思忍住泪水送走卡尔，三个儿子都出征了——只剩最小的布鲁士。

强森打从心底爱布鲁士和他母亲。杰利和卡尔是自己和前妻爱的结晶，四个小孩中，只有卡尔遗传到母亲的眼睛，强森不自觉地对他多注入一份爱怜。看见卡尔的眼睛，让强森想起卡尔丢鳗鱼的恶作剧，那时候第一次注意到卡尔的眼睛那么像他母亲的。

强森忍痛送走卡尔，他好像看见"十八岁到四十五岁的强壮男子们"的尸体横躺在原野上，印象中卡尔还是个爱在彩虹谷找昆虫，偶尔带青蛙上教堂的小孩，如今却已长得如此英俊。虽然舍不得，但当卡尔表示想入伍时，强森没有任何反对。

莉娜对卡尔的出征感到震惊，卡尔只比莉娜大一点，两人从小就是彩虹谷的玩伴，共同在彩虹谷度过孩提时代。莉娜一面想着两人一起搞过的恶作剧，一面拖着沉重的步伐独自回家。

疾走的云中突然射出满月的光线，墙边灰色枯萎的草像一群在向莉娜招手的老魔女。很久以前，在一个这样的夜晚，卡尔来到壁炉山庄，吹口哨叫莉娜。

“月亮出来了，我们去玩吧！”说着，两人便跑到彩虹谷。莉娜一点也不怕卡尔的昆虫，只害怕蚊子。两人是很好的朋友，在学校常成为同学嘲笑的对象，但有个春天的傍晚，两人站在彩虹谷泉水边，立誓两人决不结婚。

有一天，阿里斯·克罗在石头上写下他们两人的名字，意思是“两人结婚”，但他们一点也不在意，而且没有这个意思。想起这些往事，莉娜笑了起来，接着叹息。

正好这一天，伦敦外电传来“战争以来最恶劣状况”这个不愉快的打击，眼看着村中的年轻人一个个上战场，莉娜却只能心焦地待在家里做服务工作。

“要是我是男孩子，能穿上军服和卡尔一块儿去西部战线，那该多好！”

杰姆出征时，莉娜就有这股冲动，但那时还不坚定，这回可就是真心的了。在家虽然安全，却有一种宿命的悲哀，令她难以忍受。

月在黑云中露出盛气昂扬的面孔，影子和银色的光如波浪般在克雷村追逐。莉娜记得小时候，在一个有月亮的夜晚，曾对母亲说：“月亮的脸看起来很悲哀。”

现在看起来也一样——像是充满苦闷的脸，月亮在西部战线上看见什么了吗？是被攻破的塞尔维亚，还是受炮击的保加利亚？

当天，欧莉芭小姐表现得有点不正常。

“这么紧张的情绪和在地狱里一般，每天传入的消息，不是新的惨状，就是令人担忧的战情。夫人，请不要以责备的眼光看着我，今天的我一点也不坚强，已陷入谷底的万丈深渊中——要是加拿大不派士兵就好了，唉！已经三十分钟了，联军没有进展吗？”

“不论马匹有多么疲惫，一定要往前进。”苏珊说道。

“我好像听见世界终决战场上的马匹踏过胸膛的声音，除了付出生命的代价，什么收获也没有。苏珊，请你告诉我，难道你没有忍耐到极限的时候吗？难道你没有大叫、辱骂神、想破坏什么的心情吗？”

“欧莉芭小姐，我没辱骂过神，也没想过辱骂神，但我曾用力地敲门，发疯似的。”苏珊坦言。

“苏珊，你不认为这也是一种辱骂吗？不同的只是用力敲门与口中出声大骂‘畜生’。”

“欧莉芭小姐，你太累了，不要勉强自己，去上楼躺一会儿，我去热杯茶和吐司给你。”苏珊想拯救欧莉芭小姐的心灵。

“苏珊，你是好人——很好的人。”

“我待会儿端热水给你泡脚，也许能够缓和一下你的情绪。”

“我试试。”

欧莉芭小姐的身影消失在二楼，苏珊松了一口气，一面盛热水，一面不以为然地摇摇头，战争的确带来了很大的罪恶，欧莉芭小姐是不是明显冒犯神明了？

“如果热水没有效，就用布将她的头绑起来，试试芥子的湿布。”

欧莉芭小姐恢复正常了。

圣诞节再度来临，苏珊没有摆出该有的两张空位，以免徒增伤感。苏珊九月时曾经想过，圣诞节一家人应该可以团聚了。

当晚，莉娜在房间里写日记——

今年是第一次没有华特一起度过的圣诞节，杰姆经常在艾凡利过圣诞，但华特则是第一次不在家过圣诞。今天，肯尼士和华特都来信了，两人都在英国，好像不久就要进入战壕了——我真是无法忍受。对我而言，自从一九一四年以来，日子像是一连串不可思议的梦境，杰姆和杰利进入战壕——肯尼士和华特也进入战壕——没有一个人回来，而我依然继续工作，有时甚至感到愉快。在没想到战争情势的短暂时光里，有时真的很愉快，但当思绪回到现实，我就无法忍受当前的状况。

今天乌云密布，晚上风很大，这是小说家寻求杀人题材的好景色，窗户的玻璃被雨打得叮叮响，好像是泪流满面的脸颊。

从任何一个角度来看，今天都不是个好圣诞，南恩牙齿痛，苏珊眼眶红红的，詹姆士得了重感冒，真担心他变成膜性喉头炎。从十月以来，詹姆士已经患过两次膜性喉头炎，一开始我

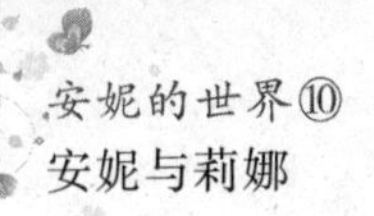

担心他会死，因为父母都不在——好像家中有病人时，父亲都会出外应诊。但苏珊很镇定地应付，到早上总算平安无事了。

那孩子已经一年零四个月大了，但走路还是摇摇晃晃的，说话不是很清楚，总是叫我维拉·维尔，每次听见他这么叫，我就想起和肯尼士道别那晚又滑稽又幸福的时刻。詹姆士的脸颊红彤彤的，眼睛大大的，鬈发，有时候会出现酒窝，真不敢相信这是我用汤碗抱回家的那个面黄肌瘦、丑陋的小婴儿，上帝造人真是不可思议。

吉姆·安德逊一直没写信回来，要是他不回来，詹姆士就得一直由我照顾，家里的人都很疼爱詹姆士，但我不能宠他。苏珊夸赞詹姆士是个会分辨恶魔的小孩——因为有一次，詹姆士将“博士”从二楼窗户丢下去，还好“博士”跌在沙堆中，没什么事，但它一整天都不高兴，连我倒在它碗里的牛奶也不喝。

詹姆士最近的“创举”是，将糖浆涂在椅子上，在还没人发现之时，有事来访的红十字会委员弗雷特·克罗夫人正好坐在这张椅子上，结果她新做的洋装全泡汤了，难怪要发火。克罗夫人歇斯底里地叫我不要“太宠”詹姆士，我听了也有点不高兴，但等克罗夫人回去后才爆发。

“没见过那么胖的老女人！”

啊！说出口的时候，心底好满足。

“他有三个儿子在前线呢！”母亲责备似的说道。

“不管怎么样，也不能如此说我啊！”

虽然我顶了嘴，但很后悔。克罗夫人的儿子都到前线去了，但她在这方面表现得很坚强、镇定，也是红十字会信赖的人。而且，那是克罗夫人一年内新做的第二件衣服，在这个时候，大家都谨守“节约”原则。

这期间，我不得不取出那顶华丽的绿色帽子戴，为什么这顶帽子现在这么令我讨厌呢？真想不通当初我怎么会看上它，但既然已经向母亲立誓就必须戴上它，对自己负责。

昨天晚上，弗雷特·阿诺尔特来了，十一月他就已满十八岁了，好像就要入伍了。弗雷特时常来，我并不讨厌他，但感到有点不安，是不是对弗雷特有什么特别的感情呢？没有理由告诉弗雷特有关肯尼士的事情，因为两人只是聊天，还没牵涉到男女感情，但为什么听见他要入伍，我心里就觉得有股凉意呢？

记得以前希望有几打的追求者，心想那将会多愉快，但现在——两个人都嫌多了，真伤脑筋。

我开始学习烹饪，请苏珊担任老师，很久以前我学过——不，正确地说，应该是苏珊教过我，但那时和现在不同，那时我根本不在状态。自从杰姆出征后，我就想亲手做些点心寄给他，所以又开始学，现在已经有惊人的成绩了。苏珊说是因为我有智慧，父亲说是因为我有学习的潜在意识，但不管怎么说，反正我现在已经能做出精致的水果蛋糕了。

上星期我做的奶油派彻底失败了，我想苏珊一定很高兴，因为这是她的拿手点心，一定不希望有人做得比她好。我心里

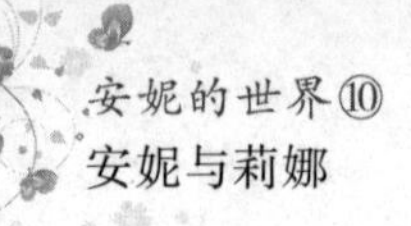

不太愉快，苏珊是不是动了什么手脚？

不，不可以这么怀疑苏珊。

两三天前的下午，米兰来做名叫“毒虫衬衫”的红十字会衣服，苏珊说这名字不怎么高尚，我们说如果改为“虱之衬衫”呢？苏珊摇摇头，后来我听见她对母亲说，“虱”这个字眼不应该从年轻女孩口中说出。后来，苏珊便注意杰姆写给母亲的信，杰姆在信上请母亲转告苏珊：“我早上捉到五十三只虱子。”苏珊的脸都绿了：“夫人，我虽然不是什么大家闺秀，但知道说出这种话总是不太文雅啊！”苏珊觉得不可思议。

在做毒虫衬衫时，米兰向我诉说了她的所有烦恼。米兰沉入了绝望的谷底，乔和她有婚约，但乔自从十月入伍以来，一直在夏洛镇受训。米兰的父亲对乔入伍这件事感到生气，警告女儿不能再和乔来往。

可怜的乔希望在去海外前和米兰结婚，但这在军中是不行的，即使米兰想和他结婚也不成，米兰心里也是六神无主了。

“你可以和乔一起逃走啊！”我说道。

但米兰悲伤地摇摇头，说：“乔也曾经这么说，但我们不能这么做。我母亲在临终前再三交代我，决不可以和男人私奔。”

米兰的母亲是十年前去世的，据米兰的说法，她父母好像就是私奔结婚的。也许她母亲因此后悔一生，认为和米兰的父亲过着艰苦的生活，就是一种惩罚，因此要女儿绝对不能步上母亲的后尘，否则也会后悔一辈子。

当然，米兰不能违背母亲临终前的交代，因此想只能趁父

亲不在家，乔去她家时结婚，但她父亲好像怀疑她有这种意图，因此不曾长时间外出。

“现在只能眼睁睁看着乔出征，看着他死——我知道他会死——而我会肝肠寸断。”

说着，米兰的泪水滴湿了毒虫衬衫。

我这么写并不是不同情米兰，在写信给杰姆、华特和肯尼士时，为了让他们感觉轻松，我都尽量写些可笑、滑稽的事情。我真的觉得米兰很可怜，她深爱着乔，又不能丢下父亲不管。

要是我能帮助米兰就好了，战地结婚不是很罗曼蒂克吗?

第十八章

战争新娘

“夫人，德国真是太可恶了。”苏珊怒气冲天。

大家都在壁炉山庄宽敞的厨房里，苏珊一边做晚饭，一边生气；布莱恩夫人则在做准备寄给杰姆的点心；莉娜为肯尼士和华特做糖果——莉娜脑海中的顺序是“华特和肯尼士”，但不知不觉中，肯尼士的名字竟先浮现；苏菲亚在旁边编织，虽然心想男孩子们一定都会被杀，但冷着脚死总没温暖着脚死来得舒服。

在这个平和的场景中，医生飞奔过来，说渥太华的议事堂被烧了，苏珊愤慨地呼应：“德军下一步要做什么？连这种事也干得出来，烧我们的议事堂！还有什么更过分的事吗？”

“还不知道德军有没有责任，”布莱恩医生说道，“谁也不知道火灾的元凶，上星期马克阿里斯伯父的贮藏室不是被烧了吗？苏珊，难道那也是德军的错？”

“先生，很难说，那天‘大胡子’也在那里，他们离开三十分钟后就失火了，这是事实——但我不能确定。不过，谁都知道马克阿里斯伯父的两个儿子入伍的事，他每逢有募集志愿军的大会，便亲自上台演说。先生，这一定是德军的报复行为。要是我就不会在募集志愿军大会上演说，劝其他妇人让儿子出征，杀人或被人杀，做这种事，我的良心怎么过得去？”苏珊不屑地应声。

“苏菲亚，昨晚我看到波兰八岁以下的小孩没一个存活的消息时，我认为每个人都应该出征。想想看，八岁以下的小孩——一个也没有了！苏菲亚！”

“德军要将所有人吃下肚吗？”苏菲亚叹息道。

“据我所知，德军还不是食人族——那些可怜的孩子是在饥饿、寒冷中死去的。”

“罗布利吉的弗雷特·卡逊先生得到了特殊勋章。”布莱恩医生看完地方版后说道。

“上星期就听说了，好像是弗雷特担任步兵大队传令还是什么职务特别勇敢的缘故。当消息传来时，弗雷特的祖母正穿着丧服，她以为弗雷特死了。弗雷特的祖母已经七十五岁了，却一根白头发也没有。”

“今天早上，我发现自己有一根白头发——这是第一次发现白头发。”布莱恩夫人说道。

“我早就注意到了，夫人，但没说出来，我想您太辛苦了，不过，白发也代表威严。”

布莱恩夫人听了，笑着说：“吉鲁伯特，我好像也老了，人

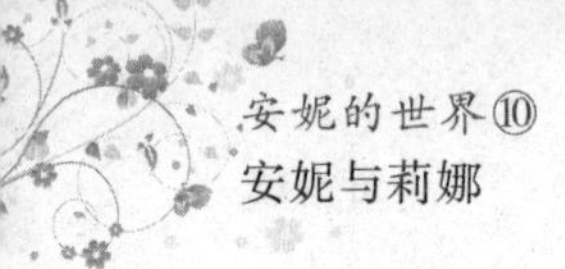

们常说我看起来很年轻，红头发真好，我年轻时决不准别人这么说的，但现在都有白头发了。我还记得在绿色屋顶之家，我说要染发的情形，这件事只有玛莉娜知道。

“那时，我向德国籍的犹太人买了一瓶染发剂，想将头发染成黑色，结果却变成了绿色，只好将头发剪掉。”

“夫人，真危险哪！”苏珊叫道。

“绿色屋顶之家的时代，好像距离现在好几百年了，是个和现在全然不同的时代。战争将人生一分为二，虽然以前不知道在等待什么，但现在我知道，我们在等待崭新的世界。”布莱恩夫人说道。

欧莉芭小姐从书本里抬起头。

“现在读战前的书籍，就好像在动乱的世界中看一颗静谧的星星。”

几天后的一个早晨，米兰·普拉尹悄悄造访壁炉山庄，表面上是为了红十字会的事，事实上是背负一身苦恼，想向莉娜倾诉。她把小狗也带来了，这是乔送给她的，所以米兰很重视。普拉尹本来很不喜欢狗，但因乔向自己的女儿求婚，因此只能答应女儿养这只狗。

感谢之余，米兰将这只狗取名为威尔弗利特·罗利，这是她父亲最崇拜的政治家，自由党领袖的名字。

莉娜一瞧见米兰发红的眼眶，就知道她昨晚哭了一夜，便请她上二楼自己的房间，但命令威尔弗利特在楼下等。

“哦，罗利，你不可以上来！”

但小狗儿一直跟着米兰，于是米兰请求莉娜："罗利很可怜，它不会给你添麻烦的。进门前我帮它擦过脚了，在不熟悉的场合，如果我离开，它会很寂寞。而且，只有它能代表乔……"

莉娜只好答应米兰的请求。两人一进房间，米兰立刻哭了出来。

"莉娜，我好痛苦，不知该从何说起，只觉得心快碎了。"

"怎么了，米兰？"

"乔今晚是最后一趟放假回来，只有四天假期，星期五早上就得离开。也许我们再也无法见面了，天啊！我该怎么办？"

"乔曾向你求过婚吗？"莉娜问道。

"他一直要我和他私奔，但是莉娜，不论我多么爱乔，都不能这么做。对我而言，值得安慰的只是明天下午和乔短暂的会面，因为父亲有事要去夏洛镇，再来就是星期五早上，我父亲允许我星期五早上到车站送乔。"

"明天下午可以在家和乔举行结婚典礼吗？"莉娜说道。

米兰惊讶地睁大眼睛，将泪水往肚里吞。

"可是、可是，这种事太勉强了。"

"为什么？"

"我们没想到这么做。乔没有结婚许可证，我没有礼服，总不能穿着黑色裙子结婚吧？我……我们……你……你……"米兰已经语无伦次了，罗利发出悲鸣。

莉娜有一会儿工夫忙着思索："米兰，如果你把事情交给我处理的话，明天下午四点前，你就和乔结婚。"

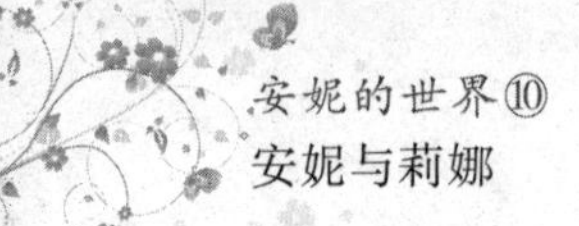

“怎么办得到呢？这不可能！”

“办得到，就这么决定，但你必须照我的话去做才可以。”

“天啊！我、我会被父亲杀了——”

“别说傻话，你父亲是会很生气，但比起你再也见不到乔，乔再也回不到你身边这件事，你还会畏惧你父亲生气吗？”

“不！”米兰突然坚决地说道。

“那么，你愿意照我的话去做？”

“嗯！”

“那你现在打长途电话给乔，叫他立刻申请结婚许可证，今晚用电话联络。”

“我不能这么做，我不能……”米兰惊叫道。

莉娜咬紧牙关小声说：“请赐给我忍耐。”然后大声地说：“那么，我来准备，你先回家，做好各项准备。等我打电话要你来帮忙缝衣服时，你立刻过来。”

脸色发白的米兰回家后，莉娜立刻打电话到夏洛镇，电话很快就接通了，使莉娜确信这是神对自己行为的赞成。但花了一个小时，才与在兵营里的乔联络上。在这一个小时里，莉娜焦急地在屋子里走来走去。当和乔联络上时，莉娜祈祷电话不要被“大胡子”窃听了。

“是乔吗？我是莉娜·布莱恩，你仔细听我说，今晚离营前务必取得结婚许可证……对，结婚许可证，还有戒指，还没准备？那请尽快准备好，请按照我的话做……这是唯一的机会了，不要放弃。”

莉娜觉得事情成功了一半。

“米兰吗？啊！普拉尹先生，对不起，今天下午可不可以让米兰来帮忙缝红十字会的衣物，非常紧急，否则我也不会打电话叫米兰来，啊！谢谢，谢谢！”

普拉尹先生的声音有点不高兴，但他也知道，如果不让米兰做红十字会的工作，会引起克雷村人的议论，也会让医生不高兴。

莉娜到厨房将窗户全部关上，苏珊不知道发生了什么事，一副吃惊的表情。莉娜严肃地说道:“苏珊，今天下午帮我做些婚礼点心好吗？”

“婚礼点心？”苏珊瞪大了眼睛。

莉娜以前带回战争孤儿曾令苏珊吃了一惊，难道这次要带回一个丈夫?

“是的，婚礼点心——精致的结婚蛋糕——加入核桃的结婚蛋糕，另外还有其他小点心。上午我可以帮你，但下午就不行了，因为我必须做结婚礼服，否则时间会来不及。”

“莉娜，你要和谁结婚呢？”苏珊问道。

“苏珊，那个幸福的新娘不是我，而是米兰·普拉尹。明天下午在她父亲不在的时候，她要和乔·米尔克雷布结婚。苏珊，这是战地婚礼，很罗曼蒂克吧？我从没这么兴奋过。”

这种兴奋气氛立刻传遍整个壁炉山庄，连布莱恩夫人和苏珊都受到感染。

“我立刻做点心。”苏珊看看时钟说道。

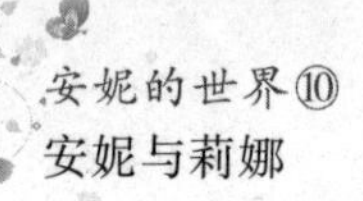

“夫人，可不可以请你帮忙准备水果，还有剥核桃，这样傍晚就可以将蛋糕放进烤箱，明天早上再做色拉和其他东西。”

米兰哭泣着来到壁炉山庄。

“我的白洋装你试试，再稍微改一下就可以了。”莉娜说道。

两位姑娘拼命地量、拆、缝，七点左右便完成了一件新洋装，米兰到莉娜房间试穿。

“太漂亮了！要是有白头纱就好了。”米兰叹了一口气。

“我一直梦想有个披着白头纱的婚礼。”

一定有一位善良的仙女知道了战争新娘的心愿，房门被打开，布莱恩夫人拿来一顶白头纱。

“米兰，你明天可以用我的头纱，这是我在绿色屋顶之家当新娘时戴的，已经二十四年了——幸福新娘的头纱可以为你带来好运。”

“谢谢！谢谢！”米兰眼中早已充满泪水。

米兰试戴头纱时，苏珊刚好上楼，称赞了一番。

当苏珊消失在莉娜房间时，厨房里传来一阵悲鸣，大家不约而同地跑到厨房——布莱恩医生、欧莉芭小姐、布莱恩夫人、莉娜，以及戴着头纱的米兰。

苏珊坐在厨房的地板上，一副茫然的表情，一看料理台，就知道博士来过了。

“苏珊，怎么了？跌倒了？有没有受伤？”布莱恩夫人问道。

苏珊起身，以道歉的表情说道：“没受伤，我身体还很硬朗，请放心。刚才我的双脚好像踢到了那畜生，然后就跌倒了。”

大伙儿都笑了，布莱恩医生更是笑个不停。

“啊！苏珊，没想到你说得这么毒。”

“对不起！”苏珊后悔地说道。

“在两位小姑娘面前说‘畜生’并不妥当，但那只猫的确是畜生，是恶魔！”

为了结婚蛋糕、点心，莉娜和苏珊在厨房忙进忙出。当米兰来电表示她父亲出门后，莉娜便将准备好的食物装在大篮子里，火速奔向普拉尹家。

身着军服，兴奋无比的乔，带着伴郎马尔卡·克罗霍特赶到。观礼的贺客不少，牧师家和壁炉山庄的人全部到齐，还有乔的亲人，包括他母亲在内共有十人。

就这样，米兰·普拉尹和最后一次放假返家的士兵乔·米尔克雷布结婚了。这应该是个相当罗曼蒂克的婚礼，但事实并非如此，连莉娜也不得不承认，为什么呢？

第一，米兰虽然穿着白礼服，披着白头纱，但是她的脸上没有笑容。

第二，乔在婚礼中一直有哭的冲动，使得米兰生气。之后，米兰向莉娜倾诉道：“那时候我真想对乔说，如果你不想和我结婚，就不要勉强，但我知道，乔之所以哭泣，是因为不忍心弃我而去。”

第三，在别人面前总是很有礼貌的詹姆士，却放声大哭。由于大家都在参观结婚典礼，所以没人带他到外面，使得担任伴娘的莉娜不得不在典礼中抱着詹姆士。

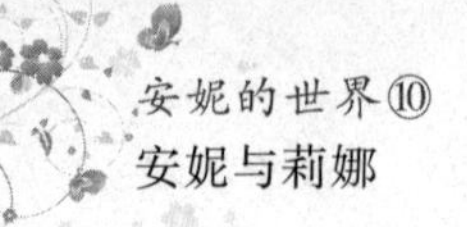

第四，威尔弗利特·罗利发生了痉挛。

威尔弗利特躲在米兰的钢琴后面，发作时发出令人不愉快的声音，令人毛骨悚然。只有苏珊一个人盯着新娘看，其他人都转头去看狗。米兰全身发抖，害怕心爱的狗会死去，因此梅雷帝思先生在台上说的话，她一句也没听进去。

这时候，抱着詹姆士的莉娜知道，再怎么努力也没用，便忍耐着集中精神，专心致志地看着眼前的景象。

傍晚，乔夫妇恢复精神，带着威尔弗利特到赫温港灯塔，乔的叔父在此守灯塔，两人打算在此做短暂的蜜月旅行。尤娜和莉娜洗完了餐盘，为普拉尹先生准备好了晚餐，将米兰的告白信放在餐桌上后离去。

“我觉得当‘战争新娘’也不错！”苏珊感伤地说道。

但莉娜则不太满意，有种失落感——整体看来有点滑稽。

“米兰如果不为那只狗准备那么丰富的食物，也许它就不会引起痉挛了。”莉娜不悦地说道。

“新郎带来的伴郎还比较有礼貌，他向米兰说结婚快乐。米兰看起来有点不太幸福，但在这个战争时代，举办这样的结婚仪式也是迫不得已。”苏珊说道。

莉娜心想，得将这件事告诉战场上的亲友。知道那只狗的情形，杰姆一定会大笑起来。

但才刚结婚，米兰就必须送丈夫上火车。将丈夫送往战场，莉娜也觉得伤感。

当天空闪着如钻石般透明的光芒时，乔脸色苍白地拥抱新

婚妻子，米兰抬头望着乔。突然，莉娜胸膛一阵起伏，她看到米兰眼中闪烁着自我牺牲的表情——自我献身与坚强的圣火，在这圣火中，米兰和乔无言地约定，当丈夫只身往西部战场时，自己在家等待。

在这一瞬间，莉娜觉得不能这样盯着他们看，于是闪到一旁，发现威尔弗利特和曼帝正相向而坐。

威尔弗利特·罗利好像在问曼帝："为什么你独自待在这间小屋，而不在壁炉山庄的毯子上睡觉呢？"

曼帝回答得很简单："因为我和某人有约定。"

当火车离开后，莉娜才惊觉应该回到米兰身边。

"他走了——但我已经成为他的妻子，并且会永远当他的妻子，回家吧！"

"今天到我家去吧！"莉娜担心地说道。

为了这件事，米兰将受到普拉尹先生怎么样的处罚，谁也不知道。

"不，乔面对德军，我必须面对父亲，士兵的妻子不应该是胆小鬼，罗利，去吧！一起回家面对最恶劣的场面吧！"

但是，面对的不是恐怖的对象，普拉尹先生虽然不高兴，但米兰毕竟是自己的女儿，见木已成舟，也就不再说什么重话。

米兰穿起围裙，像以前一样做着家务，不同的只是，现在已经是为人妻的身份了。

第十九章

世界的苦闷

二月一个寒冷灰色的早晨，欧莉芭小姐战栗着醒来，悄悄来到莉娜的房间，缩到莉娜身旁。

“莉娜，我好害怕……像小孩子一样害怕……我又梦到那不可思议的事了，一定有什么恐怖的事要发生……我知道……”

“什么梦？”莉娜问道。

“我又站在阳台上——和灯塔舞会前晚的梦一样，天空中巨大吓人的乌云从东方开始扩散，我先看见云的影子，当被云包围时，我整个身体僵硬得像冰块一样。不久，暴风来了——可怕的暴风，接着是一道道闪电，一阵阵雷鸣，雨像瀑布般下着，我害怕得不得了。正想逃到安全的地方去时，一个男人——穿着法国陆军士官制服的士兵，从阳台的阶梯跑上来，站在入口处，他的胸口受了伤，血染红了衣服，显然已经筋疲力尽了，可是眼睛仍然闪耀着光芒。在狂风中，我清清楚楚地听到那士兵小声而激动地说：‘恶魔通过了吗？’然后我就醒了。”

欧莉芭小姐激动得嘴唇颤抖。

“莉娜，我好害怕，春天会不会有另一波大攻击？法国一定会遭受重大打击，一定、一定……德军一定会攻破那里。”

“可是，那个人不是说：‘恶魔通过了吗？’”莉娜认真地说道。莉娜和布莱恩夫人一样，决不会嘲笑欧莉芭的梦。

“虽然不知道那是预言还是绝望的心情，可是莉娜，那个梦境的恐怖景象，到现在还包围着我，我们一定得拿出所有的勇气来。”

布莱恩医生在早餐桌上笑着听欧莉芭小姐讲这个梦境——但从此以后没再笑过欧莉芭小姐的梦，因为那天开始攻击凡尔登的消息传来。之后，在美丽的春天中，壁炉山庄全家都陷入担忧的情绪中，德军一步步逼近法国防御界线。绝望之余，一家人都在等待战争尽早结束。

“如果德军取得凡尔登，法军士气一定会瓦解。”欧莉芭悲伤地说道。

“可是他们不会取得凡尔登的。”苏珊很有信心地说道，由于过度担心，苏珊并没有吃午餐。

“你不是梦见那个梦了吗——我以前也做过那样的梦——‘怎么会让恶魔通过？’欧莉芭小姐，我看报时就会想起你的梦，吓得身体都僵硬了。”

欧莉芭小姐无法沉住气，不停地走来走去。

“我相信自己的梦，但当坏消息传来时，信心就动摇了，也许那只是巧合——只不过是潜意识或记忆之类的。”

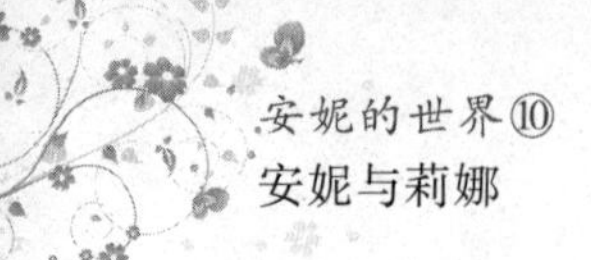

“我是没像你或先生受过那么高的教育，但我想我这样没受教育反而好，因为我不会拐弯抹角，我想德军不会在凡尔登上费心，因为它在军事上不具有重要性。”

“这种陈腐的安慰语句只会导致失败。想想看，每天有多少人被杀，法国人在凡尔登战场上流了多少血，我觉得我也会那样，慢慢流血而死。”

四月中旬的一个晚上，梅雷帝思先生说：“世界上曾有像这样的战争吗？”

“这场战争实在太大了，我不相信超能力。”

布莱恩医生看看欧莉芭小姐。

“但我可以预感战争的命运与凡尔登的结果，正如苏珊所说，凡尔登在军事上没什么重要性，但凡尔登在观念上却具有非常重要的地位。如果德军在那里得胜的话，就算是打赢了这场战争。输的话，则对德军不利。”

“我看得见法国抵抗无知残酷恶势力的姿态，为了让全世界了解，不惜浴血奋战，那已经不是单纯的要塞问题，或者放不放弃的问题了。”

“我们对于这种痛苦的牺牲，应该要给予无限的支持与祝福。”欧莉芭小姐梦呓般说道。

五月，华特来信表示得到特殊勋章，但没说明为什么得到，克雷村都知道华特勇敢的行为。

“如果是这场战争以外的战争，就可以得到维多利亚十字勋章，但在这里每天都有勇敢的行为发生，所以当局无法授予维多利亚十字勋章，避免泛滥。”杰利·梅雷帝思的来信如此提到。

“应该授予维多利亚十字勋章的。”苏珊很愤慨。

苏珊不知道授予华特维多利亚勋章的责任归谁担，如果是黑格将军的话，苏珊首先就会对他是否适任总司令提出疑问。

莉娜高兴地忘了自我，这么勇敢的人是我最爱的哥哥华特——将负伤战友从无人地带带回安全战壕的是华特。啊！我好像看见当时华特英俊的面孔和灵动的眼睛，能成为这位英雄的妹妹，多么令人愉快啊！

华特却没提到这件事，在给莉娜的信中，他只是尽情回忆昔日的美好。

我想起壁炉山庄庭院的水仙，在这封信抵达时，水仙一定美丽地盛开在太阳下吧？莉娜，水仙还是和以前一样的美丽金色吧？

今晚，美丽的银色月亮高挂在苦闷的地狱上。莉娜，今晚的枫林上，你也看到这轮明月了吧？

莉娜，信中附上一首小诗，这是有一晚我在战壕的地下室，点着一根蜡烛写的——与其说是写，不如说是自然流露——我不觉得我是在写——只是利用我的手表现出来。以前也有过这种现象，但这次最强烈，希望你会喜欢，这是我到海外以来写的第一首诗，因此将它寄给了《伦敦每日》杂志社。

这首诗简短有力，一个月后，这首印上华特名字的诗，在全世界流通——从首府的日刊新闻、小村的周刊新闻，到深度批评专栏、“红十字情报”的“凶事广告栏”、政府的志愿募兵广告等，母亲和妹妹们看了都流下眼泪。年轻人的热血沸腾，人类伟大的心对于这场战争的苦闷、希望、悲怜、目的全浓缩在这三行短诗中，华特士兵作的《吹笛》，从第一次印刷起，就成为经典之作。

莉娜在写这一周来的大事时，先在日记中记录下这首诗，然后写道——

悲惨的一周已经过去了，但伤痕至今未愈合。从某个角度来看，这可说是了不起的一周，我才了解人在最痛苦中也能傲然挺立，我无法像欧莉芭老师那么坚强，她是个了不起的女人。

一周前，欧莉芭老师接到克拉特先生的母亲从夏洛镇寄来的信，说海外电报报导，罗伯特·克拉特陆军少尉两三天前战死了。

啊！可怜的老师，最初整个人都崩溃了，但只花一天就恢复常态，像往常一样到学校上课，老师没有哭——没见她流下一滴眼泪。

“我必须返回自己的工作岗位，因为那是我当今的义务。”老师如此说道。

我就无法像她那样。

老师只说过一句悲痛的话，那是在苏珊说春天终于来临时，老师说：“今年的春天真的来了吗？”说着笑了起来——苦

笑——我觉得那像是人死前出现的笑容。

“看看我多么自私，自己失去好友，就不相信春天会来，即使有百万人正陷于苦闷中，春天还是会来。可是，对于我的苦闷，我的世界依然会继续前进吗？”

“不要这样责怪自己，”母亲安慰地说道，“当有什么打击改变我们的世界时，我们应该想，噩运不会再继续了。”

这时，苏珊的表姐，那个令人讨厌的苏菲亚拉开了嗓门，华特为苏菲亚取了个绰号“凶兆与叹息的大乌鸦”，她一边编织一边阴沉沉地说话。

“欧莉芭小姐，你的情形还好，不用太伤心，有人失去了丈夫、儿子，那才是大灾难，你既没失去丈夫，也没失去儿子啊。”

“是啊。”欧莉芭小姐笑了——讽刺的笑容。

“的确，我并没有失去丈夫，也没失去儿子——只是失去也许会被我生下的儿子或女儿——我永远无法生下他们了。”

“这哪像是淑女的说词呢？”苏菲亚轻蔑地说道。

这时，老师放声大哭，把苏菲亚吓了一大跳。可怜的老师再也无法忍受比这更严厉的责备，快速走出屋外。苏菲亚问母亲，欧莉芭小姐是不是受打击太深，有点失常了。

“我失去挚爱的两个人，也没像她那样。”

当然，她可怜的丈夫死时一定感谢得以解脱。

当晚，我听见老师在她房里走来走去，偶尔会听见苦叫声，我第一次觉得夜是那么漫长，可怜的老师！我也无法入睡。

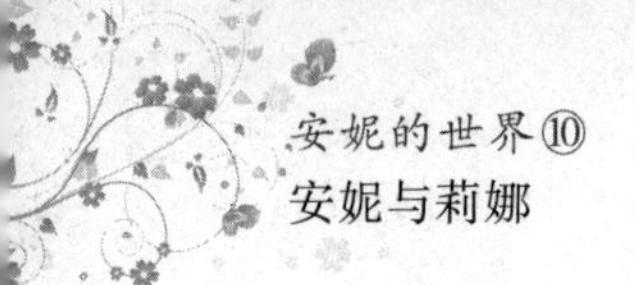

但夜终于结束，如圣经所写“喜悦的早晨来访”。

只不过，喜悦不是早晨来访，而是下午。

电话铃响起，我跑过去接，是克拉特的母亲从夏洛镇打来的。原来大家都弄错了，罗伯特没有死，只是手受了轻伤，现在在医院治疗，到底为什么会弄错，没有人知道，但可以确实的是，还有另一个人叫罗伯特·克拉特。

我放下听筒后，立刻跑到彩虹谷，我是飞去的——真的，双脚没有踏在地面上的感觉，我在松林空地上等老师放学回来，打算让老师大吃一惊。

没想到，老师像中箭一般应声倒下——我以为老师死了——我想起老师的母亲年轻时也是心脏衰竭而去世的。对于我来说，好像过了好几年的时间，我终于发现老师的心脏还在跳动，这是我第一次见到人昏倒，真的是不知所措。回到家也没有一个人，因为南恩和达恩从雷蒙回来，家人都去火车站迎接了。但我知道对待昏倒人的急救办法，现在得应用到实际状况上。

还好，小河就在旁边，老师终于恢复意识，我不敢和老师谈那件事，扶着老师走回房间。这时，老师说：“罗伯特……还活着？”她的身体好像都要裂开了，随之往床上倒下去，放声大哭，我没见过有人这么哭，一星期没流的眼泪全流了出来。

昨晚老师好像哭了一整夜，但今天早上看见老师的脸，好像幻觉一般，因高兴过度而有点恐怖。

南恩和达恩只能在家待两星期，接着将去金克斯波特训练所，从事红十字会的工作。我很羡慕南恩和达恩。父亲曾说我在家照顾詹姆士，又忙着红十字少女会的工作，非常了不起，但我觉得自己的工作总没有两位姐姐来得罗曼蒂克。

库特沦陷了，沦陷后大家反而松了一口气，因为从很久以前它就一直处于危险的境地，现在反而干脆一些。

苏菲亚依然阴沉沉地来到壁炉山庄，表示英军什么都不行，几乎无一告捷。

“即使输也输得很有技巧啊！”苏珊反驳道。

苏珊真是个乐观的人。

只要战争持续一天，我们就生活在希望与不安中，但我知道，欧莉芭老师所做的那不可思议的梦，正是预言法国的胜利。

“恶魔通过了！”

第二十章

爱国的异教徒

“去哪里散步了，我的安妮？”布莱恩医生问道。

结婚二十四年，他总在四下无人时如此称呼安妮。安妮坐在阳台上看春花盛开的美丽景色，白色果树园正对面是黑色枫木的幼木与乳白色的樱林，林中知更鸟像发疯般在歌咏。已经是黄昏时刻，枫林上有早起的星星在闪烁光辉。

安妮在小声叹息中回到自我。

“吉鲁伯特，我从难熬的现实中逃到梦境里——孩子们会回来——孩子们都还小——在彩虹谷里做梦，彩虹谷也和以前一模一样——难得见孩子们清脆的嬉闹声——我忘记西部战线的大炮，沉浸在幸福里。”

布莱恩医生没回答，有时候会因工作关系而暂时忘记西部战线，但那非常罕见。现在，他那浓密的头发里比两年前多了许多白发。

布莱恩医生看着最爱的安妮，那溢满微笑的星星般的眼睛——那双眼睛至今仍洋溢着笑容，但像是哭干了泪水的笑容。

苏珊手持圆锹通过走道。

“我在报上看见一对夫妇在飞机上举行结婚典礼。先生，那合法吗？”苏珊好像有点担心。

“应该合法。”布莱恩医生认真地回答。

“依我看，结婚是一件很庄严的事，在飞机上举行好像不太合适，但现在和以前不同了。对了，离祈祷会还有三十分钟，我得快点除草。”

“是啊，我上午一直在等战争的消息，也该准备到祈祷会去了。”布莱恩夫人说道。

不管是哪一个村庄，都有书本上没有叙述到的史实，不论是悲剧还是喜剧，所发生的事都经由口叙代代相传，这些故事在婚礼、节日或冬天壁炉边被当做话题，在克雷村中也是如此，而美以美教会所举行的联合祈祷会，更占有重要地位。

联合祈祷会是阿诺尔特先生的构想，在夏洛镇接受训练的州兵大队，不久就要出发去海外了，这是克雷村、对岸、港边、上克雷村组成的赫温部队的最后假期。因此，阿诺尔特先生建议举行出发前的联合祈祷会，梅雷帝思先生也赞成，于是祈祷会在美以美教会举行。

克雷村的祈祷会一向出席率不高，但这一晚，美以美教会却座无虚席，只要能参加的人都参加了，可娜莉亚小姐也来了——这是可娜莉亚第一次踏进美以美教会，若非世界战争的关系，她是不可能来这里的。

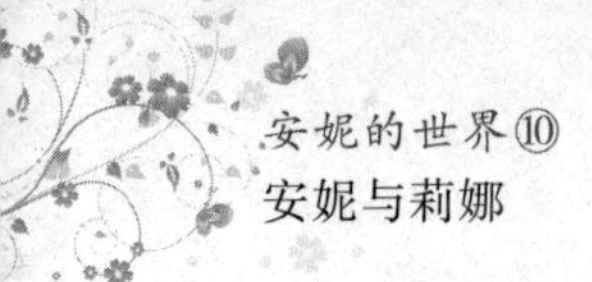

看到丈夫惊讶的神情，可娜莉亚说道："以前我很讨厌美以美教派，现在则不讨厌，有兴登堡在这个世上，哪还轮得到讨厌美以美？"

因此，可娜莉亚出席了，诺曼·达克拉斯夫妇也出席了，"大胡子"表示自己给予这栋建筑物很大的名誉，因此在通道上走来走去，看见"大胡子"的人都有些吃惊，与战争有关系的人都回避了。

祈祷会静静地进行，首先，梅雷帝思先生像平时一样，发表令人感动的演说。接着，阿诺尔特先生发表连可娜莉亚也不得不佩服的精彩演说。最后，阿诺尔特先生请普拉尹先生带头祈祷。

可娜莉亚从前就断言阿诺尔特先生没有常识。虽然可娜莉亚不曾好言说过美以美教的牧师，但在这个场合，阿诺尔特先生的确没什么常识，否则也不会在这个以士兵为主的祈祷会上，请普拉尹先生带头祈祷。但这时，普拉尹先生立刻站起来，缓缓说道："来，开始祈祷吧！"

普拉尹先生流畅地念祈祷文，满座的建筑物中发出朗朗的祈祷声——希望这场邪恶的战争结束——在西部战场上杀戮、欺凌的军队，为自己的非道德行为觉醒、悔改——放下屠刀即可得救。

祈祷文顺利地传遍整间教堂，普拉尹先生深信，教会内不会有任何挑拨行为，不会有任何麻烦侵入，但听众中至少有一位对神圣的建筑物缺乏先天或后天敬意的男人。

诺曼·达克拉斯就像苏珊所说的“异教徒”，只不过是热情爱国的异教徒，他突然站起来叫道：“停止！住口！停止那下流的祈祷！多下流的祈祷啊！”

教会中的长老全跳了起来，坐在后方身着军服的年轻人发出轻声喝彩。梅雷帝思抱歉地举起手，但诺曼不在乎，也不理会夫人的拉扯，飞奔至台前，抓起那运气不好的“大胡子”的上衣，即使普拉尹大叫住手也没用，诺曼好像要将普拉尹先生的骨头拆断。

“这个污秽的东西！这个腐败的家伙！这个坏胚子！这个肮脏鬼！这只拍马屁的狗！这个德国人的垃圾！这个小虾米……这个……”

诺曼一瞬间使用了许多恶劣言词，谁都认为这是教会内罪大恶极的言词。与妻子眼神契合的一瞬间，诺曼紧紧抓住对方大叫：“这个伪善者！”最后将“大胡子”用力一摔，不幸的反战争论者嗖的一声飞到圣歌队席入口处。普拉尹咬牙切齿地说道：“我要告你！”

“要告就去告啊！”

诺曼一个箭步向前，但普拉尹已经不见踪影。刹那间，诺曼夸示胜利般面向群众。

但是，虔诚的祈祷气氛已经消失，牧师只好静静地结束祈祷会。

回到家后，苏珊说道：“夫人，我再也不会说诺曼·达克拉斯是异教徒了，艾伦·达克拉斯今晚一定很得意。”

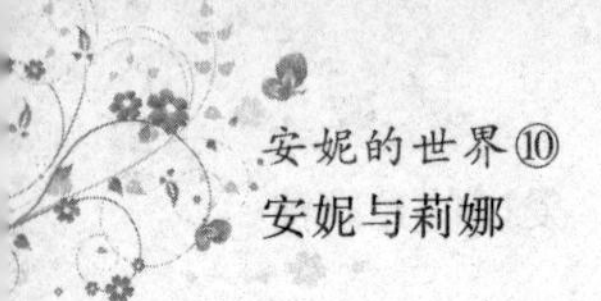

“诺曼·达克拉斯的举动违反道德，他应该将普拉尹交给牧师处置才对，那才是恰当的处置。”布莱恩医生说道。

梅雷帝思在会议结束后，曾对身着军服的青年表示——也许托此事之福，普拉尹家的窗户不会被砸了。联合祈祷会不能说是无条件成功，但相对于无干扰的无数正统集会随即被人遗忘，这场祈祷会将永远留在克雷村人的记忆中，代代相传。

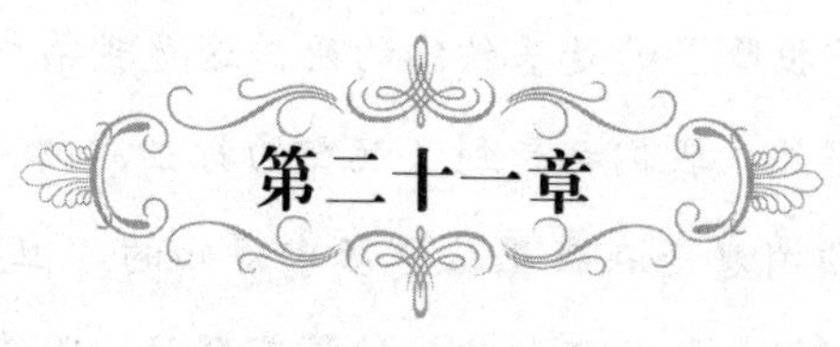

第二十一章

悲伤的爱

一九一六年六月二十日　于壁炉山庄

这阵子我太忙了，每天迎接不同的战争消息，不知不觉间，竟然好几星期没写日记了。我想使日记记录得有规律，因为父亲曾说，将战争日记传给子孙，将是一件很伟大的事情。伤脑筋的是，这本怀念的日记里，记录着一些不想让子孙看的部分。

六月的第一个礼拜是艰苦的，看起来，奥地利也要侵略意大利了。日德兰半岛的战斗消息传入，德国对日德兰半岛的战争取得了大胜利。

我永远也忘不了那一天，当我们都感到绝望的时候，欧莉芭老师说道："不要像被信赖的朋友打了一巴掌。"

的确，我们都有这种心情，只有苏珊一人不觉挫败，她总是满怀信心地说："没有必要告诉我英国海军输了，那一定是德军散布出来的谎言。"

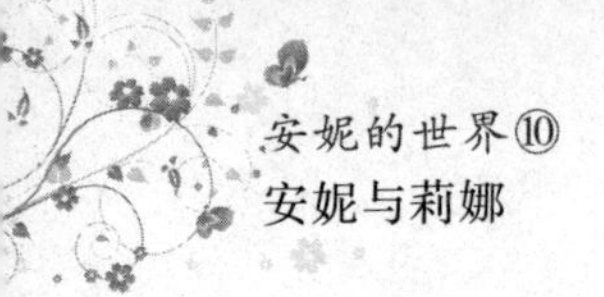

两天后，的确如苏珊所言，英国取得了胜利，我们都高兴极了。

使苏珊“投降”的是基钦纳的死，这是我第一次见到苏珊如此沮丧。当然，我们都受到了沉重的打击，但苏珊沉至绝望的谷底，这项消息是在夜里从电话中得知的。但第二天早上，苏珊看到《新报》仍然不相信，她没有哭泣、没有昏倒、没有歇斯底里，但煮汤时忘了放盐，这是从来没有过的事情。我、母亲、欧莉芭老师都哭了，但苏珊以石头般冷酷的表情望着我们，缓慢地说话。

“威廉二世和他的六个儿子都活得很好，所以这个世界一点也不寂寞。夫人，我们为什么要哭泣呢？”

苏珊的这种状态持续了二十四小时。其间，苏菲亚出现，和苏珊一起叹息。

“苏珊，这难道不是恐怖的警告吗？也许我们该觉悟到，这是最恶劣的情况了，你曾经说过——我还记得很清楚，苏珊，你说你绝对信赖神与基钦纳，啊！苏珊，现在只剩下神了。”

说着，苏菲亚伯母露出好像世界充满危机般悲痛的表情，并以手帕遮住眼睛。

对苏珊而言，苏菲亚是拯救之神，苏珊突然心情恢复正常。

“苏菲亚·克罗霍特，住口！”苏珊严厉地说道，“也许你疯了，现在因只有神支持联军而哭泣、叫喊，那是不妥当的，基钦纳的死亡是大损失，不要再说三道四了，这场战争的结果并不是只关系到一个人的生命，而且俄军马上要开始反攻了，

不久情况就会好转。”

说着，苏珊立刻恢复元气，但苏菲亚摇摇头。

“阿尔巴特的太太生了个小男孩，我还没去看过。俄军是不会消失的，总是被打败了又起来，起来后又倒下去。”

是的，俄军很活跃，拯救意大利的也是俄军，但即使俄军势如破竹的进攻消息每天传来，也没有人会再跑进跑出挂旗帜了。正如欧莉芭老师所言，凡尔登抹杀了我们的喜悦。如果胜利属于西部战线那一方，我们应该会更高兴吧。

“英军不知什么时候会进攻？我们一直等待，可是好像很漫长。”欧莉芭老师叹息道。

这几周来，附近发生的最大事件，就是地方步兵大队前往海外前，通过自己家乡的旅次行军，从夏洛镇到罗布利吉，接着绕港湾、通过上克雷。行军至克雷火车站，大家都到户外看他们，只有夫尼·克罗伯母和普拉尹先生在家睡觉没出来。自从上周那场联合祈祷会以来，在教会中也见不到普拉尹先生的身影。

看见步兵大队通过，我的心中有一股雄壮感，却也有几分辛酸，队伍中有年轻人也有中年人，还有十六岁谎称十八岁的罗利·玛克阿里斯，以及五十五岁谎称四十四岁的上克雷村的安格斯·马克奇。

港边巴克斯塔家的三个十八岁的儿子经过时，大家高声欢呼；二十岁的儿子查理和四十岁的父亲霍斯塔·布斯并肩而行，群众频频发出激励声。查理的母亲在生下查理后便去世了，查

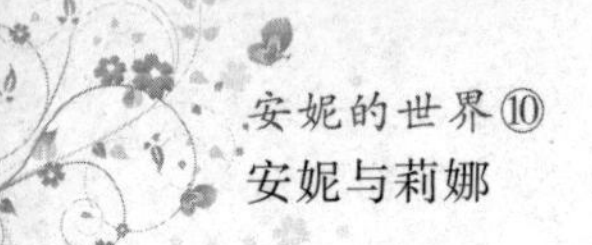

理入伍时，霍斯塔因为想给儿子做好表率，所以也跟着入伍。

梅雷帝思先生读欢送文，里达·克罗霍特朗诵《吹笛》，士兵们都疯狂地发出喝彩声。

“前进——前进——我们决不失败。”

我一想到这首如此精彩、振奋人心的诗是自己的哥哥写的，就觉得很自豪。看到卡其色的队伍，想到这些身着军服、个子高大的男孩子们，就是小时候和我一起嬉笑、玩耍的男孩子，就觉得不可思议。

岁月不饶人，时光转瞬即逝。

步兵大队中有弗雷特·阿诺尔特，想到他我就备感辛酸，那张悲伤的低着头的脸庞，是因为我才不得不出征的。

弗雷特在休假的最后一晚来到壁炉山庄，对我表白，请求我答应他，等他回来和他结婚。弗雷特很真诚、态度坚决，但我也是第一次那么断然地拒绝一个男孩子，我不能答应！

即使没有肯尼士，我对弗雷特也不是那种男女感情之爱，一点爱情也没有。但没得到任何希望与安慰赴战场，是多么残酷无情的事情啊！

我像小孩子一样哭了起来，弗雷特一副哀痛的表情，突然，浮现在我脑海中的是每天早上得面对那个鼻子，我怎么受得了呢？这也是我不想让子孙知道的事情之一，但这确实是事实。有这个想法也许对我有利，我不再那么悲伤地哭泣，要是弗雷特的鼻子能像眼睛、嘴巴一样漂亮，就不会发生这种事了。

但要是真的如此，我不就更伤脑筋了吗？

可怜的弗雷特，他很清楚我是不会答应的，但除了悲伤，他的态度很镇定——让我觉得愧对他。如果弗雷特的态度让我感觉不舒服，我大概就不会那么伤心和内疚了。

弗雷特了解我对他的感情只是友情，不是爱情，但我自己付出的爱情也不是那么轻易会动摇的，弗雷特请求我——在离去之前——也许是永别的此时，可不可以留给他一个离别之吻。

我不知道自己怎么会觉得恋爱是件愉快的事情呢！我已经和肯尼士有约定，即使轻吻一下弗雷特，我也做不到。这是很残酷的，我对弗雷特当然有友情，但我已经答应肯尼士，不让别的男孩子亲吻了。

“是……肯尼士·霍特吗？”弗雷特问道。我点点头。

我心里很难过，不想说出来，因为那是我和肯尼士之间的神圣秘密啊！

弗雷特告辞后，我跑上二楼房间哭了好长一段时间，母亲上来询问原因，我将事情原委说了一遍，母亲凝神倾听，但脸上浮现的表情好像在说：“已经有人想和这个小女孩结婚了？”

但母亲是那么温柔、亲切、体贴的人——我得到了安慰，世界上最好的就是母亲。

我边哭边说：“妈妈，弗雷特向我要求别离之吻，可是我不能，我真的不能，我好难过。”

“为什么不给他一个吻呢？在这个时候，你给他一个吻比较好。”母亲沉着地说道。

“可是我不能这么做。妈妈，肯尼士出征的时候，我和他

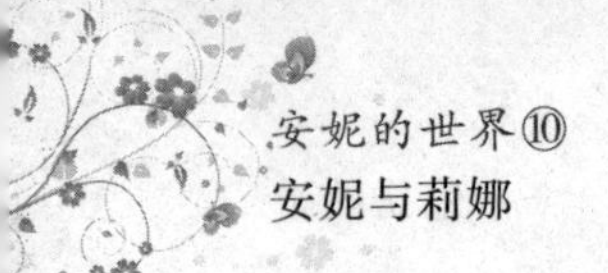

约定，在他回来之前，不让其他男孩子亲吻我，我必须遵守约定。”

这对母亲而言是强力炸弹，母亲以奇妙的声音说道，不，是叫道：“莉娜，你和肯尼士已经有婚约了？”

“我……不知道。”我啜泣着。

“不知道？”母亲反问，我不得不将事情经过叙述一遍，叙述途中越来越怀疑，肯尼士是不是真有这份心意。说完后，我觉得自己有点傻。

母亲沉默了一会儿，然后坐到我身边抱住我。

“不要哭，莉娜，我的小莉娜，不要因弗雷特的事责备自己。既然雷斯里·威斯特的儿子不希望你让别的男孩子亲吻，就表示与你有婚约。莉娜，我的莉娜——我的小女儿，我失去你了——战争使你如此早熟！”

被母亲搂在怀里安慰，我知道，我还没长大。两天后看见弗雷特行进在队伍中，我的心不自觉地疼痛起来。但母亲认为我和肯尼士已经有婚约，这是多么值得高兴的事啊！

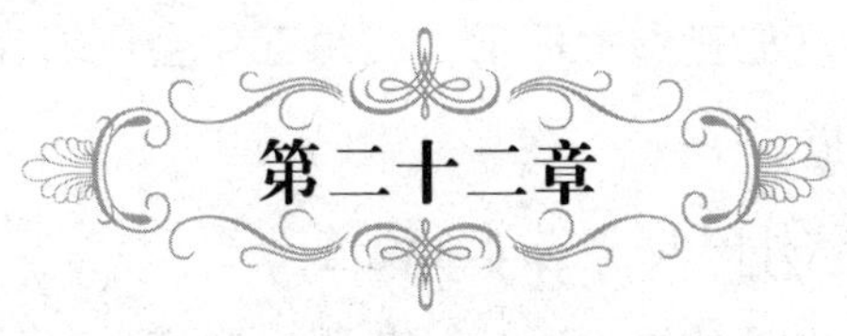

第二十二章

华特的死讯

“老师，你记得吗？自从杰克·艾利奥特告知战争消息的那个灯塔舞会至今，正好两年！”

苏菲亚代替欧莉芭小姐回答：“莉娜，那晚的事我还记得很清楚，我记得你穿着那件漂亮洋装，从这里跳下去，那时你根本没想到什么战争的事吧？”

“谁会想得到？又不是预言家。”苏珊犀利地说道。

“那时候，我们都认为战争两三个月就会结束了，现在想想，那想法真滑稽、真天真！”莉娜悲伤地说道。

“即使两年后的今天，也没有结束的迹象。”欧莉芭小姐阴沉地说道。

“欧莉芭小姐，你现在说的话没道理，战争是说结束就结束的。”苏珊一边编织一边说道。

“今天看蒙特利尔的新闻，有位军事专家说这场战争还得打五年。”苏菲亚说道。

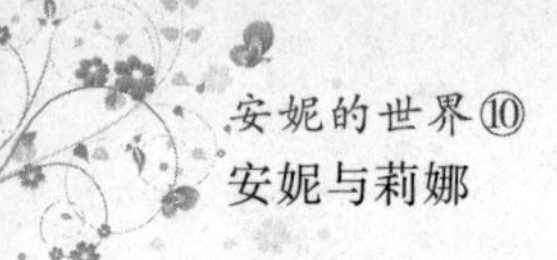

“怎么这样！两年前就说不可能持续两年，现在却说还要打五年。”莉娜叫道。

“如果罗马尼亚参加的话，我想五年会压缩在五个月内结束。”苏珊说道。

“我不相信外国人。”苏菲亚说道。

“法国人也是外国人啊！”苏珊反驳道，“你看看凡尔登，你所谓的伟大军事家认为，凡尔登毫无疑问会得救，但你再想想今年夏天索姆的大胜利，不但开始大攻击，俄军也占了优势。”

“苏珊，英军在索姆损失了几百万士兵吧？但进展如何？看看事实，苏珊，你看看事实！”苏菲亚反对道。

“这也使德军疲乏不堪了，虽然我不是军事专家，但我知道德军是相当疲惫的了。”苏珊谦逊地说道。

“苏菲亚·克罗霍特，连我都懂这个道理，你为什么老是往坏处想呢？我真搞不懂，世上会说话的并不是只有德军，你听过阿里斯德·马卡拉姆的儿子、上克雷出身的罗德利克的故事吗？上周成为德军俘虏之后，他们曾写信给母亲，信中写道在德军处所受待遇很好，伙食状况亦佳，但在签名时，罗德利克和马卡拉姆中间加入了以方言写的‘均是谎言’的字样，检察官看不懂英文方言，以为那是名字的一部分，因此蒙混过关。现在战争的事都委任给黑格，我们只要在巧克力蛋糕上加糖衣就好了，完成之后放在最上层的柜子里，否则会被小孩拿去吃了。上次做好的蛋糕放在下层柜子上，结果詹姆士将糖衣都剥去吃了，要不是那天晚上客人来，我还不知道蛋糕被偷吃了呢！”

“那个可怜的孩子的父亲还没来信吗？”苏菲亚问道。

“七月有写信来，我告诉他他夫人已经去世，我收养了他的小孩的消息，但一直没有收到回信。我在想，我的信一定没到他手上。”

“过了两年才想到，安德逊在战壕两年，毫发未伤，真是傻人有傻福。”苏珊嘲笑地说道。

“我将詹姆士的事情详细向他叙述，还送给他一张照片。詹姆士下星期就两岁了，那孩子真可爱，我没见过那么可爱的孩子。”莉娜说道。

“你以前不是不喜欢小孩吗？”苏菲亚问道。

“从理论上来说，我和以前一样不喜欢小孩，可是詹姆士实在太可爱了，所以当我知道安德逊平安时，有点失望。”

“难道你希望那个男人死了？”苏菲亚口气强硬地说道。

“不是，我只是以为他忘记詹姆士的事情了。”

“那你父亲就得负担他的养育费了，你这个年轻人真是不懂事。”苏菲亚斥责道。

刚好这时候詹姆士跑过来，红润的双颊让人忍不住想亲一口，连苏菲亚也不得不称赞一番。

“这孩子现在看起来很健康，他本来好像有点贫血，有肺病的样子。你带回这孩子的第二天，我看见这孩子，心想你大概养不了他，没想到你却做到了。我告诉阿尔巴特夫人，阿尔巴

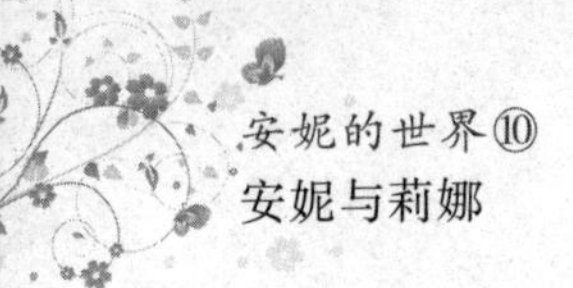

特夫人说莉娜·布莱恩比想象中坚强多了。”

“还记得两年前的今夜，你从灯塔走回来吗？”欧莉芭小姐喃喃说道。

“当然记得！”莉娜薇笑着说，那微笑看起来是一种放心状态。

莉娜只想起与肯尼士在海边度过的愉快时光，肯尼士今晚在哪里？还有杰姆、华特，洋溢欢笑的最后一晚——在赫温灯塔跳舞的男孩子们，大家都在哪里呢？也许在索姆战线的污秽战壕中，听着炮声与负伤士兵的呻吟声吧！

那些男孩子中，只有两个人躺在罂粟花下长眠——上克雷的阿雷克·巴，以及罗布利吉的克拉克·马利，另外也有负伤入院者。牧师家及壁炉山庄的孩子们，至今仍然平安无事，即使如此，不安并不因此减少。

“这是热带病的一种，并不能因为两年来没流行就安心。”莉娜叹息道。

“战壕中的人每天都过着危险的日子，想到此我就觉得辛酸，决不能因为至今平安无事，就以为没什么关系。唉！老师，如果一早醒来，能够不想到今天不知又有什么消息会传来，那该有多好！我无法想象那种状态，两年前的早上，我一觉醒来，只想到这是个崭新的日子，会带给我什么愉快的赠礼呢！”

“现在，你希望以装满愉快的两年来换取过去的两年吗？”欧莉芭小姐问道。

“不！”莉娜若有所思地回答，“我不想换，不可思议——

是吗？辛苦的两年，却充满奇妙的感谢。虽然有苦，但带给我贵重的成长岁月。如果不是这两年的辛苦岁月，我想我还不会长大，还是以前那个任性的我。老师，现在我知道，两年的苦是有价值的，回头看看，我只有感谢。”莉娜缓缓说道。

“大家都是如此，这才是我们精神升华的手段和方法，才知道自己受到的教训有多宝贵，但我还是不想这种艰苦的磨炼再继续下去了，让我们拥有希望吧！事态一定会好转，如果罗马尼亚参战的话，战争一定会很快结束，快得让我们吃惊。”欧莉芭小姐说道。

罗马尼亚参战了——苏珊赞赏没见过这么了不起的国王和女王。

夏天就这么过去。九月初，加拿大军队移入索姆战线的消息传来，大家更担心，布莱恩夫人首先显现衰弱的体力，布莱恩医生以担心的眼神看着夫人，不准她再为红十字会的工作劳累过度。

“吉鲁伯特，让我工作，让我工作！”布莱恩夫人请求道。

“只有在工作的时候，我才不会多想，只要一闲下来，我就会想到那两个孩子。休息对我来说，就像拷问一样。不，我不能休息，拜托！”

但布莱恩医生不让步：“我不能允许你的自杀性行为，安妮小姐，请你保重自己的身体，以便迎接两个儿子回来。你不能再透支了，绝对不能！你去问问苏珊，这样对不对？”

“你和苏珊两个联手，我认输！”安妮生气地说道。

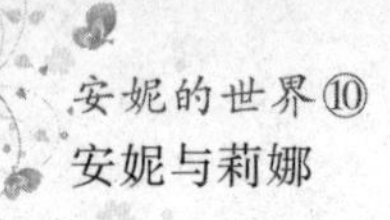

有一天，令人愉快的消息传来，加拿大军队占领克斯雷特和马尔得布，而且俘获甚重。苏珊高兴得挂国旗，整个村庄都沉浸在欢乐的气氛中，但这不知付出了多大的牺牲！

那天破晓时分，莉娜醒来走到窗边，远眺窗外景色，乳白色的眼皮因睡眠不足而显得沉重。破晓时的世界与其他时刻不同，含着露水的空气有股凉意，果树园和彩虹谷充满着一股神秘的气氛，东方山丘上有金色的深洼和银色的微晕。没有风，火车站方向传来清晰的狗叫声，那是曼帝吗？如果是曼帝的话，为什么叫得那么凄凉？

莉娜不自觉地颤抖身体，那声音中有种不祥的悲哀。记得有一晚，欧莉芭老师在黑暗中返家，听见狗的这种叫声，欧莉芭老师幽幽地说："狗发出这种声音时，就是死亡天使经过的时候！"

天啊！莉娜感到恐怖，是曼帝——莉娜觉得的确如此，曼帝在悲鸣谁的挽歌——曼帝在如此悲痛地送别谁的灵魂呢？

莉娜回到床上，但是睡不着。一整天，莉娜不想和人说话，沉浸在恐惧的等待中。

莉娜到车站看曼帝，站长说："你的那只狗从半夜一直哀叫到天亮，怎么会有这种叫声呢？我妻子醒过来，叫我出去看看是不是发生了什么事，但整个月台静悄悄的。它以前都静静地在自己的房子里睡觉，我想昨夜一定发生了什么事。"

曼帝在自己的小屋子里睡觉，看见莉娜，立刻摇摇尾巴，舔舔莉娜的手，但对莉娜带去的食物，则看都不看一眼。

“也许是生病了！”

莉娜担心地回家。

但那天没有坏消息传来，第二天也没有，第三天也没有，莉娜这才放下悬着的那颗心。曼帝不再哀号，继续欢送迎接过往的每一班火车。

过了五天，壁炉山庄的人好像再度开朗起来。莉娜在厨房帮苏珊准备早餐，当莉娜一面唱歌一面从走廊跑过去时，苏菲亚喃喃地向阿尔巴特夫人说道：“以前就听人说过，饭前唱歌，睡前哭泣。”

但莉娜·布莱恩在日落前没有哭泣。当天下午，父亲面无血色地来到莉娜旁边，告诉她华特在克斯雷特战死的消息时，她立即不省人事地昏倒在父亲怀里，好长一段时间不觉痛苦。

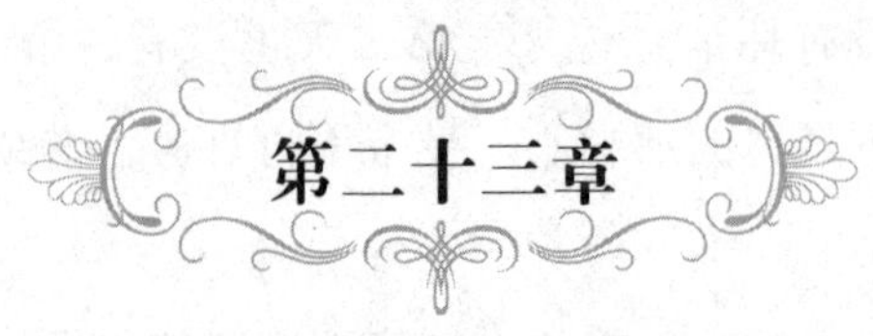

第二十三章

华特的最后一封信

熊熊的苦闷火焰燃烧着，灰色覆盖着整个世界。在肉体上，年轻的莉娜比母亲早恢复。受到严重打击的布莱恩夫人，在床上躺了好几个星期。莉娜知道，再怎么样也得生存下去，即使想死也不能死，红十字会的工作还得继续下去。苏珊一个人担起整个家庭的重担，白天为母亲更换衣着，尽量让母亲不悲伤，但时不时看见她眼眶红红的。

唉！命运真是残酷！

“天啊！华特已经不在这个世上了，我怎么受得了这个事实呢？他到法国我就不太习惯了，现在却是“不在这个世上”，我真的难以想象啊！”莉娜向欧莉芭诉苦。

我亲爱的华特——不再回到我的身边——永远不再和我一起坐在彩虹谷。那双莉娜深爱的灰色眼睛，永远不再睁开。莉娜心中的悲痛可想而知。

“希望你快点好起来！”里斯夫人说道。里斯夫人有三个儿

子，却没有一人上战场。

“还好死的不是杰姆，而是华特，”雪拉·克罗小姐说道，“因为华特是教会的一员，而杰姆不是。我不知向梅雷帝思说过多少次了，应该让杰姆出征前入教会，这样比较保险。”

“可怜的华特，死前不知有多痛苦，”里斯夫人叹息道，“克拉克·马利死后是在冰冷的雪地上被发现的，不知已经死了多久，喉咙干渴得快燃烧起来一般，真是可怜，希望华特不是这么痛苦地死去——而且那地方此时很热——唉！真是可怜的华特！”

“请不要来这里说华特可怜！”苏珊在厨房的门口愤然地说道。莉娜吓了一跳，也松了一口气，因为自己也受不了了。

“华特不可怜，他比你们都伟大，儿子不上战场的你才可怜呢！懦弱、卑怯、狭隘——多可怜啊！你的儿子就是这样，拥有繁荣的大农场和肥大的家畜，心却胆小得像跳蚤一样——还不知有没有那么大呢！”

“我是来这里安慰悲伤的人，而不是来这里受你羞辱的！”说着，里斯夫人掉头就走，没有人在乎。不久，苏珊也失魂落魄地坐在厨房桌前。

“太阳公公好像沉下去了，我最后寄的点心大概还没到，真可怜。虽然我不赞成他当诗人，但除此之外，他是完美无缺的孩子，怎么会被德军杀了呢？可恶的德军！不但夫人病了，莉娜悲痛，我、我也不行了！”忠实的苏珊摇摇头，激动得哭了起来。

苏珊在为詹姆士烫衣服，莉娜准备去烫时，看见苏珊已经在做了，便亲切地说：“为了战争孤儿，让你如此劳累！”

“我只能不断地拼命工作。”苏珊顽固地说道。

“我也是，我现在很讨厌睡觉。虽然睡觉可以暂时忘记一切，但醒来时的记忆更叫我受不了。而且，苏珊，里斯夫人的话一直在我耳边回荡，华特真的非常痛苦吗？华特本来就对痛苦很敏感，唉！苏珊，要是能知道他没受苦，也许我会好过一点。”

这个希望得到慈悲的响应。从华特部队长官写来的信中得知，华特是在交战中，身中子弹立即死亡的。就在那一天，华特曾写信给莉娜。

莉娜收到信后，立刻拿着信，奔到彩虹谷阅读，希望在彩虹谷和华特做最后的交谈。写信者已身亡，生者读起来的感觉相当奇妙——糅和了苦痛与慰藉。自从得知华特死亡的消息以来，莉娜第一次有种与不安不同的信念——好像拥有了不起的理想与梦想的华特还活着。

即使在德军的炮火攻击下，华特卓越的人格依然存在。

我们明天将越过山顶，我的莉娜，我昨天写过信给母亲和达恩，但今夜有种非写信给你不可的心情，今夜我本来不打算写信了——但不得不写。

还记得对岸的德姆·克罗霍特伯母吗？她总是说非做什么不可就是“直觉”，我现在正是那种心情，万一我发生不幸，

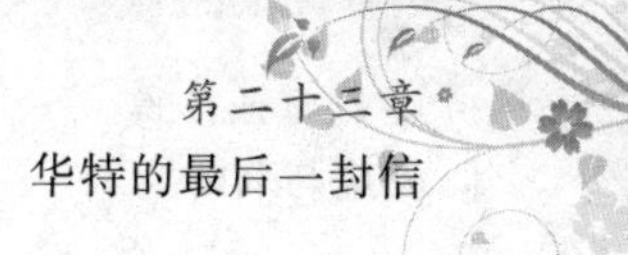

不——我有话想跟你说。

今夜我感到你和壁炉山庄就在身边，这是一种不可思议的奇妙感觉，也是出征以来第一次有这种感觉，以前总是觉得离家好远——身处在这个混浊与血腥的世界里。但我今夜的感觉完全不同，好像看见了你的身影，听见你的声音，看见被月光照射的壁炉山庄前，那静静的小山丘……

自从上战场以来，我从未像今晚如此安心过，但为什么今夜一直有种过去美丽的事物均即将再现的感觉——我高兴极了，有种幸福的感觉。

现在，壁炉山庄一定是秋天，彩虹谷一定开满紫菀吧？也就是我们所说的“夏去”，我觉得这个名字比“紫菀”更好。

莉娜，你是知道的，我从前就对事物有预感，还记得吹笛者的事吗？你当然不会记得，你还太小了。那是很久以前的一个黄昏，南恩、达恩、杰姆和梅雷帝思家的小孩和我一起在彩虹谷玩耍时，我预感到不可思议的幻影，怎么说都可以，但我真的看见了。莉娜，我看见吹笛者像大军般从山谷而下，他们说我看见的只是幻影，但在那瞬间我真的看见了！

莉娜，昨夜我又看见吹笛者了，当我在值步哨勤务时，吹笛者从我面前走过——那是无人地带，然后进入德军阵地。那是高大的吹笛者，吹奏着不好听的笛声，后面有身着卡其色军服的士兵跟随。莉娜，我真的看见了，不是空想，也不是幻想。我真的听见笛声了，虽然它们随即消失了。我了解我看见吹笛者所代表的意义——我也将成为吹笛者后面的跟随者。

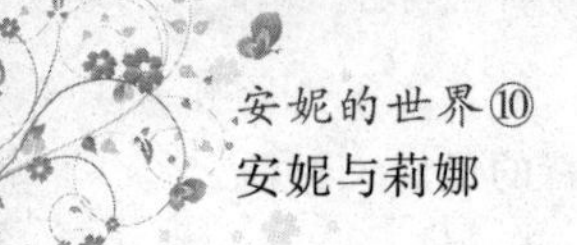

莉娜，吹笛者明天将吹着笛子往“那个世界”去吗？我确信如此。但是，莉娜，我不害怕，当你听到消息时，请想起这件事，在此，我将从所有恐怖中解放——我很自在，不再害怕任何事情——死或生。如果是生，我想那更困难，因为对我而言，生不再美丽，我会不断想起令人讨厌的事。对我来说，生是丑陋的、痛苦的——我永远也忘不了。但是不论是生还是死，我都不再害怕。

莉娜·我的·莉娜，我并不后悔来到这里，我很满足，不再像以前是个只会做梦写诗的人——我为了未来的诗人，未来的所有人——加拿大的安危而奋斗，我真的很满足。

莉娜，现在濒临危险的不只是加拿大，不只是我深爱的那个小岛，而是全人类的命运，我们因此而奋斗，我们一定会胜利——对于这一点，我没有丝毫怀疑——莉娜，奋斗的不只是生者，死者也在奋斗——决不能输给德军。

你的脸上还有笑容吗，莉娜？希望你永远保持微笑，在这个时代，笑是需要勇气的吧。我不想说教，因为现在不是说教的场合。可是莉娜，我深爱的莉娜，当预感我将往“另一个世界”去的时候，不管你有多难过，你终究还是会受到幸福之神的眷顾，不仅是自己的事，我也预感到你的事——肯尼士会回到你身边。

莉娜，你将生活在幸福的岁月中，为了孩子们而奋斗，为了孩子们而牺牲，这是你的任务，莉娜，你的奉献会有价值的。

今夜我也想写封信给尤娜，但已经没有时间了，请将这封信给尤娜看。事实上，这是写给你们两个人的信，这是我想对你们说的话。明天，当我们越过山顶时，我会想到你们——你的笑，尤娜坚强、沉着的眼眸——为什么今夜那眼神如此清晰地浮现了呢？

是的，你们两个人都会谨守约定，我知道！

晚安，莉娜，天亮后，我们就要越过山顶！

莉娜将信反复阅读，终于，她站了起来，脸上重新显现朝气。至少，在这个时候，莉娜勇敢地跨越了寂寞与痛苦。

“我一定遵守约定，华特！”莉娜坚强地说道。

“我要学习——笑，是的，笑——一生，为了你，为了你的遗言。”

莉娜打算将华特的信视为神圣至宝收藏好，但当尤娜读完信，看见她犹豫的表情时，莉娜也不知如何是好，她能这么做吗？

能，这是华特的最后一封信，我怎么能放弃——怎么能！可是尤娜的眼神——那请求同情的眼神……

“尤娜，你想要这封信？”莉娜沉重地问道。

“是的，如果你能够给我的话。”尤娜无力地说道。

“那么，你留下它吧！”莉娜缓慢地说道。

“谢谢！”尤娜只能这么说，但听到这两个字，莉娜觉得自己小小的牺牲有了回报。

尤娜双手拿着华特的信，莉娜离去后，她将双唇压在信上。

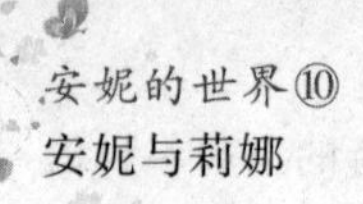

尤娜知道，这一生中自己不会再爱第二次了——因为爱已经被葬在“法国某处”染血的土下了。

除了尤娜——也许莉娜知道——大概没有人知道这件事，尤娜只能永远将痛苦埋在心底——一个人，但是她也会遵守约定。

第二十四章

美莉救了詹姆士一命

一九一六年，对壁炉山庄而言，是充满辛酸的一年，不但布莱恩夫人的身体没恢复，所有人都陷于悲伤的情绪中，但每个人都想掩饰自己的悲伤，而“表现”出开朗的样子。莉娜时常笑，但没有一个人被她的笑欺骗，因为那不是从心底发出的笑，仅仅是勉强的笑。

但在外人的眼中，也有人认为莉娜是真的忘记了悲哀，艾琳就认为莉娜是个轻薄的人。

“莉娜根本一点也不在意华特的死，你们看看莉娜，谁见过她流下一滴眼泪，或者说些华特可怜的话？莉娜根本就将华特的事给忘了，真可怜，还是自己的家人呢！

“上次在红十字少女会中，我还称赞华特是个了不起、勇敢的人，华特死了，对我而言是最悲痛的事情，我简直活不下去了——我们是那么好的朋友。可是，当我告诉莉娜，华特入伍的消息时，莉娜表现得那么事不关己，非常冷静、沉着，她还

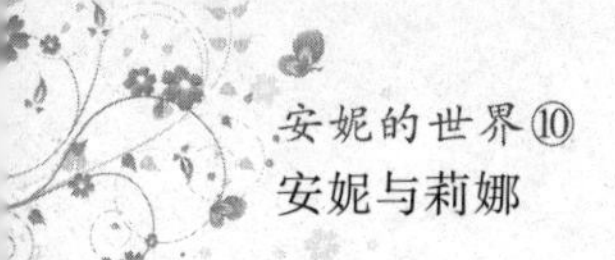

说，华特只不过是为祖国献身的众多男子之一！

“天啊！我要是能有她一半不在乎就好了，可是我办不到，我的心非常脆弱、敏感，悲伤的心不会因时间而冲淡。我曾当面问莉娜，为什么不为华特的死穿丧服，她说因为她母亲不希望如此，你听听看，这像什么话，哪像自己家人呢！”

“莉娜也没穿有颜色的衣服——只穿白色衣服！”贝蒂·米特说道。

“没有比白色更适合莉娜的了！”艾琳话中有话，“我们都知道，她的皮肤一点也不黑，当然，我不是说因为如此她才不穿黑衣服。只是有点奇怪，如果是我哥哥去世的话，我一定为他穿上黑色丧服，不会穿其他颜色的衣服，不管黑色是不是适合我。莉娜·布莱恩真是个无情的人！”

“我不这么认为！”贝蒂叫道，“我觉得莉娜很了不起！的确，两三年前的莉娜，不论从哪个角度看都有些傲慢，但现在一点傲气也没有了，克雷村没有一个少女像她那么了不起、勇敢、有忍耐力，她是最懂得‘尽自己义务’的少女。我们红十字少女会如果不是因为她的忍耐与热心，恐怕早就结束了——你不是应该最了解这一点的吗，艾琳？”

“哦，我决不是在指责莉娜！”艾琳瞪大眼睛，“我只是站在一般人情世故的立场上评论。当然，她天生就很能干——这是众所周知的事实，她自己也很喜欢处理事情——我承认这种人是有必要的。拜托别用那种眼光看我，好像我说了什么特别严重的话。我承认，莉娜·布莱恩的确具有美德！”

艾琳的某些话传入莉娜的耳中，但并没有对莉娜的心情造成什么影响，人生太长远了，没必要在乎这种无聊的事。

“我必须遵守约定，做好自己的工作。”

在漫长的秋季里，莉娜忠实地做着自己的工作。战争的坏消息不断传入，可怜的罗马尼亚被德军一波波扫平。

“外国人！外国人！”苏珊喃喃说道，“不管俄国人或罗马尼亚人，大家都是外国人，不能依赖。但自从凡尔登以来，我就不曾放弃希望。哦，夫人，德布鲁加是河川、山脉，还是空气状况呢？”

美国总统选举在十一月举行，苏珊对此很是热衷。

“夫人，不要以为我对美国的选举有兴趣，我只是想知道，这会不会对整个世界局面有所影响。”

十一日晚上，苏珊因为编织袜子，所以很晚才上床，她每隔一会儿便打电话到卡达·弗拉格的店里，得知休斯极有可能当选总统后，走到二楼布莱恩夫人的房间，坐在对面，努力抑制兴奋的情绪，低声报告：“我想情况会好转，如果你没睡的话，一定很想知道，休斯一定会当选！”

到了第二天早上，消息传来是威尔逊当选，苏珊换成另一种乐观论调。

“反正谁当选都一样，我相信这一切都是神的旨意，神自有打算。”

阿斯奎斯内阁辞职，劳合·乔治首相继位，苏珊了解神的意图。

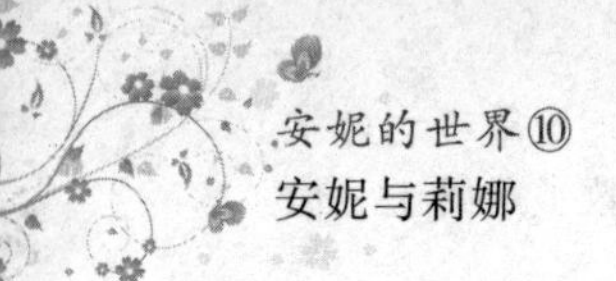

“夫人，劳合·乔治终于出来了，我一直祈祷能有这样的结果，哈！情况一定会好转，我现在才知道，这是托罗马尼亚的福，没有比这更好的消息了，就像战争胜利一样。”

布雷斯特沦陷了——德国提议和平交涉，苏珊很反对，当威尔逊总统提出十二月和平声明时，苏珊强烈地讽刺。

“威尔逊好像要讲和，首先由亨利·霍特试探，现在轮到威尔逊了吗？可是，和平不是美国可以制造出来的！”苏珊从厨房窗户大叫美国总统。

“很可惜总统没听到这些话。”莉娜说道。

“是啊，莉娜，很可惜，该注意听的人都不在旁边。我对民主党或共和党没什么差别待遇，我觉得他们都差不多。”

在混乱中度日，十二月的最后一周，莉娜在日记上如此写道——

圣诞节过去，总算松了一口气。我们都害怕圣诞节来临，因为这是华特战死后的第一个圣诞节。我们邀请了梅雷帝思家的人一起过节，大家都不刻意表现欢乐，静静地度过这个应该令人愉快的节日。

詹姆士的病好起来了，令人高兴——那是感谢的高兴，和真正的欢愉不同，由衷的喜悦还会再度降临吗？我们的喜悦好像被扼杀了，被射中华特的子弹射杀了，也许往后会有新的喜悦在我们心中诞生。

但像从前一样的喜悦，不会再回来了。

今年的冬天提前来临，圣诞节前十天就有大雪，但那只不过是序曲。壁炉山庄也和彩虹谷一样壮观，树木全部被雪覆盖，东北风使树枝摇曳，雕塑成幻影。

为了让母亲换换心情，父亲陪她到艾凡利去了，他们想见见可怜的黛安娜伯母，黛安娜伯母的儿子杰克上战场负了重伤。父母将壁炉山庄交给苏珊和我，父亲应该第二天就会回来，可是过了一星期都没回来。

父母去艾凡利的那晚就开始刮狂风，持续了四天。这是爱德华王子岛上几年来罕见的强风，凡事都处于混乱状态——不但道路通行受阻、火车中断，连电话都不通。

这时候，詹姆士病了。

父母不在家的时候，詹姆士患了轻度感冒，有两天比较严重。但我想不是什么特别严重的状况，就没为他量体温，关于这一点，我几乎不能原谅我自己——我太不注意了。事实上，这段时间，我陷入了瘫痪状态，两三天来一直躺在床上哭泣；不太关心詹姆士——这是不应该发生的事情——我没遵守和华特的约定，如果詹姆士有个三长两短的话，我永远不会原谅自己。

但父亲外出的第三天，詹姆士的病情突然恶化——非常严重，家里只有我和苏珊两人，欧莉芭老师在风雨开始时，就去了罗布利吉，尚未归来。对于詹姆士的病情，我和苏珊束手无策，不知如何是好。詹姆士得过几次喉头炎，每次都将我们折磨得半死，但这次更糟。

“没见过这样的喉头炎。”苏珊说道。

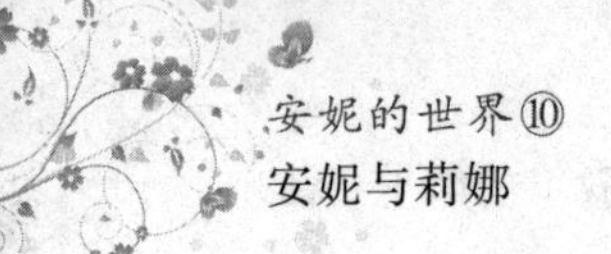

我知道这是何种喉头炎，不是普通的喉头炎——医生所说的“假性喉头炎”——而是“真性喉头炎”——我知道这是危险的状况。但是现在父亲不在，最近的医生也在罗布利吉，而且电话又不通，在这大风雪夜里，上哪去叫马车呢？

詹姆士拼命和疾病战斗——我和苏珊拼命找父亲的书，就我们所知为他治疗，但他的病情还是继续恶化。看到詹姆士的样子，我的心都要碎了，詹姆士痛苦地喘息着——脸呈现可怕的青色，一副痛苦不堪的表情，好像在请求我们给他点帮助。突然间，我想到在前线遭受毒气攻击的士兵们，一定也是如此痛苦。詹姆士的小喉咙中，薄膜变得肥厚，使詹姆士抵抗不了。

天啊！我快疯掉了，这时候我才知道，詹姆士对我有多么重要！我真的不知所措，好像手无寸铁地面对无情的敌人——正如赤手对抗德军的机关枪一般。

不久，苏珊投降了。

“我无法帮助这个孩子，啊！要是你父亲在就好了！可怜的孩子，该怎么办呢？怎么办呢？”

看见詹姆士的样子，我真想干脆死了算了。苏珊为了使詹姆士呼吸容易一些，坐在床上抱着他，但詹姆士依然没有好转。可怜的孩子，可怜的战争孤儿将在我面前窒息，我却一点办法也没有。绝望之余，我拿出准备好的湿布，这对他有帮助吗？詹姆士如果死了，那会是我的错，因为我没好好照顾他。

刚好这时候——晚上十一点左右——门铃响起，苏珊没办法去开门，因为她不能放下詹姆士。我跑下楼，来到客厅，我突然停住脚步——一股恐怖气氛突然侵袭而来。

我想起以前欧莉芭老师曾说过的故事。

有一晚，老师的伯母和生病的伯父两个人在家，听到敲门声，打开门一看，门外一个人也没有——至少视线范围内没有人。尽管是温暖的夏夜，但一股冷风吹过，吹上二楼，伯母听到一个叫声，跑上二楼一看——伯父死了。因此，欧莉芭老师的伯母确信，是开门时将“死神”招进屋内的。

这虽然只是个猜测，却令我手脚冰冷。我没有开门的勇气——好像死神就在门外等待一般。突然，我想我没时间犹豫了——不可以有这种傻念头。

于是我跑向前，打开门。

的确有一股冷风卷进客厅，但门外站着一个有血有肉的人——美莉·庞思——美莉带来生，而不是死，我当时当然不知道。

美莉进屋关上门后，露出微笑。

“我不是被赶出来的，两天前我去卡达·弗拉格先生的店，那边被雪覆盖了。我今晚下决心来此，看看我是不是能通过大雪。有点像打赌，现在我平安到达了！”

我意识到我必须立刻上二楼，向美莉说明大概情形后，便留下美莉，独自跑上二楼。詹姆士刚才的发作已经停止，但不知是不是我上楼的缘故，又开始发作了。我将手放在詹姆士的身上，我对他一点帮助也没有，只能在一旁呻吟、哭泣。唉！

我真是没用。我不知道我还能做什么——我们知道的全用上了，这时，我突然听到美莉的大叫声。

“喂！这孩子不是死了吗？”

我立刻转身，她是说詹姆士死了，而我并不知道。一瞬间，不论美莉是在门口、窗边——任何地方，我都想将她扔出去。

美莉沉着地像看快断气的小猫，往下盯着詹姆士。我本来就不喜欢美莉——那时候更讨厌。

“我们试过所有的方法，可是这不是普通的喉头炎！”

美莉说道：“我知道该怎么办，几年前我在对岸华莉夫人那里帮忙时，威尔·克罗霍特的小孩中有两人死于假性喉头炎。马克阿里斯先生听了便说明了治疗方法。我听见他向华莉夫人说，便也牢记在心。对了，苏珊，家里有没有硫黄？”

家里有硫黄。

苏珊带美莉下楼时，我抱住詹姆士，一点也不抱持希望——一点也不——因为美莉自幼就爱吹牛，但再怎么会吹牛，我想这次是救不了詹姆士的了。

美莉上来了，她得意地说道：“你们看看！”

美莉将石炭加入一杯硫黄中，抱起詹姆士将他脸朝下，整个身体颠倒过来。我自己也不知道当时为什么没有跳过去阻止。苏珊说这是前世注定好的，我想也是如此。事实上，我好像连动的力气都没了，连苏珊也僵硬了似的，站在门口盯着美莉看。

实际上只有短短几分钟，但对我而言好像有一个小时那么久。突然，詹姆士将那要命的膜用力地咳了出来，美莉将詹姆士抱回床上，詹姆士的眼睛流出眼泪，但呼吸好像顺畅多了。

“不是很有效吗？”美莉得意地说道。

“天亮之前再替他做一两次，把细菌杀死，不过现在已经没问题了。”

詹姆士立刻睡着了——不是昏睡，而是沉睡。夜里美莉又为詹姆士再度“清喉咙”。到了天亮时，詹姆士不但喉咙清爽，连体温也恢复了正常。

美莉睡在椅子上，我不在乎她多会吹牛，她有吹牛的权力，她从鬼门关将詹姆士救了回来，我已经不在乎几年前她拿鳕鱼干追打我的事，也不在乎灯塔舞会那晚，她拿鹅油涂我脚的事，也不在乎她以大人自居，总是将其他人压下去，我不再讨厌美莉。我走到美莉身边，给了她一个道谢之吻。

“发生什么事了？”美莉问道。

“没事……只是，谢谢你，美莉！”

“哦！这是当然的，我来得正是时候，否则那孩子就得死在你们两个人的手上了！”美莉得意扬扬地说道。

两天后，詹姆士已经完全恢复了，父亲也回来了。

父亲对“土疗法”不太赞成，他笑着说：“以后我遇到重症患者的时候，也应该请美莉来商量商量了！”

还好詹姆士复原了，圣诞节也就不那么难过了。现在将要迎来新的一年，我们最大的愿望就是战争尽快结束。

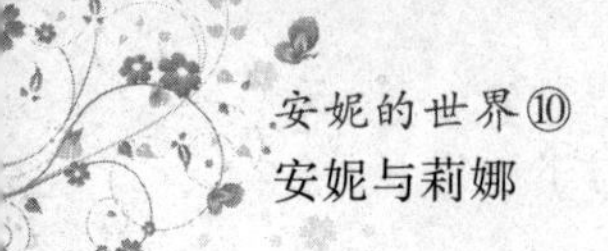

曼帝在等待中身体渐衰，虽然得了风湿，但依然坚持不懈地等待杰姆归来。

沙利继续优秀飞行员的伟业。

一九一七年，你将带来什么呢？

第二十五章

飞行战士沙利

“才不呢！没有胜利就没有和平！”苏珊憎恨地拿棒针刺报上威尔逊的名字，“我们加拿大人打算得到和平与胜利。”

数日后，苏珊兴奋地跑进布莱恩夫人的房间。

“夫人，你猜怎么了？刚才夏洛镇打电话传来消息，威尔逊终于将那个德国大使赶出去了，也就是要继续作战。我想威尔逊一定很富有人情味，我们应该拿出一些砂糖，做巧克力蛋糕庆祝。我想那艘潜水艇大概濒临危机，苏菲亚说这是联军的最后部队了。”

“不要告诉先生巧克力蛋糕的事，苏珊，因为政府要求大家节约呢！”安妮微笑着说道。

“是该节约没错，夫人，男人是一家之主，女人应该服从命令，我对处理日常开销已经很拿手了！”苏珊说道，“我只是为了庆祝胜利而做蛋糕，这个消息和胜利一样。夫人，我会全权负责的，你不用担心。”

今年冬天，苏珊对沙利很好。每逢周末，沙利从学校回来，苏珊一定瞒着布莱恩医生，将家里最好的食物拿出来给沙利吃。尽管和其他人整天谈论战争的事情，但在沙利面前，苏珊绝口不提战争之事，好像猫监视老鼠一样地看着沙利。

德军开始撤退，苏珊心中的喜悦无法用言语来表达。真的接近尾声了，这样一来，不会再有人出征了。

“终于如愿以偿，德军逃跑了！”苏珊骄傲地说道。

“这只不过是德军的饵！”苏菲亚说道。

“那个西孟兹说德军撤退是因为受不了联军的苦苦相逼！”

“你看着好了！”

“苏菲亚·克罗霍特，联军六月入侵柏林，接着好像是俄军，所以我觉得情况乐观！”

“是不是乐观，时间会证明一切！”苏菲亚说道。

就在这个时候，坐在客厅的沙利颤抖着脚——那个被太阳晒得黑黑的，血色不错、四肢健全的年轻人——沉重地说道：“爸爸妈妈，上星期一，我就满十八岁了，我想我可以入伍了！”

布莱恩夫人脸色铁青地望着沙利。

“天啊！我有两个儿子出征，其中一个已经永远无法回来，难道我连你都留不住吗？”

“我不想当个逃避兵役的人，妈妈，我想加入航空队。爸爸，您说呢？”

正在包药粉的布莱恩医生颤抖着双手，他早就知道这一刻终究会到来，但还是很难心平气和地面对。

“我不打算阻止你尽你自己的义务，但没有你母亲的许可，你不准去！”

沙利不再多说，他本来就不是个多话的孩子。安妮也不再多言，她想起对岸古墓地上乔丝的墓——如果乔丝还活着，现在一定成为了不起的妻子了吧。那个拥有闪耀的灰色眼睛的小男孩，最先接受安妮的教诲，为人忠实——他正在混乱的战壕中。等待中的南恩、达恩、莉娜——等待——在等待中欢送黄金的青春时代。安妮受不了，真的受不了了，怎么能再让沙利走呢？

尽管哀痛、不愿，但夜里，安妮还是悄悄走到沙利房间，允许他入伍。

家里人没有立刻告诉苏珊这件事，苏珊是在两三天后，沙利穿着空军制服出现在厨房时，才知道最后一个男孩子也入伍了。

苏珊没有像杰姆、华特入伍时那般激动，只是冷冷地说道：“这么说，你也要被带走了？”

“不是被带走，而是我跟他们走。苏珊，我不去不行！”

苏珊坐在桌边，为了壁炉山庄孩子而操劳的双手交叉着，静静地颤抖。

“是的，你非去不可，我了解。”

“苏珊，你真了不起！”沙利说道。

本来还担心苏珊会“大闹一番”，见苏珊如此平静，沙利松了一口气，神采奕奕地吹着口哨出去了。大约三十分钟后，安妮进厨房一看，苏珊身边还有一堆脏盘子没洗，她只是呆呆地坐着。

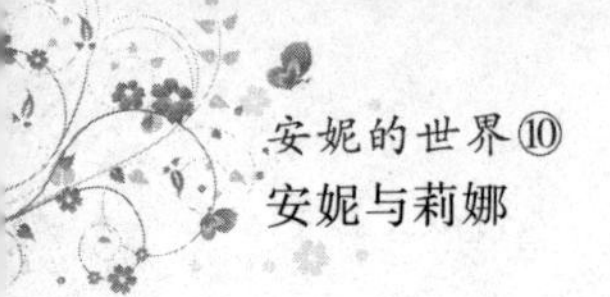

“夫人，我也老了！”没想到这种话会从苏珊口中说出。

“杰姆和华特是你的，可是沙利是我的，一想到他要飞上天空，我就受不了——飞机坠落——身体变成碎片——那个我小心翼翼呵护的小生命！”

“苏珊，请你不要再说了！”安妮大叫。

“夫人，对不起，我不应该说这些话，我忘了我决心当个女英雄，刚才有点失控。夫人，放心，不会再有第二次了。你仔细看着，两三天后厨房的一切就会恢复正常的，我保证！”

可怜的苏珊努力整理厨房，像收拾残局一般。

“还好开飞机很干净，不像战壕那样充满污泥，那孩子从小就爱干净！”

就这样，最小的儿子也出征了。他不像杰姆那样心里充满愉快的冒险，也不像华特那样燃烧着牺牲的火焰，只是冷静地觉得该尽自己的义务。

沙利从五岁之后，就没亲过苏珊，这是第一次。

“我走了，苏珊——苏珊妈妈！”

“我的乖儿子！我的乖儿子！”苏珊说道。

看见布莱恩医生悲伤的表情，苏珊想起往事，心想，这孩子小时候，曾经受过你重重的处罚，你还记得吗？我都舍不得打他一下呢！

布莱恩医生当然不记得了，但在戴上帽子出诊时，他经过客厅，悄然地站在客厅中间，这个客厅曾经溢满孩子们的欢笑声。

“家里的最后一个男孩——家里的最后一个男孩——善良、

坚强、聪明的男孩子，那孩子的出征，我应该夸赞——像杰姆出征时一样——像华特出征时一样，但是‘我家变荒凉’了！”

这天下午，上克雷的一位山狄老人对布莱恩医生说道：“医生，我觉得你们家今天变得好大！”

布莱恩医生心想，实际上，从这一夜起，壁炉山庄看起来的确变化很大。本来沙利只有在周末才回家，在家时也是安安静静的，其实差别不大，感到空荡的原因是沙利出征，每个房间都显得空荡荡、没有人气。连草坪上的树，如今也已经没有孩提时代在树下跳跃的男孩子了，所以看起来十分空虚，只能长出新枝交缠互相依偎。

苏珊整天拼命工作，想忘记一切悲伤。当晚，她望向沙利所在的部队驻扎的金克斯波特空军宿舍。

“那孩子叫我‘苏珊妈妈’，唉！男孩子都走了——杰姆、华特、沙利、杰利、卡尔，大家都非去不可，我应该有夸耀的权力，可是，可是……”苏珊深深叹了一口气，“夸耀又有什么用呢？”

月亮再度沉下，藏在西边的黑云中。克雷村突然出现很多影子，几千英里之外，穿着卡其色军服的加拿大士兵们——有生者，有死者——占领了比米山脉！

比米山脉在加拿大战争史上很有名。

“英军攻不下，法军也攻不破，但竟栽在你们加拿大军手上。”有个被捕的德国人如此说道。

是的，加拿大军攻下了比米山脉，但也付出了代价。

杰利·梅雷帝思在比米山脉身负重伤。

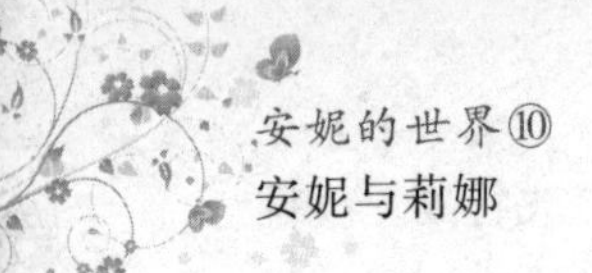

“南恩也很可怜。”这个消息传来后，布莱恩夫人如此说道。

安妮想起绿色屋顶之家时代，自己幸福的少女时代，像这样的悲剧不曾发生过，现在的少女们真是苦啊！两周后，南恩从雷蒙回来了，从她脸上就可看出来这两周她是怎么过的。

这两星期，强森·梅雷帝思看起来也苍老了不少，菲斯没有返家，横渡大西洋去了英国爱国护士队。

达恩得到父亲的允许，但母亲那关却过不了，因此无法成行。

彩虹谷一角开出山楂花，莉娜一直在等待山楂花盛开，最初是由杰姆摘初开的山楂花送给母亲，杰姆出征后，便由华特替代，去年春天沙利前来摘取。莉娜心想，今年得由我来替代男孩子。

但在莉娜还没发现山楂花时，有一天傍晚，布鲁士·梅雷帝思手持淡红色小枝造访壁炉山庄。布鲁士走上阳台阶梯，将花束恭恭敬敬地放在布莱恩夫人的膝上。

“如果沙利在的话，他会摘来送给您，但是沙利现在不在家。”布鲁士说道。

“所以你代替他送？”说着，安妮双唇颤抖，满怀谢意地盯着眼前眉毛浓重的小男孩。

“今天我写信告诉杰姆，要他别担心无法摘山楂花，我会替他去摘的。我快十岁了，不久就要满十八岁，到时候就可以到战场上帮杰姆，这样他大概会有时间放假回来。我也给杰利写了信，杰利好很多了。”

“真的？真是太好了！”

“嗯！他写信告诉母亲，已经度过危险期了。”

“啊！感谢上帝！”布莱恩夫人喃喃自语。

布鲁士以奇妙的表情看着布莱恩夫人。

“我父母也会这么说，可是当我说感谢上帝没让我的小猫被狗踩死时，父亲的脸色好难看，他说以后不准这么说，可是我不了解为什么不能这么说，伯母，我真的很感谢上帝呢！而且，帮助史都拉比的一定是神，为什么不能向他表示感谢呢？我真的不懂。”布鲁士嘟着嘴说道，布莱恩夫人爱怜地摸摸他的头。

“夫人，要是可能的话，你知道我想对威廉二世做什么吗？”

“做什么呢？”

“今天在学校，诺曼·里斯说他想将威廉二世绑在树上，让狗来咬他。还有艾米莉·弗拉格说要把他关在笼子里，拿尖尖的东西刺他。真的呢，伯母！

“要是我的话，我要把他变成好人——很好的人，伯母，这不是很重的处罚吗？”

“真是好孩子，对恶魔这么宽厚。”苏珊说道。

布鲁士盯着苏珊看，说：“如果威廉二世变成好人的话，他就知道自己做的事有多恐怖、多狠毒，这不是比任何方法都好吗？不是令他更加悲伤吗？而且是永远的惩罚！”

布鲁士握紧拳头喃喃说道：“嗯，对！我要让威廉二世成为好人！我要让威廉二世受良心的指责！”

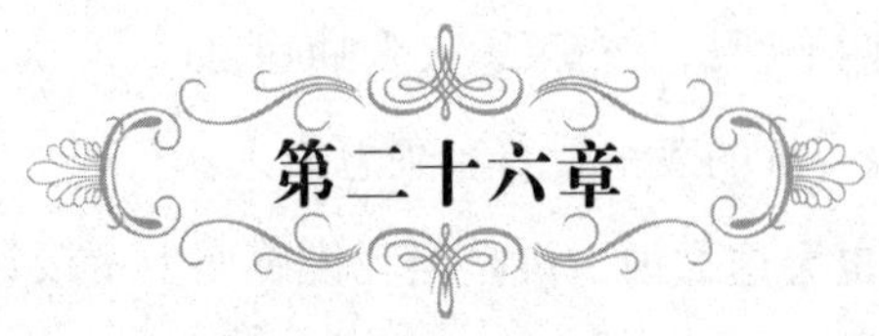

第二十六章

苏珊的求婚者

一架飞机像大鹏鸟般从西边天空掠过，飞越克雷村的上方——黄色的晴空好像被风吹成广大自由的天地，站在壁炉山庄草坪上的一群人都抬头往上瞧。

这个夏天，看见飞回基地的飞机并不稀奇，而苏珊总是特别兴奋，不知道那是不是从金克斯波特飞回岛上，沙利所驾驶的飞机。但现在由于沙利已经到海外，所以苏珊对飞机并不特别关心，但仍以敬畏的眼神眺望。

“夫人，我有时候在想，如果埋在墓地里的老人们突然站起来，我父亲一定对这个世界不感兴奋，他总是对新奇的事不顺眼，即使割草机已经问世，我父亲还是坚持用镰刀。我对父亲这种观念倒是不赞成，也许有点过分吧！不过，对于现代的飞机我是无法赞同的，也许在军事上有必要，但如果全能的神想让我们飞行的话，应该会赐给我们翅膀，既然他没赐给我们翅膀，就是要我们安全地行于地面。夫人，反正我是不会从飞机上眺望天空的。”

“苏珊，如果父亲的新车来了，你是不是会想坐在车上眺望风景呢？”莉娜戏弄苏珊。

“我是不会将这把老骨头交给汽车的。”苏珊不服气地回答。

“但我的想法和某些心胸狭隘的人不同，我不是嫉妒有车的人，但不管怎么说，这个岛已经变了，变得和原来的不同了。”

飞机上升、下降、旋转、又上升，终于在遥远的山丘上成为一点。

王者的权威
穿过宽广的青空
正如大鹏鸟一般
威严地展翅

安妮·布莱恩梦呓般地喃喃说道。

“也许托飞机之福，人类会更幸福。”欧莉芭小姐说道。

“人类的幸福不论如何变化，前提都一样，即使‘许多发明’问世，幸福依然没有增减！

“到最后，‘神的国度就在我们心里’，因为幸福不是从物质的完成或胜利得来的！”

梅雷帝思先生从很久以前就开始苦心经营“心”。

“即使如此，飞机还是有魅力的，那本来就是人类憧憬的梦之一——飞行的梦，梦想一个个地被实现——借着不屈不挠的

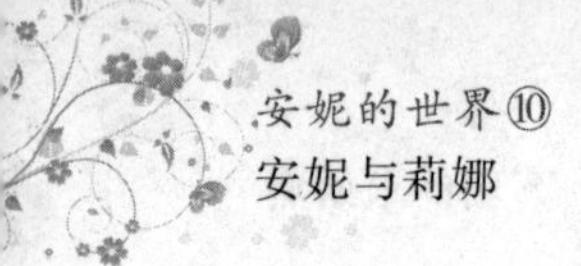

努力而付诸实现，我也想搭上飞机看看！”布莱恩医生说道。

“沙利来信说第一次搭飞机时，感到很失望，”莉娜说道，“本来期待像大鸟一样往上飞舞，但自己感到根本动弹不得，只是地面不断往自己的下方落下。接下来，一个人飞行时，首次有浓烈的思乡情怀，这种现象以前根本没发生过，在空中突然觉得很空虚——想回到地面上，虽然很快就克服了这种心情。但一想到第一次一个人在飞机上的情景，便如恶梦一般。”

飞机消失了，布莱恩医生低头叹息：“看不见那只‘大鸟’，就觉得自己好像是只只能在地面的爬虫！”

布莱恩医生转头朝向安妮。

“还记得我第一次用马车载你，行驶在艾凡利街道上的情景吗？那是你任教艾凡利小学的第一个秋天，准备参加卡蒙地音乐会的晚上，我准备了额头有一个小白点的黑马，配上闪闪发光、亮晶晶的新马车——心里得意极了。到了我的孙子后代，大概一到傍晚，就要约恋人一块儿搭飞机兜风了。”

“飞机也比不上那小小的马车，因为飞机只不过是单纯的机械，可是马车和人一样，不是吗？吉鲁伯特，坐在那辆马车后面兜风，比飞在天上还愉快。我一点也不羡慕孙子辈的恋人们，正如梅雷帝思先生所说的，‘神的国度’——幸福的国度不在外面——就在自己心中。”安妮说道。

布莱恩医生认真地说道：“而且我们的子孙驾驶飞机时一定得很注意飞机，不能一直盯着恋人看，也不能一手搂着恋人，单手驾驶飞机不是太困难了吗？”布莱恩医生摇摇头，“嗯！你说的没错，还是我的马车好。”

那年夏天，苏俄战线再度崩溃，苏珊认为肯连斯基结婚后一定会这样，她以辛辣的口吻说道：“我并不想污蔑神圣的婚礼，可是，夫人，男人在此关头不是应该全身心投入战争的吗？结婚应该延期才对啊！我们现在只能任凭上帝的安排了，但对于罗马教皇的和平提议，威尔逊的回答让我很满意。夫人，你看到了吗？那些用语措辞真的不错，相当不错！对了，说到词句，夫人，前几天‘大胡子’的事你听说了吗？几天前，‘大胡子’到罗布利吉小学，想看看四年级的考试。我有个侄女在小学教书，是她告诉我的，那时由于老师头很痛，普拉尹先生就请老师到外面呼吸一下新鲜空气。孩子们在认真地考试，但总有一些不会做的题目吧。

“我的侄女埃拉·贝拉和其他学生都很喜欢自己的老师，但普拉尹的哥哥，也就是学校的理事艾贝尔·普拉尹不喜欢那位老师，并向其他理事说这位老师不好。普拉尹说想测验学生的成绩，如果成绩不好，就表示老师没尽到责任。当普拉尹先生问‘解剖’是什么意思的时候，山狄·罗根反应很快，立刻说是‘胃痛’。山狄是个很滑头的孩子，而‘大胡子’本身也是个无知的人，他自己也不知道那个词的意思，一听山狄回答得这么畅快，便说：‘很好！很好！’孩子们立刻了解这个男人——他们都是聪明的孩子啊！

“接下去，吉恩·布雷说‘听觉’是‘宗教的口角’，米莉艾尔·贝卡说‘不可知论者’是指‘发生消化不良的人’，吉

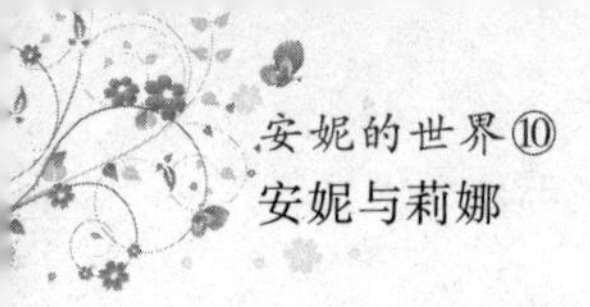

姆·卡达说‘苦涩’是指‘只有菜食’，‘大胡子’全部都说‘很好！很好’！

“等老师走进教室后，‘大胡子’说学生们都很了解所学的课程，并且赞扬了老师，还打算向他的理事哥哥反应那位老师是学校的至宝，四年级的学生这么了解那句语意，‘真是不简单’。说着他便笑着走回家了。

“夫人，这可是秘密，为了罗布利吉小学的那位老师，一定得保守这个秘密。以后要是让‘大胡子’知道自己被骗了，那位老师就惨了！”

那天下午，美莉·庞思造访壁炉山庄，报告加拿大在取得七〇高地时，米勒·达格拉斯受伤，并断了一只脚的消息。壁炉山庄的人都对美莉抱以同情，虽然美莉不时常表现爱国心，但一旦爱国心燃起，便绽放出任何人都比不上的光芒。

“我拥有一只脚的丈夫，但是……”美莉深呼吸了一口气，继续说道，“即使世上有人拥有十只脚，也比不上我的单脚米勒！我该回去了，我是从店里回家的途中经过这里，所以进来向你们报告这个消息。我得赶快回去，因为已和利克·马克阿里斯约好，帮他做干草束，男人人手不够，只好由我们女人帮忙了。我还做了一条工作裤，穿起来很合身，但凯蒂伯母说不要穿那么难看的裤子，连艾利奥特伯母都一直盯着我看。”

“爸爸，听美莉这么说，我也想代替杰克·弗拉格到他父亲店里帮忙一个月。如果您不反对的话，我今天就告诉他，这样，杰克就可以帮大家收割了，我想收割我是不行的！”莉娜说道。

“你喜欢秤砂糖、大豆，还有卖鸡蛋和奶油吗？”布莱恩医生瞪大眼睛问道。

“不喜欢，但这不是问题，我只是认为，这是我尽义务的方法之一。”

就这样，莉娜到弗拉格的店当一个月的店员，而苏珊则到阿尔巴特·克罗霍特的燕麦田帮忙。

“我可不输给别人，连男人也比不上我，当我说要帮忙时，阿尔巴特大概觉得我做不了，但我要求试一天，结果他们大吃一惊，那些根本难不倒我！”苏珊得意地说道。

一瞬间，壁炉山庄没有一个人出声，全被苏珊的“勤劳服役”所感动，但苏珊羞红了脸。

“夫人，我说话好像太狂傲了，今年起就养成了这种坏习惯，这场战争让大家连礼貌都忘了！”苏珊不好意思地说道。

白发在风中飘——苏珊没有穿工作裤——站在燕麦田里的苏珊具有另一种美，如果不是如此，也就没有罗曼史了。那瘦瘦的手所展现出来的精神，和击退德军的加拿大军人的精神是一样的。

但有一天下午，一辆马车经过，看见苏珊用力抛干草束的普拉尹先生，却有不同的看法。

“那女人很能干活，抵得上两个年轻女孩子，如果乔·米尔克雷布还在的话，我就会失去米兰。雇佣人比娶太太花费更大，而且佣人不知道什么时候会走呢。嗯，我得好好考虑这个问题！”

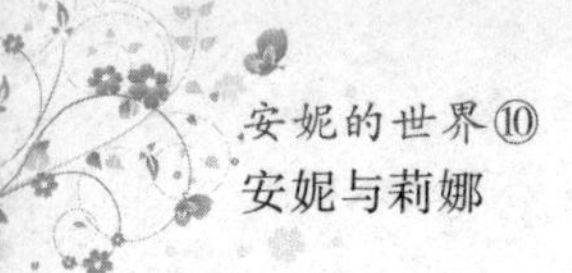

一星期后的一个午后，从城里回来走向壁炉山庄的布莱恩夫人，在壁炉山庄的门口大吃一惊，简直动弹不得，她的眼前呈现令人惊讶的情景——

肥大的普拉尹先生从厨房跑出来，那大概是他生平第一次被如此追打，脸上呈现恐怖的表情——那是有原因的。苏珊像复仇女神般拿着一个大铁锅从后面追出来，两人快速奔跑，比苏珊早两三步到达门口的普拉尹先生，迅速钻到门外，还来不及看夫人一眼，便往街道逃去。

“苏珊！”安妮摒息叫道。

拼命追赶的苏珊放下锅子，在普拉尹身后挥舞着拳头。普拉尹以为苏珊还在后面追赶，自顾自地拼命向前跑。

“苏珊，这到底是怎么回事？”安妮以严厉的口气问道。

“夫人，我从没这么气愤过，那个……个……那个反战论者故意来这里，故意到厨房……说要跟我结婚！就凭他？”苏珊气愤地说道，安妮笑了起来。

“可是……苏珊，难道没有好一点的拒绝方式吗？如果刚好有人经过，看到这幅画面，你想想看，别人会怎么说？”

“的确，我太冲动了，没想到那么多，只顾着生气。夫人请快进来，我仔细说给你听。”

苏珊捡起锅子，愤慨中带着些许兴奋，抬着头进入厨房，将锅放到炉上。

“等一等，我把窗户打开透透气，手也要洗一洗，‘大胡子’进来时和我握过手——我又不能不和他握手——当他伸出那只又肥又油的手时，我真不知道该怎么办才好。下午我在准备晚餐之前，正在煮染被子的染料，看见地上有影子时，抬头一看，‘大胡子’像被熨斗烫过一般，笔直地站在门口。我告诉他先生和夫人都不在，然后他跟我握手，说是来找我的。

“我是个懂礼节的人，所以请他坐下慢慢谈，他用像小猪般感伤的眼睛盯着我看，缓缓说出从出生至今，第一次有向女人求婚的念头。夫人，虽然我曾说过，拒绝男人的求婚是件有面子的事情，但面对‘大胡子’，我真是无法忍受，我觉得受到了侮辱，那时我实在是大吃一惊，没时间好好想一个妥善的拒绝方法，因为我处于不利的立场，在事前一点心理准备也没有。如果之前有些微接触还好，‘大胡子’根本不是我考虑范围内的人。

“这个‘大胡子’大概也警觉到气氛不对，夫人，他知道他不赶快逃跑是不行的，再不逃就要大难临头了。”

“我了解你不高兴的心情，但你也不必这样从屋里追打到屋外啊！”

“是的，我本来是不打算那么做的，可是对于他说的话，我实在是忍无可忍，否则也不会拿着染料锅追打到外面。夫人，让我仔细告诉你当时的情形。

“刚才已经说过，‘大胡子’坐下来谈话，而‘博士’正好睡在那张椅子的旁边。我知道，那只猫只是假装睡觉，实际上并没有睡。那个‘大胡子’根本不知道我对‘博士’的感觉，便开始称赞它，他一面摸‘博士’的背，一面说它好可爱。‘博士’跳起来想咬‘大胡子’那只肥肥的手，然后从窗户跳了出去，

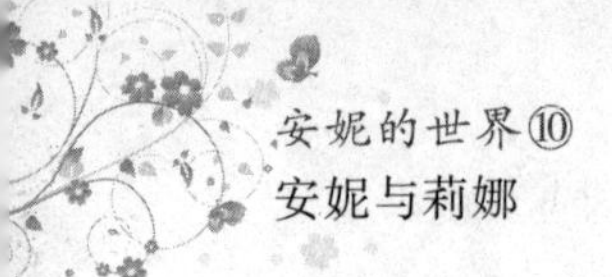

‘大胡子’呆呆地看着‘博士’，说它真是奇怪的恶猫。

“夫人，你是知道的，我赞成他说的话，但他没有权力这么说。他怎么可以跑到我们家说我们的猫是恶猫呢？真是太过分了。

“但更可恶的事还在后面，因为我在晚餐前必须将被子全部染好，因此不能浪费时间，于是就告诉普拉尹先生，如果有什么事的话请快点说，我今天下午还有很多事要做，没时间陪他。说完，‘大胡子’高兴地盯着我看，说什么我是个会做事的人，凡事都不会浪费时间，接着清清楚楚地说出：‘我今天是来向你求婚的。’

“夫人，我等了六十四年，终于有人向我求婚，我盯着他说：‘即使世界上只剩下你一个男人，我也不会和你结婚的，这就是我的回答，请你立刻回去。’

“我从来没见过那个人如此吃惊的样子，‘大胡子’愤愤地说：‘我以为给你结婚的机会，你应该会很高兴才对！’

“夫人，听他这么一说，我气得火冒三丈，怎么可以受到反战论者的这种侮辱呢？我气得拿起染锅，‘大胡子’也知情况不妙，认为还是先溜为妙，便快速逃离。我想他是不敢再来了，我要让他知道，至少克雷村还有一个女人不屑当‘大胡子’夫人！”

第二十七章

等　待

一九一七年十一月一日　壁炉山庄

十一月——克雷村一片灰色与褐色，四处可见落叶景象，自然呈现出一派萧条与肃穆，这时想振奋勇气，却说什么都难以令人复苏，卡波雷特的惨剧让苏珊也定不下心来了。

欧莉芭小姐一直重复着——威尼斯绝对不能被拿走、威尼斯绝对不能被拿走、威尼斯千万不能被拿走——我一直不知道其中的原因。

一九一四年，苏珊曾经断言，只要巴黎不沦陷，威尼斯就不会沦陷，啊！威尼斯这个美丽的海中女王，我祈祷它平安。虽然不曾去过威尼斯，但对我而言，威尼斯像是“心中的仙女城”一般，我一直深爱着它。

我对威尼斯的憧憬之心，一定是受了华特的感染，因为华特对威尼斯极为赞赏，它是华特见过的梦之一。

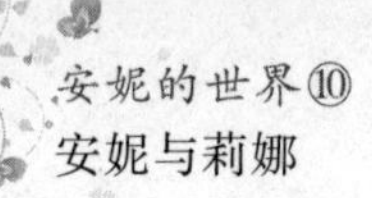

我到现在还记得，在战争开始前的某个夜晚，我们两个人在彩虹谷梦想着，什么时候要到威尼斯观光，华特说那里是天堂。

战争开始以来，每到秋天，不知为什么，我方军队就会遭遇重大打击——一九一四年是爱德华·普，一九一五年是塞尔维亚，去年秋天是罗马尼亚，这次是意大利，也是最严重的一次。

如果照华特最后一封信上所说的，“不仅生者奋斗，死者也在奋斗，所以绝对不会倒下”，那是我在绝望之余尚留的一丝希望。是的，应该不会输，最后的胜利是属于我们的。

最近，我们为新发行的国债发起劝购运动，在红十字少女会的竭力奔走下，本来不可能购买的顽固分子，也有几人伸出援手，就连我——我也说服了“大胡子”，本来我对他并不抱丝毫希望。

像他这种反战论者，怎么会购买国债呢？但出乎意料，“大胡子”当场买下了一千美元的债券，我知道，“大胡子”是以投资的眼光购买的，即使他是反战论者，也不能抗拒有利的投资吧。债券利率是百分之五点五呢！

父亲嘲笑地说，使普拉尹先生改变心意，自愿购买国债的是，苏珊在国债奖励大会上的演说。我倒不这么认为，因为自从普拉尹先生被苏珊拒绝以后，他曾公然地指责苏珊。

但苏珊在奖励大会上的演说是真的，而且她是大会中最了不起、最出色的演说者。苏珊第一次上台演讲，而且她自己断言，那也是最后一次。在这场大会的台下，聚集着所有克雷村居民，虽然有很多演说者，但没有什么特别带动气氛的演讲，本来苏珊的心凉了一半，她义愤填膺地站了起来。

因为快接近尾声了，还没有任何一个人伸出手购买国债，这对将爱德华王子岛当成全部生命的苏珊而言，是个很沉重的打击。

“拿出钱吧！出钱比口中高唱爱国主义还贵重，而且我们不是要求你们的施舍——只不过是向你们借！要是德国人看见这场大会，一定高兴死了！”苏珊大声而讽刺地对全场人说道。

我将这件事告诉杰姆，杰姆一定会笑出来。

对了，威尼斯——有救吗?

一九一七年十一月十九日

威尼斯还没得救，还非常危险。

但意大利终于在比亚河战线中奋战抵抗，军事评论家表示，意大利军无法保护威尼斯，一定会退到阿吉杰河，可是苏珊、欧莉芭老师和我都认为威尼斯非得救不可，我们相信意大利军队一定会努力战斗，但军事评论家为什么这么说呢?

啊！要是威尼斯能够得救多好！

我们加拿大军队又获得大胜——抵挡了所有反击，与我们有关的人没有一人加入这场战争——但是，战伤死者名册上记载了那么多其他人的儿子，那么多条年轻的生命！

乔·米尔克雷布也加入了战役，但并没有受伤。在收到乔的平安信之前，米兰忧郁地度过了一段日子。但老实说，自从结婚之后，米兰像换了一个人，就连眼睛也增加了几分深邃，感情显得比以前成熟，个性也比以前独立。即使自己的父亲是反战论者，但每当捷报传来，她仍会在门口悬挂国旗，并且出席红十字会，贡献自己的力量。

俄罗斯的消息不好——尼古拉二世垮台，列宁统治了俄罗斯。在这种灰色的秋日里，整日听到的只是不安与不好的消息，要让人不丧失勇气并不容易，日子似乎是在绝望中度过的。

我们的选举近了，这次选举的话题重点是征兵制度，大概会成为前所未有的激烈选战，借用乔·保阿利叶的话，就是“女人第一”，也就是丈夫或儿子在前线的女人可以投票。唉！要是我也二十一岁就好了！欧莉芭老师和苏珊由于没有投票权，非常愤慨。

欧莉芭小姐以尖锐的口吻说道：“没有比这更不公平的事了，阿格涅斯·卡因为丈夫出征而有投票权，我没有只是因为出征的不是我丈夫，而是我的恋人！”

苏珊因为像普拉尹先生那么讨厌的反战论者都能投票，自己却不能投票，而愤慨异常。

实际上，对岸艾利奥特家、克罗霍特家、马克阿里斯家的人也挺可怜的，那些人本来清清楚楚地分成自由党与保守党阵营，但是因为如果有人非投票给罗伯特·伯顿的话，那些自由党中一定有人想干脆死了算了，而反对征兵制度的保守党中，也有人非投票给一向很讨厌的罗利叶不可——因此被取消投票权。

艾利奥特伯母已经不像以前那么常来了，因为年纪大了，无法走太远——一想到可娜莉亚伯母上了年纪，我心里就不舒服，我们从小就很喜欢伯母，伯母也很疼我们壁炉山庄的小孩。

伯母一向很反对教会的统一，但当昨夜听到父亲表示，统一是势在必行的事时，伯母好像死心了。

“算了，在这个混乱如麻的世界上，再多一件混乱的事也无妨，至少和德国人比起来，我还是比较喜欢美以美教派的人。”

我们红十字少女会的运转，在艾琳·哈华特再次加入后，还是像以前一样顺利进行——艾琳好像和罗布利吉的红十字会发生了纠纷，上次见面的时候，她讽刺地说道：“我在夏洛镇广场看见那顶绿色帽子，就知道是你。”

大家都知道那顶令人讨厌的帽子是我的。这么可恶的帽子，我已戴了四个季节，连母亲都问我，今年秋天要不要买顶新帽子，但我坚决地说：“不要！”

只要战争继续，我就打算一直戴着这顶绿色帽子。

一九一七年十一月二十三日

比亚河的战线还在继续进行——宾格将军在卡姆布雷尹获得大胜，我高兴地悬挂国旗——苏珊却说：“今晚必须准备热水，稍微注意便可发现，每当英军胜利时，那小宝贝的肺炎就会发作，真可怜，没人知道他父亲怎么样了。”

今年秋天，詹姆士患了两三次喉头炎——很普通的喉头炎——不是像去年那么恐怖的喉头炎，但不管他的小血管中流的是什么类型的血，总是优良、健全的血。詹姆士的脸色红润，越来越肥胖，头发卷得很可爱，还会说一些令人发笑的话。

詹姆士在厨房里有一张很特别的椅子，但每当苏珊想坐在那张椅子上时，詹姆士一定会躲开。上次苏珊又让詹姆士从椅子上起来时，詹姆士很认真地说道："苏珊，如果你死了，我可以坐那张椅子吗？"

苏珊没想到詹姆士会说出这么令人毛骨悚然的话，从那时起，苏珊好像开始挂念詹姆士的父亲。

有一天晚上，我带詹姆士外出散步，这是我第一次这么晚带詹姆士外出，詹姆士看见星星便大叫："喂！莉娜，你看！天空中有大月亮，还有好多小月亮。"

上星期三早上，詹姆士一觉醒来，立刻从自己的小床上跳起来，惊慌失措地跑到我身旁。

"莉娜，时钟死了，时钟死了！"

原来前一晚我忘了上发条，时钟停摆了。

有一天晚上，詹姆士让我和苏珊很气愤，原因是他很想要的东西，我和苏珊不给他，结果在祈祷的时候，詹姆士加上了一句："请让莉娜和苏珊变成好孩子，因为他们两人都不是好孩子。"

我并不打算逢人便说这件事，要是别人这么说的话，我一定觉得很可笑，我只是将它记录在日记上。

今夜哄詹姆士睡觉时，他以认真的口吻问道：“莉娜，为什么‘昨天’不会回来？”

为什么昨天不会回来呢？充满梦与笑的美丽“昨天”——杰姆们都在家——和华特两人边散步边说笑，一起在彩虹谷享受新月与夕阳，要是“昨天”能回来多好！但是“昨天”永远不可能再回来了。詹姆士，不但“今天”满布黑云，我们一想起“明天”，真的连想的勇气都没有！

一九一七年十二月十一日

今天有好消息传来，英军昨天攻下艾尔萨雷姆，我们挂上国旗，欧莉芭老师瞬间又恢复了精神。

“昨夜，昔日十字军的亡灵一定全部压住了艾尔萨雷姆的城墙。”欧莉芭老师兴奋地说道。

苏珊的满足也有原因。

“还好我们还能正确发出艾尔萨雷姆和黑布拉尹的音，真令人高兴，现在土耳其被赶出、威尼斯平安无事。太棒了！太棒了！”

艾尔萨雷姆，英国国旗在你身上飘扬——土耳其的星月旗已被摘下，华特听了，不知有多感动！

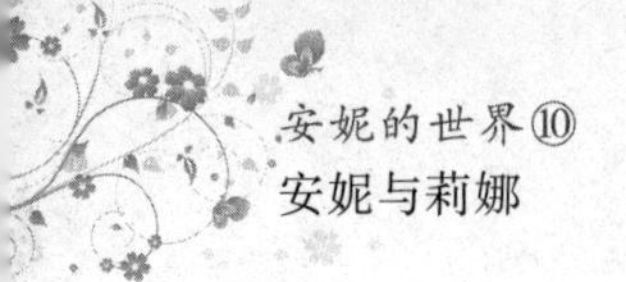

一九一七年十二月十八日

昨天举行选举，到了晚上，母亲、苏珊、欧莉芭老师和我聚集在客厅，在不安的等待中度过。父亲出城了，我们没有直接消息来源，卡达·弗拉格店里的电话线和我们家的不一样，所以不能相通。四面八方聚集到卡达·弗拉格店里的人，都和我们有着相同的目的。

十点左右，欧莉芭老师打电话询问，偶然间听见对岸的人和卡达·弗拉格先生的谈话，欧莉芭老师毫不回避地偷听，结果听到了不愿意听到的消息——

联合政府在西部“一点希望也没有”。

我们沮丧地互看，如果政府得不到西部的支持，必定会失败。

“加拿大要在世界上丢人现眼了！”欧莉芭老师说道。

“如果大家都和对岸的马克·克罗霍特家的人一样，就不会落到这种地步了！”苏珊呻吟道。

“那家人早上将伯父押到贮藏室，直到他答应投票给联合政府才放他出来。夫人，这种效果才称得上是百分之百！”

欧莉芭老师和我都无法平静，一直在屋里走来走去，根本坐不下来；母亲则安然地编织，显得很沉着。

十二点左右，父亲回来了。他站在门口看着我们，我们也望着他，但大家都没有勇气向他询问消息。这时候，父亲说在西部“一点希望也没有”的是罗利叶，联合政府得到大

多数的票。

霎时，欧莉芭老师拍手，我又哭又笑，母亲眼里闪耀着昔日的光辉，苏珊喘息着发出奇妙的声音叫道："听到这个消息，威廉二世的情绪一定很低落。"

松了一口气之后，大家回房休息，但由于兴奋过度，都睡不着，正如早上苏珊所说的："夫人，政治和女人是息息相关的。"

一九一七年十二月三十一日

战争中的第四个圣诞节过去了，我们又忍耐了一年战争。夏天，德国获得大部分胜利，今年，为了春天的"大反攻"，好像从俄罗斯战线集合了全部军队。

这星期收到不少从海外寄来的信，沙利已经前往战场，信中非常沉稳地写着军中生活，卡尔的信上写连续几星期的雨，使他想起很久以前被处罚，在墓地度过的那个夜晚。

卡尔的信中尽是有趣的事情：写信前一晚击退一大群老鼠，大家用枪刺，卡尔得到最多奖品。

有一只和卡尔非常投缘的老鼠，晚上就在卡尔的口袋里睡觉。老鼠对卡尔而言，并不是什么恼人的动物，因为卡尔从小就和小动物非常友好。卡尔表示，他现在正在研究战壕中的老鼠习性，准备将来写一篇论文，说不定还能一炮而红呢！

肯尼士的来信内容极短，最近肯尼士的来信内容都很简短，不太有我喜欢的思念文词。有时候我会想，肯尼士是不是把出征前来壁炉山庄道别那一晚的事给忘了，否则应该多几行想念、回忆的词句啊！

以今天的信来说，只写了一些对任何女孩子都能写的内容，信末署名也不像以前那样写“你亲爱的肯尼士”，而只写“你的肯尼士”，难道是漏写了吗？一想起肯尼士，我到半夜还未入睡。肯尼士现在是上尉，我很高兴，但“霍特上尉”听起来好像和一般人有一段距离，“肯尼士”和“霍特上尉”感觉上像是两个不同的人。

事实上，也许我和肯尼士有婚约——关于这一点，有母亲支持我的看法——但是，我和“霍特上尉”没有婚约啊！

杰姆现在是中尉——战场上的阶级，他寄来穿新军服的照片，看起来比以前瘦、比以前老——老？还是像孩子一样的哥哥？

我忘不了母亲看到照片时的神情。

“这是……我的杰姆吗？是那个梦中小屋的小宝贝杰姆吗？”母亲只说了这两句话。

菲斯也来信了，她在英国从事护士的工作，信中充满希望，看起来很幸福——她和杰姆在休假时见过面，如果杰姆负伤，也可就近照顾，这对菲斯而言，是上天赐予的恩惠——我要是也能和菲斯一起去该多好！

可是，这个家中有我的工作，如果我放下母亲，华特一定会不高兴，我必须遵守和华特的约定，华特为了加拿大牺牲了生命。

我必须为了加拿大而活下去，这是华特的希望。

一九一八年一月二十八日

“我将在暴风雨中飘摇的心交给英国舰队，我要去做米糠饼。”苏珊对苏菲亚说道。

苏菲亚来报告不好的消息——在德国所向无敌的新潜水艇进水了，但苏珊正在做点心，这使她显得很没趣，苏珊对联合政府的忠义心是众所皆知的。

“像我这么一大把年纪了，记不住新事情，但为了不输给德军，我还记得作战面包的做法。”

但是接下来的话就不行了。

“夫人，没有稻草能炼瓦吗？没有奶油和砂糖能做点心吗？根本不可以——除非是做不像点心的点心，渥太华的政府竟踏进我的厨房，限制我的食料！”

苏珊可以为了“国王陛下与国家”奉献自己的最后一滴血，但还有比这个更重大的事情啊！

南恩和达恩也来信——与其说是写信，倒不如说是飞书，两人忙得连写信的时间也没有，因为考试快到了，她们俩今年春天就要从文学院毕业，但为什么我一点也不憧憬大学生活，一点也感觉不出它的魅力呢？是不是因为我根本没抱负呢？

我只想做一件事，不知道是不是能办到，如果办不到，那我什么都不想做了，可是我不能写出来，否则即使苏菲亚伯母没说，我也会不好意思。

不，我还是决定写出来，不要畏惧！

我想成为肯尼士·霍特的妻子！

我立刻抬头看镜子，脸上一点羞怯也没有，我一定不像女孩子。

今天去车站看曼帝，虽然曼帝患了风湿，但仍然坐在那里等火车，尾巴摇来摇去。我看得出它感叹的眼神，它好像在问我：“杰姆什么时候回来？”

曼帝，我无法回答你的问题，因为这也一直是我们心中的问题。

一九一八年三月一日

今天，欧莉芭老师说道：“这是一个怎样的春天呢？第一次觉得春天这么恐怖，我们还会有从恐怖中解放的生活吗？几乎四年了，我们在颤抖中休息，在恐怖中醒来，整天害怕传来什么不好的消息。”

“兴登堡扬言四月一日要占领巴黎？”苏菲亚叹息道。

“兴登堡？”苏珊以轻蔑的语气说道，“难道他忘了四月一日是什么日子？”

“以往的事情都如兴登堡所言啊。”欧莉芭老师阴沉沉地说道。

苏珊不服气地说道：“让他看看英军和法军，开开他的眼界。”

“蒙斯和苏珊说的一样。”我说道。

“兴登堡表示，即使牺牲百万条生命，也要突破联军的战线，做如此的牺牲，多少能够确保一些成功。这样一来，即使最后兴登堡崩溃了，我们根本也无力反击，这两个月的战争好像一整年一样漫长。我整天拼命工作，但每当夜半醒来，一想到钢铁般军的势开始攻击，眼前就会浮现兴登堡取下巴黎、德军胜利的夸张景象。

“要是能够吃下一粒魔药，从此睡三个月，等一觉醒来，发现战争已经结束，那该有多好！”母亲以沮丧的口吻说道。

母亲很少说这种话，自从知道华特战亡的消息之后，母亲变了不少，但仍一直都表现得很坚强。现在，连母亲也忍不住了。

苏珊走到母亲身旁，搭着母亲的肩膀温柔地说道：“不要担心，不要丧志！夫人，我昨晚也有这种颓丧心情，所以今天一早起床就翻开《圣经》，结果你知道最先映入我眼中的是什么吗？‘他们和你一起奋斗，但是无法战胜你，不管怎么样，为了拯救自己，你必须和大家一起奋斗。’我相信这是神的引导，我知道，兴登堡绝对无法取得巴黎。”

我独自重复苏珊在《圣经》上所看到的话，所有人心集中在正方，所以西部战线上的德军大炮一定会遭受阻碍。一想到此，我就感觉意气高扬，但一想到欧莉芭老师所说的风雨前的宁静，就令人一刻也无法忍耐。

一九一八年三月二十三日

决战开始了！“最后的总决战”！终于到了这个时刻！

昨天，我到邮局取邮件，那是个阴寒的日子，虽然雪已融化，但没有生气的大地显得冰冻，寒风刺骨吹袭，克雷村的全景一片丑陋与绝望。

我拿起报纸，德军进入二十一日的攻击，黑格将军表示“激战仍将继续”，这句话听起来真刺耳。

我们没有一个人能集中注意力工作，大家只是拼命编织，那是一种机械化的动作，至少能不必全心待在恐惧之中。

我在自己的房内写日记，今夜，西部战线会发生什么事呢？詹姆士睡在小床铺上，窗外的寒风吹奏着悲伤的声调。

我桌上摆着华特的照片，他以美丽而深邃的眼神望着我。桌上还摆着华特在家度过最后一个圣诞节时送我的美丽挂饰，以及华特写的《吹笛》，我好像听见华特朗诵诗的声音——华特将自己的灵魂嵌进这首小诗中，只要这首诗存在一天，华特这个名字就不会被遗忘。

周围的一切都显得异常安静，我可以感觉得出华特就在我身边——就像华特安息前一晚看见吹笛者一样，那是一种不可思议的感觉。

今夜，遥远的法国——战线不会溃决吧！

第二十八章

灰暗的星期日

一九一八年三月的某一周，人类所面临的苦闷，一定是有史以来最严重的。这星期中有一天，像是全人类都背负上了十字架一样。这一天，整个地球一定充满天摇地动的颤抖呻吟，四处都是人心惶惶的景象。

灰暗的日子造访壁炉山庄，布莱恩夫人、莉娜及欧莉芭老师在不安中抱持希望，准备前往教堂。布莱恩医生不在家，他到上克雷马乌特家应诊了，马乌特家的战争新娘给世界带来了新生命。苏珊说早上决定留在家里——这是很罕见的决心。

“夫人，我早上不想去教会，如果‘大胡子’以充满信心的表情去教堂的话，我想我一定会气得拿《圣经》丢他。每当德军胜利的时候，他总是那副德性，让人恨得咬牙切齿，而我如果拿《圣经》丢他，不但伤害自己，也伤害神圣的教会，所以我决定在家尽全力祈祷。”

“今天或许应该留在家里才对！”欧莉芭老师一面往教会走

去一面说道。

“这个星期日是复活祭，对于我们的大希望，将会被宣告死或生。”莉娜说过。

当天早上，梅雷帝思先生以“忍耐到最后者得救”一节说教，言语中充满希望与信心。

莉娜抬头看见壁上的“华特·布莱恩”牌位时，感觉到从恐怖中脱离，一股新的勇气涌上心头。华特应该不会随便舍弃生命，他预言的幻影是胜利的预告，我也有此信念。

好像重生了一般，莉娜往回家的路上走，其他人也充满希望，笑着进入壁炉山庄。詹姆士睡在客厅沙发上，却不见苏珊，餐厅也没有她的影子。更不可思议的是，餐桌上并没有准备好的食物，怎么了？苏珊到哪去了？

“会不会生病了？”布莱恩夫人担心地叫道。

“早上她说不去教会，我就觉得奇怪了！”

打开厨房的门，苏珊脸色铁青地出现在门口。布莱恩夫人一阵愕然。

“苏珊，怎么了？”

“英军战线被攻破，德军炮弹落至巴黎！”苏珊无力地回答。

三人茫然地互看。

“应该、应该不会这样啊！”莉娜喘息着说道。

欧莉芭小姐发出极不愉快的笑声。

“苏珊，你听谁说的？这消息是什么时候传来的？”布莱恩夫人问道。

“三十分钟前从夏洛镇传来的消息，这次情报到昨天很晚才传进城里，是荷兰特先生打电话告诉我的。夫人，当我听到这个消息后，什么事都没办法做，连午餐也没准备。这是我第一次这么懒惰，请等一会儿，我立刻去做饭。”

“午餐？苏珊，谁想吃午餐？”布莱恩夫人也疯狂起来了。

“不，我不相信——这一定是梦！”

“巴黎沦陷——法国被消灭——战事失败！”莉娜的希望、信心全化为废墟。

“哦——上帝啊！上帝啊！”欧莉芭小姐一边呻吟，一边回房间去了。

没有什么事能做，没有什么话能说，人类的心只有极度的苦闷。

“上帝死了吗？”

客厅入口处传来可爱的声音，詹姆士睁大眼睛，以恐怖的表情伫立着。

“哦，莉娜，上帝死了吗？莉娜，上帝死了吗？”

欧莉芭小姐止住步伐，盯着詹姆士大声叫了起来。詹姆士被吓得眼眶溢满泪水，莉娜走近抚慰詹姆士。坐在一旁的苏珊站起来，很平静地说道：“不，上帝没有死！夫人，我们会忘记这件事的。詹姆士，不要哭，虽然事态很糟糕，但也许会恶化，也许会出现转机，即使英国陆军战线被破，但英国海军应该没有被攻破。我们要将此事牢记在心，打起精神来，决不可丧志，否则一切都完了！”

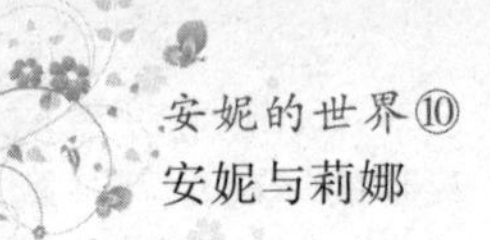

大家都被苏珊打了一针强心剂，但壁炉山庄没有一个人会忘记这个萧条的午后，欧莉芭小姐在屋里踱步——大家都在踱步，只有苏珊拿出军队用的袜子。

“夫人，我必须在星期天前编织完毕，以前做梦也没想过事情会如此，不管什么理由，这么做会破十诫中的严守安息日的诫。但不管是不是破戒，我今天都得编完，否则我会疯掉。”

“苏珊，如果你能编就编吧！”布莱恩夫人沉着地说道。

“如果我编得完，我也要编织。可是我做不到，我做不到！”

“要是能了解详细一点就好了，这样或许还能提起一点精神。”莉娜呻吟道。

“不是知道德军炮击巴黎了吗？既然是这样，巴黎一定到处都是碎片，事情就是如此，我们失败了，这是事实。从此，德国人民可以夸示他们的勇敢——打败了我们，我们只能成为‘无数挫伤中再加一项挫伤的失败者’。”欧莉芭老师愤愤地说道。

莉娜脸色发青地说道：“我不放弃希望，我们不能被征服——即使德军侵占整个法国，我们也不能被征服。这么绝望真令人感到羞耻，我们不能再这么颓丧了，我立刻打电话到城里，将事情问个清楚。”

可是线路和城里无法相通，长途电话交换现在处于半混乱状态。终于，莉娜死心了，悄悄跑到彩虹谷，独自待在和华特最后谈话的灰色枯草上，太阳从乌云中射出淡金色的光芒。

“上帝啊，请赐给我力量！请告诉我，明天会更好！”莉

娜喃喃自语，接着，像小孩子一样双手交合在胸前，天真地祈祷。

莉娜在彩虹谷待了很长一段时间，等她回到壁炉山庄时，态度显得沉着而坚定。布莱恩医生已经回来，欧莉芭小姐还在屋里踱步，布莱恩夫人和苏珊从冲击中挺立起来，开始了解海峡沿岸的防御计划。

“只要这些海港能够确保，事态就不会那么严重，因为巴黎并无实质的军事重要性。”苏珊说道。

“拜托！”欧莉芭小姐责难似的发出声音。

“在军事上不重要”这种词句，对欧莉芭小姐而言，是一种讽刺，是比绝望更为恐怖的声音。

“我在马乌特家听说战线被攻破，但你们说德军炮击巴黎的消息，真令我难以相信啊！”布莱恩医生不解地继续说道，“即使说战线被攻破，距离巴黎最近的地点也有五十英里啊。这则消息并不正确，我自己打长途电话到城里问问。”

布莱恩医生和莉娜一样，并没有打通电话，但布莱恩医生的看法给大家带来一丝希望。

晚上九点，终于接到正确情报。

放下听筒，布莱恩医生说道：“荷兰特先生表示，战线只有珊卡达前一处被攻破，英军虽然退怯，事态并没有那么严重。落在巴黎的炮弹是从距离七十英里处来的——德军发明的惊人长程飞炮，在攻击开始时一同发射，值得信赖的情报只有这些。”

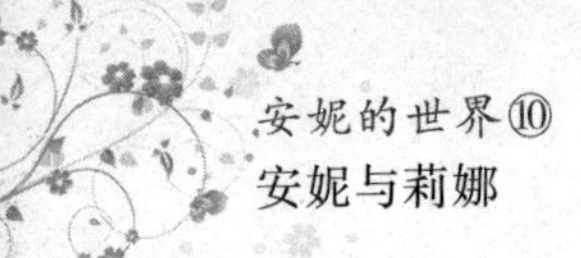

“如果这是昨天传来的情报，一定令人相当难以忍受，但现在听起来，却有种松了一口气的感觉。”欧莉芭小姐笑着说道。

“还有一件事值得庆祝，那就是我表姐苏菲亚今天没来，否则更令人受不了。”

第二十九章

杰姆负伤行踪不明

星期一的报纸标题写着《虽有损害但未被攻破》。

苏珊一边工作，一边独自重复着这句话。

虽然从珊卡达传来的灾号不久就会被埋葬，但联军于一九一七年以五十万条生命的代价，换来节节后退的结果，却是不容饶恕的。

星期三的报纸标题是《英军及法军阻止德军》。但仍然继续后退。后退——后退——后退！要退到哪里才算终了？战线会再度崩溃吗？令人不解！

星期六的标题是《就连柏林也不能阻止攻击》。

这一星期以来的恐惧，总算松了一口气。

“度过了一星期，能再度过一星期吗？”苏珊说道。

复活祭早上，欧莉芭老师一边往教会走，一边对莉娜说道：“我觉得自己像是被绑在拷问台上的囚犯，但永远不能从拷问台上下来，只能一直受折磨。”

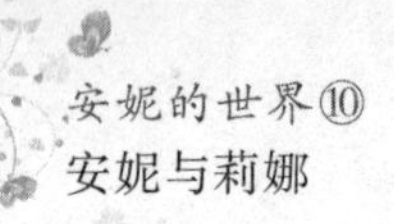

“上星期天我怀疑上帝，今天则不怀疑。恶势力不会得到胜利的，我们有精神支柱，精神必定比肉体障碍更难度过。”

即使这么说，莉娜的信念还是几番动摇，总决战不是如一般人希望的在两三天内结束，而是持续几星期、几个月，军事批评家重复着情势危险的讯息，苏菲亚则同意军事评论家的说法。

“联军再退三英里就战败了！”苏菲亚叹息道。

苏珊以轻蔑的口吻说道：“你是说那三英里就是英国海军的停泊处吗？”

“这只不过是了解情势者的看法！”苏菲亚不悦地说道。

“有这种人吗？就算是军事评论家，不也和你我一样，根本不知未来，他们不也可能会说错话吗？为什么你只看见灰暗的一面呢，苏菲亚·克罗霍特？”

“为什么？因为根本没有光明面啊！”

“是吗？今天已经是四月二十日了，德军不是还没进入巴黎吗？他们扬言四月一日就要拿下巴黎的啊！这不是光明面吗？”

“依我看，德军不久就会进入巴黎，不仅如此，还会进入加拿大，苏珊！”

“加拿大可不行，我会手持圆锹，让他们瞧瞧女人的厉害，爱德华王子岛绝对不准德军任意践踏。”苏珊愤愤地说道。

“即使如此，苏菲亚·克罗霍特，老实说，我对你灰暗的预言已经感到厌烦了。我不想再和你争论什么，尤其是这个时候，但我想提醒你，千万不要长他人志气，灭自己威风。”

苏菲亚觉得受到满腹侮辱，愤然离去，从此几周都不见她来壁炉山庄。这也许是值得庆幸的事，为什么呢？因为这几周是很艰苦的时期，德军整天攻击这攻击那，真怕哪里又要沦陷了。

五月初，微风与日光亲临彩虹谷，枫林一片金绿色，在一个看得见白浪的日子，传来有关杰姆的消息——众所关心的消息。

在加拿大阵地有战壕战——规模很小，连外电都没报道——当战壕战结束时，杰姆·布莱恩中尉“负伤，行踪不明”的报告传入。

“这是比死亡更糟糕的消息。”

那晚，莉娜失去血色的嘴唇喃喃呻吟。

“不，不，莉娜，‘行踪不明’是指至少还有希望！”欧莉芭小姐说道。

“是的，还有一丝希望，至少还不能绝望——就像罗布利吉那可怜的阿贝尹夫人一样。阿贝尹夫人的儿子已经‘行踪不明’一年了，除了阿贝尹夫人，大家都认为他已经死亡，只有阿贝尹夫人坚信自己的儿子还活着，那种不安更甚于死了。啊！老师，我们就要在这种不知杰姆是生是死的情况下，度过几周、几个月……也许永远……我受不了！我受不了！上次是华特，这次是杰姆，母亲已经无法承受了。

“老师，你看母亲的脸就知道。母亲从未哭泣，因为她的心已昏厥，连血都流不进了。还有菲斯，可怜的菲斯……”

苦痛之余，欧莉芭小姐全身颤抖，突然憎恨起莉娜桌上的

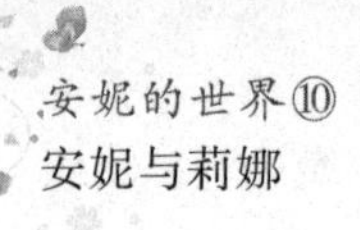

圣诞娃娃。

“发生这种事，你还笑得出来？”欧莉芭小姐疯狂地叫道，但还是镇静地安慰莉娜，“不，你母亲的心并没有昏厥，她不是那种母亲，而且杰姆并没有死，我们不应该让你母亲放弃希望，菲斯也是如此！”

“我办不到。杰姆受伤了，他能做什么？如果被德军发现……我们又不是不知道，德军如何对待受伤的战俘……天啊！老师，我也想满怀希望，但对我而言，希望好像已经断了气，没有任何理由……”莉娜呻吟道。

欧莉芭小姐回到自己的房间，莉娜独自躺在床上，在月光的照射下，祈求上帝赐给自己一点力量。苏珊瘦弱的身影进入莉娜房间，缓缓地坐到莉娜身旁。

“莉娜，不要担心，杰姆没有死。”

“苏珊，你怎么相信杰姆没死呢？”

“莉娜，你仔细听我说，当消息传来时，最先进入我脑海中的是曼帝，所以晚餐洗完碗后，我就带着面包到车站去看曼帝，结果发现曼帝像以前一样，神采奕奕地在等待夜班火车。

“莉娜，你想想看，战壕战是发生在四天前，而站长说曼帝并没有悲嚎或出现不安的情形。你应该相信曼帝，曼帝知道杰姆没死，它爱杰姆更甚于华特，华特去世的那一晚，曼帝不是哀嚎得令人辛酸吗？

“如果杰姆死了，曼帝会若无其事地在自己的小房间里睡觉吗？

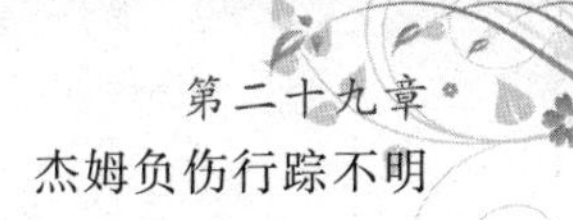

“莉娜，可以肯定的是，杰姆没有死，否则，曼帝就不会一直等待火车进站，对不对？”

虽然这种解释不是很合理，但莉娜相信苏珊的话，布莱恩夫人也相信，布莱恩医生表面上说那是无稽之谈，但可以看出，他已经走出最初的绝望，表示应该继续等待。

知识分子会轻蔑，怀疑者只认为那是“单纯的迷信”，但是壁炉山庄的人相信，曼帝知道事实。

第三十章

转　机

春天到了，看见从美丽的壁炉山庄草坪中长出的马铃薯，苏珊不由得悲从中来。虽然牺牲了自己亲手栽种的牡丹花坛，但苏珊没有一点怨言，因为她相信政府的法令是基于上帝的旨意。

“政府的法令真的是基于上帝的旨意吗？”苏珊问布莱恩医生。

布莱恩医生只能回答，他们必须遵守法律。

政府调整夏令时间，布莱恩医生宣布将家里每个时钟调快，只有苏珊自己的小时钟医生管不到。

“那是用我自己的钱买的，夫人，我的时钟和上帝的时间一样。”苏珊顽固地说道。

睡觉、起床的时间，苏珊都依照“上帝的时间”，只有吃饭时间不得不遵照政府的夏令时间。苏珊当然不悦，但也无计可施。

“‘大胡子’好像对夏令时间很满意，”有一天晚上，苏珊说道，“这是可想而知的，因为这是德国人发明的。上次，‘大胡子’将小麦全部浪费掉了，威廉·米特先生的小孩上星期进入麦田——不知道是不是偶然，那天正好是德军进攻的日子——帝克·克罗夫人从房屋窗户向外看，发现牛都疯狂地四处转。一开始她不打算告诉普拉尹先生，只是很高兴地看牛吃普拉尹先生的小麦，但过了一会儿，她觉得小麦是很重要的作物，而且在‘节约’的前提下，一定得将牛赶走才行。于是她下楼打电话通知‘大胡子’，‘大胡子’告诉克罗夫人一件事作为答谢，但克罗夫人不愿意说出来，不过我知道是什么事，不过不能说出来，因为梅雷帝思先生来了，‘大胡子’是教会的长老之一，所以得小心！”

“在找新的星星吗？”

梅雷帝思走近欧莉芭小姐及莉娜，笑着问道。因为两人站在田中眺望天空。

“是啊，我们发现了一颗。你看，在那棵最高的老松树树梢上方。”

“能看见三千年前发生的事多好，因为冲突才造成这颗星星。望着天空的星星，我发现自己好小。”莉娜低声说道。

“虽说如此，但德军进入巴黎可不是件小事情！”欧莉芭老师好像有点不安。

“我希望自己是位天文学家！”梅雷帝思梦呓般地说道，“这样一定能体味许多不可思议的喜怒哀乐，享受远离浮世的喜悦，要是我认识两三位天文学家该多好！”

“算了，别做梦了！”莉娜笑着说道。

布莱恩医生说：“到底天文学家关不关心俗事呢？也许研究

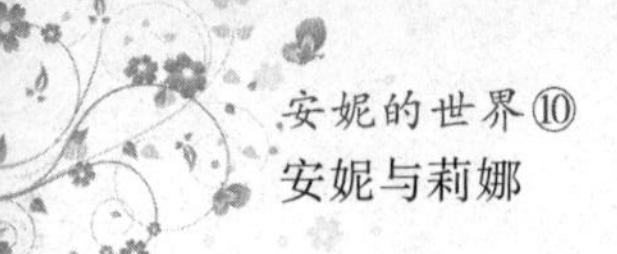

火星的人，更感到西部战线阵地的重要性。”

“我不知道在什么地方看到，一八七〇年，巴黎被围困的时候，艾尔涅斯特·鲁南还在著书，他表示‘写书非常愉快’，这种人才是所谓的哲学家。”

“我也看到过这一段报导，当鲁南快去世时，他觉得唯一遗憾的就是，那个‘年轻的德国皇帝’在其生涯中，不知做了些什么事情。要是鲁南今天还活着，看见那个‘年轻的德国皇帝’对他所热爱的法国做了些什么事情，态度大概就不会像一八七〇年时一样超然了。”

“杰姆今晚在哪里呢？”突然想起杰姆，莉娜感到辛酸。

杰姆失踪的消息传来至今，已经一个多月了，虽然努力查询，但仍无杰姆的半点消息，阵地被袭击前的杰姆的来信陆续到达，但战壕战后便杳无音讯。

现在，德军直逼巴黎，再度到达马鲁奴河，在比亚河又受到奥地利军的攻击。莉娜难过得将脸背对星星，在这种节骨眼上，根本没有希望与勇气，好像未来一片黑暗，要是能确定杰姆没有发生任何意外就好了——但如果杰姆还活着，应该会写信报平安的啊！杰姆一定死了，只是我们不知道。我们永远等不到答案，永远在毫无希望地等待……

曼帝会在火车站一直等到死去，它不但是可怜、忠实、患有风湿的狗，也和我们一样，不知道主人的命运，也在漫无目的地等待。

莉娜睁着眼睛，夜深了，但始终无法入睡，往外望去，发

现欧莉芭小姐坐在窗边，正在凝望神秘的银色之夜。欧莉芭小姐的黑发蓬松，聪慧、端丽的脸庞在东边天空金色的背景下，显得很耀眼。莉娜想起杰姆感叹欧莉芭小姐额头至下颚间线条的事，不觉得全身颤抖。一想起任何有关杰姆的事情，莉娜就觉得痛苦，这比华特的死更深深伤害莉娜的心。

这个永远也不会褪去的心中的伤痕，含有剧毒，使得伤痕不得愈合，永远在希望与绝望之间徘徊，一天、两天……也许是没有止境的。每当在报上看到战俘被虐待的情形，就更添加一分辛酸。

“莉娜，我又做梦了。”

“哦，不要！不要！”

莉娜惊叫了起来，因为老师的梦总是传达不吉利的消息。

“莉娜，你别急，这是好梦，你仔细听着——这是和四年前一样的梦。

“我站在阳台上往下看克雷村，克雷村被波涛覆盖，波浪向我的脚靠近，但当我凝神一看，波涛开始退——快速退——一直退到港湾，接着，美丽的克雷村出现在我眼前，彩虹谷有一道彩虹——令人眩目的彩虹——于是我惊醒了，莉娜，莉娜·布莱恩，战情改变了！”

“要真是这样就好了。”

我恐怖的预言成真

吉祥的预言也可相信

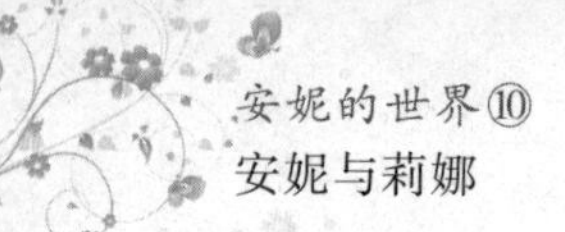

欧莉芭小姐引用某本书上的话。

“这是好预兆，我绝对相信。”

但数日后，意大利军在比亚河大胜，一个月下来，欧莉芭几次怀疑自己的梦。

当七月中旬，德军再次渡马鲁奴河时，大家都陷于绝望之中，没有人认为马鲁奴河的奇迹会再次出现。

但奇迹真的再次降临，和一九一四年一样，局势在马鲁奴河得到改变，法国部队与美国部队急袭敌军没有防备的一方，战局整个改变。

“联军取得两次大胜利！”七月二十日，布莱恩医生向大家报告。

“快接近尾声了，我感觉得到……”布莱恩夫人说道。

“啊！谢天谢地！”苏珊颤抖的手交叉在胸前，低声说道，“可是家里的男孩子都还没回来。”

虽然如此，苏珊还是到外面挂上国旗，这是从艾尔萨雷姆沦陷以来第一次挂国旗，当抬头看见在微风中飘扬的旗帜，苏珊仿佛看见了沙利，而举手向国旗行礼。

“为了悬挂你这面旗，我们什么都奉献了，四十万男子远赴海外——有五万人战死，但是为了你，这是值得的！”

苏珊的姿态威严，像个勇敢、坚强、刚毅的女性，面对着象征着战斗的旗帜，大家以苏珊为代表，心中莫不肃然起敬。

当苏珊进入屋子时，布莱恩医生说道：“苏珊，在这场战争的始末，你的表现足以称得上是一位了不起的女性。”

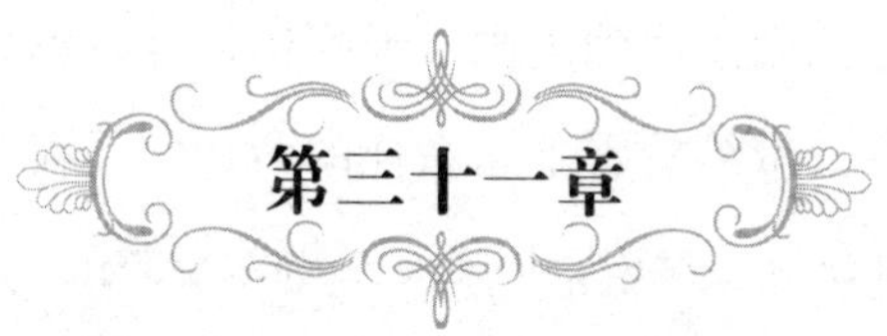

第三十一章

马地尔达·贝德曼夫人

莉娜与詹姆士站在火车后面的升降台上，列车上挤满了人，在这仲夏日，令人喘不过气来。列车在米尔渥特的小会车线上，没有人知道列车为什么会停在这里，在这方圆四英里内，只有一户人家，这户人家被浓密的松林覆盖着，令人无法看清它的原貌。

莉娜正在去夏洛镇朋友家的途中，预定隔天红十字会需要的物资，之所以会带詹姆士来，是因为母亲和苏珊都没有心情照顾他，而且她也希望在和詹姆士分开前，能够尽量在一起生活。前几天，吉姆·安德逊来信，表示他负伤入院，没办法再回到战场，因此会尽快返乡和詹姆士团聚。

看过吉姆的来信后，莉娜心事重重。由于太爱詹姆士了，一想到要离开他，她心中便有一股难舍之情，但如果吉姆·安德逊能够给詹姆士一个温暖的家庭，那倒也不是坏事，只不过莉娜了解吉姆——一个居无定所、没耐性、没责任感的父亲，

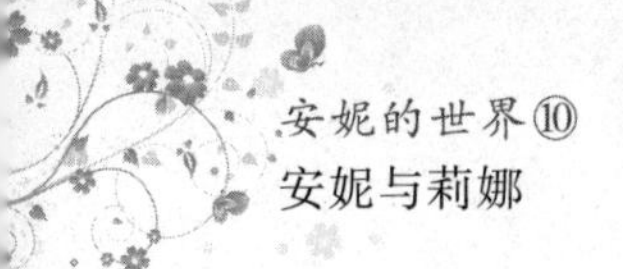

詹姆士未来的日子可想而知。

吉姆·安德逊大概不会留在克雷村，因为他在这里没有一位亲人，也许他们会回到英国。天啊！也许再也见不到詹姆士了，那种父亲会带给詹姆士怎么样的命运呢？莉娜打算要求吉姆让詹姆士留在自己身边，但她也了解希望渺茫。

“如果他们能留在克雷村，我们就能偶尔见见面，也就不会如此担心了，可是安德逊先生绝对不会留在克雷村的——因此，我一点也照顾不到詹姆士。这么聪明的孩子，一定有满腔抱负，可是这个孩子的父亲一定不愿意为这个孩子负担一分教育费用。詹姆士，我心爱的詹姆士，你将会变成什么样呢？”

詹姆士现在对于自己的未来，一点概念也没有，看见从会车线旁屋顶跳下的猴子，心中非常高兴。火车缓缓启动，詹姆士看了莉娜一眼，瞬间放开莉娜的手，纵身一跳。正在考虑詹姆士未来的莉娜，被詹姆士刚才的举止吓呆了，一时之间不知道怎么回事，“到底发生什么事了呢？”

詹姆士小小的身体往下一跳，滚着滚着，停在会车线小月台旁。

莉娜悲叫着跑下阶梯，跳下火车。

火车已经缓缓启动，莉娜虽然顺着火车前进的方向往下跳，但还是掉在杂草丛生的沟边。

没有任何人注意到这件事，火车沿着既定的轨道往前驶去。莉娜觉得头昏昏的，但没有受伤，她快速爬起来，心想，詹姆士是不是死了，会不会发生什么意外。紧张的莉娜拼命往月台跑，终于看见詹姆士，还好，他只有两三处擦伤，没什么大碍。知道詹姆士平安，莉娜松了一口气，不觉地哭了起来。

“你这顽皮的孩子！”

“上帝也很顽皮！”詹姆士盯着天空说道。

莉娜破涕为笑，但还是不忘纠正詹姆士。

“詹姆士，不可以这么说。”

詹姆士抗议道：“上帝当然很顽皮啊！是谁让我掉下来的，不是莉娜，是上帝。”

“才不是呢，你之所以会掉下来，是因为你放开我的手，我不是告诉过你，不可以放开我的手吗？是你自己不好。”

詹姆士仔细看莉娜的表情是不是很严肃，接着又抬头看天空。

“对不起，上帝！我向你道歉！”

莉娜也仰望天空，西北方有乌云，该怎么办呢？今晚已经没有火车会通过了，九点的加班火车只在星期六才有，如果能步行到二英里外的哈娜·布鲁斯达家就好了，可是带着詹姆士根本没办法走那么远。

“无论如何，总得试试看！”

莉娜打起精神。

哈娜·布鲁斯达就是哈娜·克罗霍特。哈娜还没结婚时，住在克雷村，和莉娜一起上学，她比莉娜大两岁，两人感情很好。哈娜很年轻就结婚了。嫁到米尔渥特，为了丈夫和孩子辛勤工作，很少回娘家。哈娜刚结婚时，莉娜曾去过她家，往后

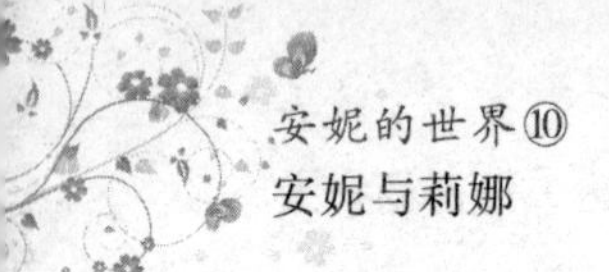

一直没见过面，也没有信件往来，但哈娜一定会欢迎她们住一晚的。

最初的一英里路，两人都走得很好，但剩下的路就困难了，罕有人烟的小路，长满了杂草，剩下最后四分之一英里路，莉娜不得不抱着詹姆士走。到了布鲁斯达家，莉娜已经气喘如牛。在步道上放下詹姆士，她吐了一口气，天空被乌云覆盖，开始落下大雨，随着轰隆隆的雷声，雨越下越大，这时候，莉娜发现面临困境了。

大门紧锁，很明显，布鲁斯达家没有人，莉娜跑到小贮藏室，那里也上锁了，连个避难的地方也没有，甚至没有阳台。

天色几乎全暗，莉娜感到穷途末路。

“也许我可以敲坏窗子进入屋里。”

莉娜下了决心。

“哈娜应该不会反对吧！”

莉娜又有点犹豫不决。

也许是上帝好心的安排，厨房的窗子是开着的，莉娜将詹姆士抱进屋内，然后自己也爬进去。

“哇！你看雷公的小孩！”

看见噼里啪啦落下的雹子，詹姆士高兴地叫着。莉娜关起窗户，找到电灯开关，打开厨房一边的门便是整齐的客厅，另一边门打开则是放着丰富食物的橱柜。

“哇！舒服多了，雨停之前一定不会有人回来，到二楼客房睡一觉吧！”

莉娜环顾四周。

“这个家的家具比以前我来时更新了不少，看来，哈娜生活得很好，真为她高兴。”

雷声停止，但雨仍然下着，到了十一点，没有人回来，詹姆士在摇椅上睡着了。莉娜将詹姆士抱到二楼客房床铺上，接着她换上睡衣，不管四周迷人的东西，两三分钟后便睡着了。

莉娜睡到第二天早上八点，慌张地睁开眼睛，听到外面传来不悦耳的声音。

“两人都起来了吧？这到底是怎么回事？”

莉娜再次睁开眼睛，这是有生以来因为惊慌失措与诧异而完全睁开眼睛。

房间里站着三个人，其中有一位男人，全是莉娜不认识的人。满脸胡须的男人面有怒色；他身边站着一个女人——高而瘦，红头发上戴着一顶帽子，表情和男人一样，不怎么高兴；后面还有一个人——身材瘦小的老妇人，至少有八十岁了，看起来也不怎么友善，身穿黑色服装，头发雪白，脸色苍白，但两颗眼珠子有生气地转来转去，她看起来倒没有前两个人那么讨厌。

莉娜发现自己做错事了——非常严重的事，这时，男人比刚才更生气。

“喂！你到底是谁？来这里干什么？”

莉娜以双肘支撑起身，后面那位老妇人笑着喃喃自语：“这位姑娘是真的人！”

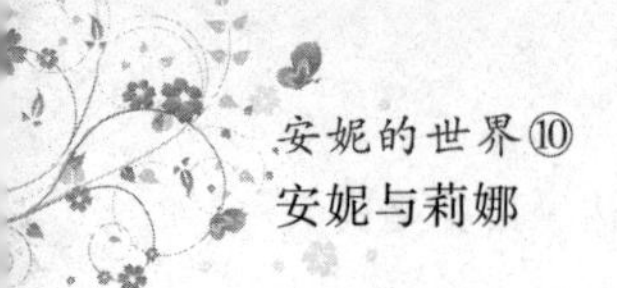

莉娜心想："我应该没梦见过她吧？"但嘴里却问道："这里不是德欧特·布鲁斯达家吗？"

"不是！"高大的女人开口说道。

"这是我家，去年秋天从布鲁斯达手里买下来的，他们搬到夏洛镇去了，我们是查布雷！"

可怜的莉娜沮丧地把头埋进枕头里。

"对不起！我……我……以为这里还是布鲁斯达家，布鲁斯达夫人是我的朋友，我叫莉娜·布莱恩……是克雷村布莱恩医生的女儿，我……我……在带这个小孩进城的途中……这个小孩跌到火车外，所以我也跟着跳下火车……没有人注意到我们……我们也没有火车可以搭回家……正好又遇上暴风雨，所以我们才来这里，没有人在，我们……我们……从窗户进来的。"

"是这样的吗？"女人讽刺地说道。

"说的跟真的一样！"男人也附和道。

"我们又不是昨天才出生的！"女人再度逼问。

老妇人什么话也没说，但听到两人这么说，不出声地捧腹大笑，不断摇头。

面对查布雷夫妇这种态度，莉娜无法忍受，她从床铺上起身，傲然地说道："我不知道你们是什么时候、在什么地方出生的，但我知道你们的做法很不友善，连让我从房间出去的礼节都不懂，我立刻出发，不会再打扰你们了。"

莉娜停顿了一下，以讽刺的口吻说："我会付给你们足够的食宿费。”

老妇人拍起了手，但不出声，查布雷夫人被莉娜的口吻吓了一跳，但是一听她要付钱，心情就好了起来，以礼貌的口气说：“这么说，事情是真的了？你倒不必付什么食宿费。”

“怎么可以让这位姑娘付费？”老妇人以威严的声调说道。

“罗伯特，我真替你太太感到羞耻，不要忘了，有马地尔达·贝德曼在，就不准向客人收取食宿费，就算我不在了，也不可以忘记这种礼节。自从阿美尼亚结婚后，她就变得很吝啬，但我发现你也好不到哪里去，不过，这个家还是由马地尔达·贝德曼做主。现在，罗伯特，你出去，好让这位姑娘换衣服。阿美尼亚，你到楼下为这位姑娘准备早餐。”

莉娜没见过高大的大人对瘦弱老年人的话如此顺从，夫妇俩无言地互看一眼，没有丝毫反抗地走出房间。将门关上后，贝德曼夫人没说话，只是摇晃着身体笑着。

“是不是很好笑？大多数时间我都随便他们，但有时候就不能太放纵。他们不敢让我生气的，因为我有很多钱，他们害怕我不留给他们。但我不会全部留给他们，只会给他们一部分，另一部分还没决定留给谁，不过，我得尽快决定，我都已经八十岁了——好了，你慢慢准备，我到楼下监督着，你带来的小孩长得很标致，是你弟弟吗？”

“不是，他母亲死了，父亲在海外，所以由我来照顾，是战争孤儿。”莉娜说道。

“战争孤儿？你最好在这孩子还没醒之前出去，因为他醒

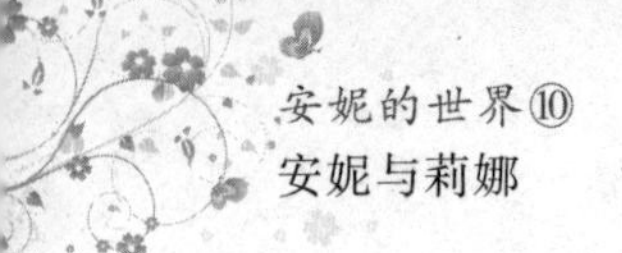

来后一定会哭，我不喜欢小孩子——从没喜欢过。我自己没有小孩，阿美尼亚是我领养的，真不知有多麻烦。小孩不喜欢我，我也不喜欢小孩，不过这个战争孤儿是个好孩子。”

好像就在等待这个时机，詹姆士睁开褐色的大眼睛望着贝德曼夫人，然后坐起来，露出可爱的酒窝，指着贝德曼夫人，认真地对莉娜说：“好漂亮的婆婆哟！莉娜，好漂亮的婆婆哟！”

贝德曼夫人微笑起来，虽然已经八十多岁了，还是有点虚荣心。

“小孩子和白痴说的话最真实，年轻时我经常听到这种奉承话，上了年纪后就少多了，已经好几年没听过这样的话了。小男孩，可以亲我一下吗？”

这时候，詹姆士应该吃惊才对，因为在壁炉山庄，詹姆士没有亲过任何人，但现在，他却站在床铺上，抱紧贝德曼夫人，由衷地亲吻了三四下。

莉娜被这突如其来的情况吓了一跳，大叫：“詹姆士！”

贝德曼夫人站直身体，严肃地说道：“看见有小孩不怕我，真令我开心——连你也是，罗伯特和阿美尼亚更不用说的——他们是故意怕我，大家都怕我——不管我多么客气。你打算一直将小孩带在身边吗？”

“我希望能一直照顾他，可是这孩子的父亲快回来了。”

“他是好人吗，这孩子的父亲？”

“嗯！他是个亲切的人，但很贫穷——我想他可能不太富裕。”莉娜说道。

“原来如此，好，我得做件事情——做件好事。我有我的想法，这孩子值得照顾。好了，你准备准备，下楼吃饭吧！”

由于昨晚走了太多路，莉娜觉得全身酸痛。当准备妥当后，莉娜带着詹姆士下楼，餐桌上已经准备好热腾腾的早餐，没看见查布雷先生，只看见查布雷夫人不怎么高兴地切着面包。贝德曼夫人坐在摇椅上，编织灰色的军袜，表情严肃。

“你们俩都坐下吃饭。”

“我肚子不饿，不想吃东西，而且火车快到了。我想我们该告辞了，给詹姆士带一片吐司就可以了，谢谢大家。”

贝德曼夫人停下手上的工作，转头望向莉娜。

“请坐下吃早餐，这是贝德曼夫人的命令，任何人都得照贝德曼夫人的话做——罗伯特和阿美尼亚也一样，都来吃早餐。”

莉娜只得言听计从地坐下，不知是否受贝德曼夫人催眠术般的影响，她吃了许多食物。温顺的阿美尼亚没说一句话，贝德曼夫人也一言不发，只是一味地笑着。莉娜进餐完毕后，贝德曼夫人将袜子卷起来。

“好，你想走就走吧！如果你不想走也可以，尽可以留下来。”

红十字少女会中独立倔强的布莱恩小姐，这时也投降三分了。

“谢谢，可是我真的非走不可。”莉娜有礼貌地说道。

“好，再见！”

贝德曼夫人立刻打开门。

“交通工具已经准备好了。”

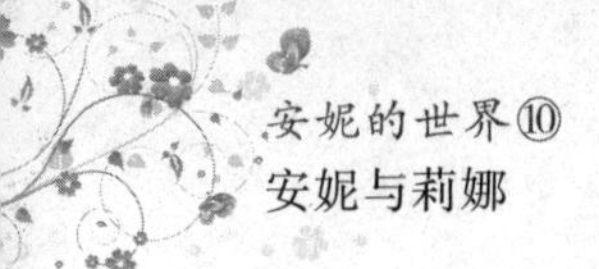

门口有一辆马车，罗伯特已经坐在前面。

莉娜鼓起勇气："嗯，我想……"说着，与贝德曼夫人四目相对，"食宿费……"

"我刚刚已经说过了——不收取食宿费，欢迎你下次再来，不要害怕，没什么好怕的。现在的女孩子都很胆小，我年轻时根本不知道什么叫做害怕。好好照顾这个孩子，他是个与众不同的小孩。好了，你们出发吧！"

马车出发后，詹姆士不断向贝德曼夫人挥手，直到看不见贝德曼夫人的身影，贝德曼夫人则不停地挥舞着袜子。当到达交会线车站时，莉娜下了马车，很有礼貌地答谢，罗伯特则叽里咕噜、念念有词地回去了。莉娜想他一定不高兴。

"好了好了，我又回到原来的莉娜·布莱恩了，这几个小时，我好像变了一个人——不知道是谁——是那位婆婆创造的人物，我好像中了那位婆婆的催眠术一样，真是一趟冒险之行。"莉娜深深吸了一口气。

写信告诉他们，他们一定会觉得好笑，可是现在写信的对象只剩杰利、卡尔和沙利了。杰姆，他一定也很想听，可是他在哪里呢？

第三十二章

杰姆的讯息

一九一八年八月四日

灯塔舞会至今正好四年——战争持续了四年，那时我十五岁，现在十九岁，这四年本该是我生涯中最愉快的岁月，可却在战争中度过——充满不安、悲伤与担心，但我着实成长了。

今天，我在穿过长廊时，听见母亲在和父亲谈论我的事。

我没有刻意停下来听，但通过长廊时，隐约听到母亲在称赞我，我将这些话写在日记上，想当做自己胆小、脆弱、无助时的慰藉。

“这四年来，莉娜的进步真是惊人，她本来是个什么都不会的女孩子，现在却变成了一个成熟的、对社会有贡献的女孩，我真感到欣慰。南恩和达恩几乎都不在家，感觉离我越来越远，可是莉娜离我越来越近，我们像是好朋友，如果没有莉娜，真不知这段艰辛岁月要如何度过。”

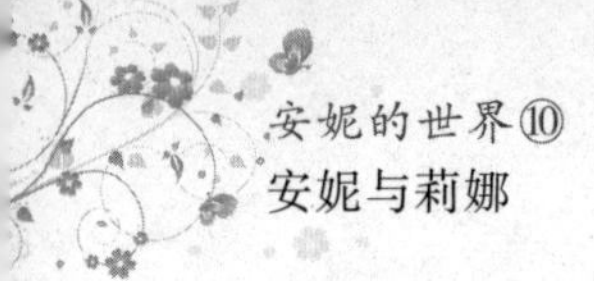

哇！这是母亲说的话！我又喜又悲又骄又羞。母亲这么看重我，让我欣喜。但是我没那么好，我不是那么好的人，也没那么坚强，我几次陷入悲伤、焦虑、绝望之中，这个家的背后大支柱是母亲和苏珊，但还好，我还有一点用——值得庆幸。

战争的好消息陆续传来，法军与美军直逼德军，有时候担心，这种好状况是否能够一直持续——四年来不断受挫，真不敢相信现在能够屡战屡胜。

我们并没有热烈地庆祝，苏珊还是一样挂国旗，但一切生活运作都正常进行，我们高兴的是，付出这么高的代价，终于没白费。

杰姆依然音讯渺茫，我们仍然抱持希望——除此之外别无他法。但是虽然没说出口——大家都知道这是个愚蠢的希望，随着日子的逝去，大家的等待显得越来越艰辛。

不知道菲斯是如何忍耐的，从菲斯的来信知道，她一刻也没放弃希望，但我们都在无奈中度日。

一九一八年八月二十日

加拿大军队再度行动，今天，梅雷帝思先生收到电报，说卡尔受了轻伤，正在医院治疗。

这一阵子，每天都传来新的胜利消息。

一九一八年八月三十日

今天，梅雷帝思家收到卡尔的来信。

伤势是“轻伤”——可是右眼完全失明！

“有一只眼睛仍旧可以观察昆虫！”卡尔精神奕奕地写道。是的，也许我们都应该如此乐观，因为还有更糟糕的情况——双目失明的话怎么办？但看完卡尔的信，我哭了一下午，卡尔那双美丽、无所畏惧的眼睛！

有一点值得安慰——卡尔不再回到前线，出院后会立刻回来——这是第一个回家的人，其他人什么时候回来呢？

有一个人永远不会回来了，至少，我们看不见他回来。

但我们相信他一直存在，当我们的加拿大士兵返乡时，他的影子会随军队一起回来——战死者的军队，我们看不见，但还是存在。

一九一八年九月一日

昨天，和母亲到夏洛镇看电影《世界的心》，我傻得模仿剧情——父亲不再疼我，实在太逼真了——我完全融入其中，忘了周遭一切真实事物的存在。结尾时，出现令人冒汗的场面，女主角被德军抓去，她努力抵抗挣脱，我知道她会拿起刀子——已经事先藏好了——但我不知道她为什么不拿起刀子杀

了那个可恶的家伙，我想她一定忘记刀子放在哪里了，就在剧情发展到最高潮时，在座无虚席的戏院中，我站起来大叫："刀子在你的袜子里！刀子在你的袜子里！"

周围一片骚动。

可笑的是，在我说完的瞬间，女主角拿出刀子，杀了士兵。

戏院中的人大笑，我害羞地赶快坐下，母亲笑得弯下了腰。我用力摇母亲，说为什么在那不该说话的节骨眼上，不把我拉下来，母亲说根本没有时间。

还好，戏院中一片黑暗，一定没有我认识的人。我知道，我的自制力还不够，还得继续努力。

一九一八年九月二十日

东方方面，保加利亚请求和谈；西方方面，英军使兴登堡战线溃败。在克雷村，布鲁士·梅雷帝思让我感动——我想是因为他背后诚挚的爱了不起。梅雷帝思的伯母今晚来告诉我们这件事——我和母亲都哭了，苏珊则坐到壁炉边，故意让壁炉内发出声音。

布鲁士本来就很喜欢杰姆，这些日子以来，也始终没忘记杰姆，布鲁士的忠诚不输给曼帝，我们都告诉布鲁士，杰姆一定会回来。但昨天晚上，在卡达·弗拉格的店里，当布鲁士听到伯父诺曼·达克拉斯先生说杰姆不会回来，壁炉山庄的人最

好死心时，布鲁士伤心得不得了，夜晚在哭泣中入眠。

早上，他母亲看见他悲伤地抱起最疼爱的小猫，从屋子里走出去，他母亲并没特别在意这件事。但过了不久，布鲁士伤心欲绝地回家，边发抖边告诉母亲，他将史都拉比淹死了。

“为什么这么做呢？”母亲叫道。

“我希望杰姆哥哥回来，所以我将史都拉比献给了上帝，请上帝让杰姆哥哥回来。史都拉比是我最宝贝的小猫，我告诉上帝，如果能让杰姆哥哥回来，我愿意将史都拉比送给他，所以我相信杰姆哥哥一定会回来。”

可怜的布鲁士，他不知道即使献上史都拉比，杰姆也不会回来。当伯母告诉布鲁士，也许杰姆哥哥不会回来时，布鲁士说：“史都拉比是很可爱的小猫，它可爱的声音一定会让上帝注意到，杰姆哥哥一定会回来。”

天啊！这么纯真的小孩子——他那么疼爱史都拉比！竟然——他不知道凡事不见得都会如我们所愿——他也不知道，即使我们献出心爱之物，上帝也不会答应和我们交换条件，那只是无谓的牺牲。

一九一八年九月二十四日

我坐在窗边，沐浴在月光中，心中只有对上帝无尽的感谢，昨夜到今天的喜悦实在太大了，那感受几乎和最沉重的痛苦不

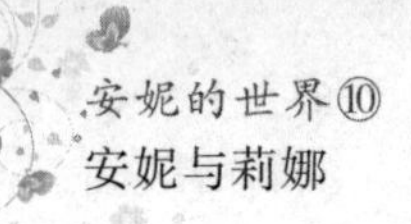

相上下——太大了，我们的心脏几乎无法承受。

昨晚十一点，我在自己的房间写信给沙利，除了外出的父亲，家人全部就寝了。这时电话铃声突然响起，母亲没起床，所以我走到客厅接电话，是一通长途电话。

“这是夏洛镇电信局，有布莱恩先生从海外来的电报。”

沙利的影子立刻传进我脑海——我的心脏几乎停止跳动——这时，听到对方的声音。

“是从荷兰来的！”

电报内容是：我回来了，从德国逃出来，现在很好，容后再叙。杰姆·布莱恩。

我没昏倒、没断气、没尖叫，不但没有欢喜，也没有惊讶，没有任何感觉，就像当初听到华特要入伍的消息时一样，呈麻痹状态。我放下听筒，向房间走去，母亲站在自己的房间门口，穿着有蔷薇花样的衣服，长头发编成一束辫子，眼睛闪闪发光，像个小姑娘。

“杰姆有消息了吗？”

母亲怎么知道？在电话中，我只回答：“是的……好……好！”除此之外别无他言，母亲也不知道自己怎么会知道，但总而言之，母亲就是知道。电话响起时，她就认为是杰姆传来的消息。

“杰姆还活着——很好——在荷兰。”我说道。

母亲走到客厅说：“一定要打电话告诉你父亲这个消息，他到上克雷去了。”

母亲非常沉着，和我预想的完全不同，我唤起欧莉芭老师和苏珊，告诉她们这个好消息。

苏珊的第一句话是："感谢上帝！"接着立刻说："我不是说过曼帝一定知道吗？"第三句话则说："到楼下喝一杯茶吧！"然后便穿着睡衣下楼，苏珊倒茶给母亲和欧莉芭老师喝。我回到自己的房间，将门锁上后，坐在窗边哭泣——和当初欧莉芭老师得知未婚夫健在时的情形一样。

复活祭早上是怎么样的心情，我至今还清清楚楚地记在心底。

一九一八年十月四日

今天收到杰姆的来信，这个消息经由邮局女局长告诉克雷村的人，所以有一大群人聚集在家里。

杰姆的腿受了重伤——被德军发现，由于发高烧，自己也不知道发生了什么事，也不知道身在何处，几星期后才逐渐恢复意识，因此能够写信，但在那里写的信并没有到达壁炉山庄——他在收容所里并没有被虐待，只是食物差了点，往往只有黑面包和煮芜菁，有时候有黑豆汤。其间，吃过三次大餐。

杰姆不断向家里寄信，但始终没有回音，因此知道信并没有到达家里。当他身体复原后，便试图脱逃，但被捕了回去。一个月后，他和另一位同伴再度尝试逃脱，终于成功抵达荷兰。

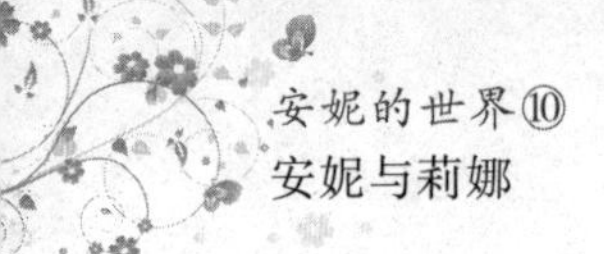

杰姆无法立刻回来，他并没有像电报中说的那么健康，因为伤势尚未痊愈，所以必须在英国的医院接受治疗，等痊愈后立刻返家，啊！整个世界都不一样了！

今天收到吉姆·安德逊先生的来信，说他已经和一位英国姑娘结婚，办好退伍手续后便要带着新娘一起回加拿大，我不知道是该高兴还是悲伤——因为新娘。

另一封信很奇怪，是夏洛镇的一位律师寄来的，表示关于“已故马地尔达·贝德曼夫人”的财产问题，让我尽快过去商谈。

贝德曼夫人的死亡宣告是心脏麻痹，两三周前我在《每日新闻》上看到的。我想这项商谈大概和詹姆士有关。

一九一八年十月五日

早上，我到夏洛镇见贝德曼夫人的律师——身材瘦小、头发稀薄的人，当看见他说到贝德曼夫人时表现出来的深深敬意，我就知道，他也是和罗伯特和阿美尼亚一样，对贝德曼夫人绝对服从的人。

这位律师在贝德曼夫人临终前，为夫人制定新遗嘱，贝德曼夫人留下三万美元遗产，其中大半归阿美尼亚·查布雷，但留了五千美元给詹姆士，委托我看管，利息当做詹姆士的养育费，本金在詹姆士满二十岁生日时支付。真是幸福的詹姆士！

回想从前，从克诺巴夫人的手中接过他，不知他能不能

存活——患了严重的喉头炎，就在仅存一丝气息时，幸赖美莉·庞思的救助——从火车上跌落下来，也幸运地平安无事，而且跌落在这么优渥的遗产之中，正如贝德曼夫人所说，詹姆士是个好孩子，我相信他未来的命运也一定不平凡。

如此一来，詹姆士的生活教育有了保障，吉姆·安德逊不能动用这笔遗产，如果继母是个好人，那我对詹姆士的未来就完全放心了。

罗伯特和阿美尼亚对这件事有什么想法呢？

我想下次不在家的时候，他们一定会在窗户上加钉木板吧！

第三十三章

胜　利

“今天是‘刺骨寒风与黑暗天空’！”

某个星期日下午——正确而言应该是十月六日下午，由于太过寒冷，客厅暖炉添了柴火，旺盛的火焰对抗着外面的严寒。

“这根本就像十一月——令人讨厌的十一月！”

苏菲亚·克罗霍特和玛蒂·克罗夫人正好来访，克罗夫人从不在星期日拜访人家，这次是为了向苏珊借风湿药而来的——这样比直接向医生拿便宜。

“今年冬天来得特别得早，我看河鼠已经在小池四周筑巢了！这孩子长得好快啊！他父亲什么时候回来？”苏菲亚好像觉得孩子长得快很伤脑筋，叹着气说道。

“下星期！”莉娜回答。

“继母最好不要虐待他，但很难、很难。至少这孩子在壁炉山庄待过，不管他到哪里，都会觉得和壁炉山庄不同，因为莉娜总是放纵他。”苏菲亚又叹了一口气。

莉娜微笑着将脸颊贴在詹姆士的鬈发上，她知道，詹姆士不是个任性的小孩，但还是有些担心——新安德逊夫人不知道是个怎么样的人？

“我决不会将詹姆士交给不疼他的人！”莉娜心想。

苏菲亚摇摇头，叹息着说道：“好像要下雨了，今年秋天雨下得已经很晚了，田地都快干了。我年轻时就不是这样，通常十月还是好天气，现在连季节都变了。”

电话铃响起，欧莉芭老师跑过去接。

“是的……什么？什么？真的？是例行公事吗？谢谢……谢谢！”

欧莉芭老师转身望着大家，黑眼睛闪闪发光，浅黑色的脸庞洋溢着感动的微笑。突然之间，太阳从厚云层中露出笑脸，窗外射进一道红光，反射的光线笼罩着欧莉芭小姐，她看起来像个神秘的女神。

“德国和奥地利要求和谈。”

瞬间，莉娜疯狂地又叫又跳、又哭又笑地在屋子里打转。

“坐下！”

克罗夫人对任何事情都不会表现出极兴奋的表情，她已经历了无数的苦难与喜悦。

“啊！这四年来，不知绝望、担心地在屋子里踱了多少次步，还好这次是喜悦的踱步，这么长时间的辛苦，现在回头看看，还是有价值的。苏珊，挂上国旗吧！得将这个消息通知克雷村的所有人！”

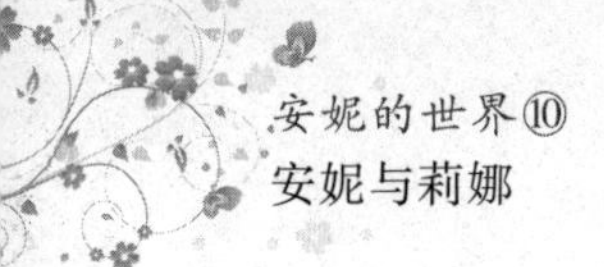

“我们又可以尽情地吃砂糖了吗？”詹姆士问道。

下午，整个克雷村又叫又跳，热闹极了，梅雷帝思一家人也来壁炉山庄共进晚餐。

没有一个人不兴奋地谈论，苏菲亚说这是计谋，德国和奥地利不会守信用的。但没有一个人注意她的话，这时只有欢欣。

欧莉芭小姐转向莉娜，梦呓般地说道：“和平真的来临，凡事都好像无聊了起来，四年来的日日夜夜都在恐惧、不安、失败、胜利大起大落中度过，往后的和平日子不是显得太平凡了吗？从此不会再害怕邮差带来什么恐怖消息，真是奇妙！”

“还得恐惧一段时间，往后几星期不会和平——也许还会发生什么恐怖的事情——我从兴奋中醒来，虽然胜利，但是付出的代价太高了！”

“如果是自由的代价，并不算高。莉娜，你觉得代价太高了吗？”欧莉芭老师缓缓说道。

“不！”莉娜小声说道，莉娜看见法国战场上竖立的白色小十字架，“不，我们值得付出这些代价……”

欧莉芭老师站起来，围在桌边的人全部肃静。沉默中，欧莉芭老师朗诵起华特有名的《吹笛》。朗诵完毕，梅雷帝思先生站起来祈祷。

“为了沉默的士兵，为了追随吹笛者而去的士兵，让我们干杯吧！为了我们的明天，他们献上了他们的今天，胜利也是属于他们的！”

第三十四章

苏珊的蜜月旅行

十一月初，詹姆士离开壁炉山庄，莉娜哭泣着送别，她心中的不安已经消除，见过两次面后，莉娜知道安德逊夫人是个温柔的妇人。

“我喜欢小孩，也习惯了照料小孩——我有六个弟弟妹妹。詹姆士是个可爱的孩子，莉娜小姐，你真了不起，将他养得如此俊秀。你放心，我会像对待自己的小孩一样对待他。吉姆是个勤劳的人，我打算租个小农场，在那里落脚，吉姆本来想到英国去，但我不同意，我不想到新的土地上去，因为我早就习惯了加拿大，我要住在加拿大！”安德逊夫人说道。

“最好离这里近一点，这样詹姆士就可以常常来玩，我们都很爱他。”

“是啊，我没见过这么可爱的小孩，我知道莉娜小姐是如何照顾他的，吉姆也知道。我们决不是不知感恩的人，我们不但会如你所愿，经常带詹姆士来玩，还得向你讨教照顾他的方法

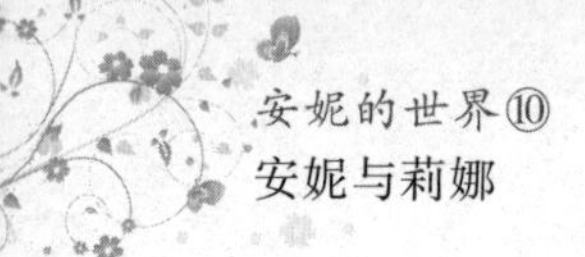

呢。我想没有人比你更了解他了！”

就这样，詹姆士离开了壁炉山庄——大汤碗也一起被带走了，但詹姆士不是坐在汤碗里。

不久，休战的消息传来，克雷村的所有人激动万分。那一晚，村中架起大火，燃烧威廉二世的头像。渔村青年在沙丘上燃火，蔓延七英里，景象壮观。在壁炉山庄中，莉娜笑着跑进自己的房间。

“太好了，我可以不再戴这顶绿色帽子了，在我有生之年，决不再戴这种绿色的帽子了。”

“你的确很勇敢地遵守了誓言！”欧莉芭小姐笑道。

“不是勇敢，是倔强，真不好意思！”莉娜边踢帽子边高兴地说道，“那时跟母亲顶嘴——我太不懂事了！我爱我的母亲！我不再惹母亲生气了！我说过十一月是讨厌的月份吗？一点也不，这是一年中最快乐的月份，你听，彩虹谷的钟声响了。我第一次这么清楚地听见钟声，那钟声在祝福我们和平、幸福。

“老师，我现在无法像个淑女——我要发狂地高兴——然后再冷静下来建设我们的新世界，但我现在一定得疯狂一下。”

苏珊满面欢喜地走进来。

“‘哈特’不在了。”

“不在了？你是说死了吗？”

“不是，夫人，不是死了，但大概再也找不到那只猫了，我想也许是死了！”

“苏珊，不要像猜谜，那只猫到底怎么了？”

“夫人，事情是这样子的：那只猫今天下午坐在楼梯上，刚好休兵的消息传来，它好像很恐怖的样子。夫人，正好布鲁士·梅雷帝思骑着木马转过厨房一角，他最近记得骑马的姿态，所以要骑来让我看看，这时我看到‘哈特’跳着跳着，越过栅栏向枫树林跑去。我没有见过动物那么惊吓，夫人，我想那只猫是不会回来了。”

“它会回来的，也许是惊吓过度，等它平静了，自然就会回来。”

“我早就知道了，夫人，我早就知道了，是因为休战条约，你知道吗？昨晚‘大胡子’脑溢血倒下了，虽然不能说是处罚，但我想他的情形和那只猫一样。”

‘哈特’始终没有回来，应该不是吓得不敢回来才对。一定是被捕捉，或者食物中毒死了。莉娜很悲伤，因为那是自己所疼爱的猫！

“夫人，秋季大扫除完工了，庭院也没什么事，为了庆祝和平条约，我想去蜜月旅行。”

“蜜月旅行？”

“是啊，蜜月旅行！”苏珊清楚地说道，“虽然我没有丈夫，但不能说没有丈夫就不能蜜月旅行，所以我打算做蜜月旅行，想去夏洛镇看看我弟弟他们。我的弟媳妇从秋天起一直生病，没人知道她是生是死，因为我弟弟的个性是不愿意将家事告诉别人。我想我应该去看看，二十年来我没在城里住过一天，真是落伍。夫人，我想请两星期假！”

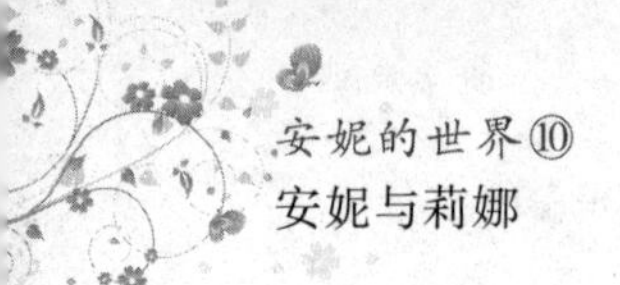

“是啊，苏珊，你该好好休息一下，一个月吧，这样才像蜜月旅行。”

“不，夫人，两星期就够了，而且我必须在圣诞节前三星期回来准备才行啊！今年的圣诞节一定像圣诞节，家里的男孩都会回来吧？”

“不，还不会，杰姆来信说要到春天才能回来，沙利也许要到夏天才能回来，不过，卡尔·梅雷帝思能回来，南恩和达恩也会回来，又可以热闹一番了。苏珊，大家的位置都要准备——连永久空着的华特的位置也一样。”

“我怎么会忘记那孩子的位置呢？”苏珊边拭泪边走进房间收拾“蜜月旅行”的行李。

第三十五章

哦！我的莉娜

圣诞节前夕，卡尔·梅雷帝思与米勒·达克拉斯归来，克雷村村民都前往车站迎接，虽然米勒装着义肢，但动作还是非常利落，雄壮而英挺。看见他身上的特别勋章，可莉娜亚已经不在意他的家世，默许了他与美莉的婚事，美莉非常高兴。

杰利·梅雷帝思和乔·米尔克雷布一月返乡，从克雷村出去的男孩子，回来时的姿态都不一样，几乎多多少少都受了伤。

在某个春日，壁炉山庄的草坪上绽放着白色的水仙，彩虹谷开满紫色美丽的花儿，一辆普通列车缓缓驶进克雷村。由于这辆火车上没什么克雷村的乘客，所以出来迎接的只有新任站长及黑黄相间的小狗。这只小狗四年半来，没错过任何一班火车，即使等过几千辆火车，曼帝还是没盼到所要等的人，但它仍不放弃希望，依然瞪大眼睛张望。即使是狗，也一定会有挫折感，上了年纪、又患有风湿。火车发动后，应该会走回自己小屋的曼帝，这时候非常安静——一动也不动，不像以前那样

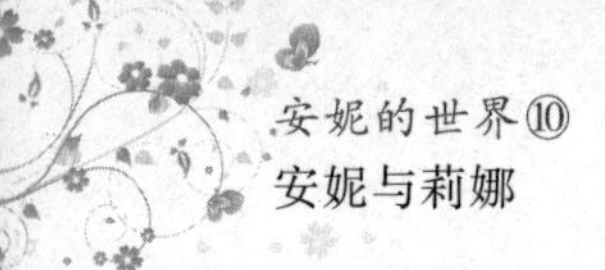

垂着头回到自己的窝里。

只有一位乘客下车——身穿中尉军服，步伐矫健，脸晒得很黑，额头附近的红卷发中藏着白发。新任站长望着这位陌生的男子，他已经看惯了从火车上下来的士兵，每个人都是被左拥右抱地迎接，少有如此安静的人，而且这位士兵脸上有一股威严的气势。

黑黄相间的小狗从站长身边一闪而过，曼帝的身体坏了吗？曼帝又犯风湿了吗？真难以相信，曼帝高兴地像只年轻小狗。

曼帝用力向那位高大士兵狂吠，但听得出那是带点哽咽的声音。曼帝在地面上打转，表现出疯狂的欢迎心情，舔着士兵的靴子。中尉露出微笑，眼睛里含着泪水，慢慢抱起曼帝。曼帝将头靠在士兵肩膀上，一面啜泣一面舔中尉的脖子。

曼帝的故事远近皆知，站长终于知道，回来的士兵是谁，曼帝的火车站生涯结束了，杰姆·布莱恩回来了！站长也流下了眼泪。

莉娜在日记上写道：

我们都很高兴——悲伤——感谢！本来苏珊还没恢复——劳累过度，当听到杰姆回来的消息，我想她惊讶得瞬间恢复了健康。

我永远忘不了苏珊的样子，她不断地来回奔走，从贮藏室取出食品，但没有人吃得下——太高兴了，母亲则一直盯着杰姆看，杰姆回来了，曼帝也回来了。曼帝与杰姆寸步不离，它睡在杰姆的床铺边，进餐时也蹲在杰姆脚旁，星期日和杰姆一起上教堂，入席后，它就在杰姆脚旁睡觉，说教途中，曼帝醒来，要再一次欢迎杰姆似的，又叫又跳，杰姆将它抱起后，它才安静下来，但没有人在意。

礼拜结束后，梅雷帝思先生到我们席位旁，抚摸曼帝的头，说道："信赖、爱情与真心之所在最贵重，杰姆，这只小狗是宝物！"

有一天晚上，我和杰姆在彩虹谷聊天，我问他，在前线时害不害怕。

杰姆笑了起来。

"害怕？我曾经害怕过——害怕得毛骨悚然——我曾经嘲笑华特胆小，但你知道吗？华特在前线时决不胆小，他决不害怕现实——他害怕的只是他自己的想象力。华特的连队长告诉我，华特是连队中最勇敢的一名士兵。

"莉娜，我回家之前不知道华特已经去世，你不了解我此刻的落寞——那对你们而言已经是习惯的心情，但对我而言则是新的感受，华特和我一起长大——是兄弟，也是朋友——现在在儿时游乐场所彩虹谷，却再也见不到儿时的玩伴华特，我的心真的很孤寂。"

杰姆将于秋天重回大学，杰利和卡尔也是，我想沙利也一样，沙利七月会回来，南恩和达恩会继续当老师，菲斯要到九月才回来。我想菲斯回来后，大概也会当老师，在杰姆医学院毕业之前，两人不会结婚。尤娜·梅雷帝思决定到金克斯波特

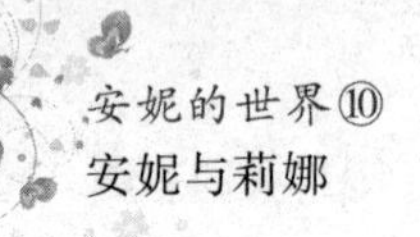

攻读家政，欧莉芭老师决定和自己的少尉结婚。大家都谈论着自己的新希望。

杰姆说：“我们活在新的世界里。”

是的，我们活在新的世界里，我要将杰姆的话记在日记里。

“我们一定要使新世界比以前更好，也许有人认为工作已经完成——事实上才刚开始，旧世界毁灭了，我们必须建设新世界，这工作不是一时半会儿就可以完成的，而是一个漫长的过程。我从战争中回来，我知道，一定要创造一个没有战争的世界。我们给予军国主义一个致命伤，但军国主义还没死，而这也不仅限于德国，光追求旧精神是不够的，我们非得导入新精神不可。”

我在反复阅读中得到力量。

莉娜一面叹息一面合起日记，眼看着每个人都有自己特别的抱负与目的，她却什么都没有，觉得非常孤单。杰姆回来了，但不是一九一四年出征时那位爱笑的哥哥了，而成为菲斯的另一半。华特永远不会回来，连詹姆士都离开了。

莉娜突然觉得自己的世界很空虚，值得慰藉的只有一件事——昨天在报上看见两周前回来的士兵名册中，有肯尼士·霍特上尉的名字。

这么说来，肯尼士回来了，但为什么不来信呢？回加拿大两个星期了，却不给莉娜一点音讯，不用说，肯尼士忘记了。当然，忘记的只不过是——握手——亲吻——眼神——受气氛影响而约定的感情。

“我真笨、真傻！好，从今天起要聪明一点，慎重一点，对男孩子不要那么在乎。也许我应该和尤娜一起去念家政科！”莉娜站在自己的窗户边想。

门铃响起，莉娜跑下楼——因为家里没有其他人在。但这时候，莉娜不希望有客人来，因为自己情绪低落，她缓缓地打开门。

阶梯上站着一位身穿军服的男子——高个子、黑眼睛、黑头发、被晒黑的脸庞上有细白的伤痕。瞬间，莉娜盯着男子看，是谁？

应该知道是谁，这个男子很面熟。

“我的莉娜！”男子说道。

“肯尼士！”

莉娜睁大眼睛，当然是肯尼士，但老多了，变了许多——那伤痕——眼睛与嘴巴，莉娜的脑海一片混乱。

肯尼士握住莉娜颤抖的手，一直盯着莉娜看，和四年前一模一样的莉娜，只是更加成熟了，出征时的那位小女孩，现在已经长成一位标致的女性——迷人的眼睛与双唇，红润的双颊——那是梦中描绘出来的女性。

“这是我的莉娜吗？”肯尼士追问道。

由于过于激动，莉娜从头到脚不停地颤抖。

喜悦、幸福、担心，这漫长的四年，莉娜心中一瞬间交织着千头万绪的情丝，莉娜想说什么，但说不出来，好久——终于回答一句：“是的！”